Abi Daré 阿比・達蕊

王娟娟——譯

大聲女孩

獻給我的母親，泰鳩・索莫林，
因爲妳的聰慧與美麗、
因爲妳於二〇一九年成爲奈及利亞第一位女性稅法教授，
更因爲妳教會我明瞭教育的重要，
並且奉獻犧牲
讓我得以蒙受最佳教育的恩澤。

前言

奈及利亞位於西非，人口近一億八千萬，爲世界第七人口大國，而這也意味著每七名非洲人中就有一名是奈及利亞人。奈及利亞是全球第六大原油生產國，國內生產毛額達五千六百八十五億美元，爲非洲最富裕的國家。不幸的是，奈國有超過一億人口生活在赤貧之中，每日僅靠不到一美元勉強維生。

——《奈及利亞事實錄：過去到現在》第五版，二〇一四年

1

今天早上，爸叫我進客廳。

他坐在沒了坐墊的沙發上看我。爸看我有一種特別的眼神，像是想沒由來抽我一頓鞭子。像是我嘴裡裝屎、開口就會害得滿屋子屎臭。

「大人？」我跪在他面前說道，兩手放在背後。「您叫我？」

「過來，」爸說。

我知道他要跟我說不好的事。我從他眼睛裡看得到；他的眼球死氣沉沉，像是在大太陽下曬太久的褐色石頭。三年前他告訴我不能再去上學的時候，他的眼睛也是這個樣子。那時我是班上最老的學生，所有孩子都叫我「阿姨」。真心話，我停止上學那天還有我媽媽死去那天是我這輩子最糟糕的兩天。

爸叫我靠近的時候我沒有照做，因爲我們家客廳小得像馬自達汽車。他要我再過去一點是要我跪在他嘴巴裡嗎？所以我只是跪在原地，等他開口說他要說的話。

爸用喉嚨發出聲音，然後往後靠在沒有坐墊的沙發的木頭椅背上。坐墊壞掉是因爲我們家老么卡育斯太常尿在上面了。這孩子一出生就像受了詛咒尿個不停。沙發坐墊被他尿壞後，媽媽乾脆要他把坐墊當枕墊睡在上面。

客廳裡有一臺電視機，不過不能看。我們家老大崽仔兩年前在隔壁村負責收垃圾，電視機是他那時在垃圾桶裡撿到的。我們留著它作裝飾，擺在前門旁的角落，像個帥氣王子坐鎮我們家客廳，還蠻有模有樣的。我們甚至在上頭放了小花瓶，算是王子的王冠。有客人來的時候，爸爸會一副電視沒問題的樣子說，「阿度妮，過來把電視轉到晚間新聞給巴達先生看。」而我呢，我會應說，「爸，遙控器不見了。」然後爸爸就會搖搖頭，跟巴達先生說，「這些沒用的孩子，又把遙控器弄丟了。來吧，屋外坐，喝點小酒忘記我們這奈及利亞國的種種不幸。」

巴達先生要是眞的信了就是個大傻瓜。

我們也有一個立扇，不過少了兩片扇葉，只會攪動空氣反而把整個客廳弄得更熱。爸晚上總喜歡坐在電扇前，兩腿伸長腳踝交叉，懷裡抱著那個自從媽死後就變成他老婆的酒瓶。

「阿度妮，妳媽死了，」爸頓了會說。他說話的時候我可以聞到他身上酒氣。他就算沒喝酒皮膚和汗水也還是有那味道。

「我知道，爸，」我說。他爲什麼跟我說我已經知道的事？這件事在我心裡留下一個塡滿痛苦的大洞，要我到哪都得帶著走，他爲什麼要跟我說？媽咳個不停，連著三個月天天咳出又紅又濃、夾雜口水氣泡的血在我手心裡，我又怎麼能忘記？我晚上睡覺閉起眼睛還看得到血，有時甚至還會嚐到鹹味。

「我知道，爸，」我再說一次。「又發生什麼不好的事了嗎？」

爸嘆了口氣。「他們要我們走。」

「走去哪裡？」我不時會擔心爸。自從媽死後，他常常會些沒人聽得懂的話，有時則是自言自語、以爲沒人聽得到時還會哭起來。

「你要洗澡嗎？要我去拿水來嗎？」我問。「也有早餐，新鮮麵包和甜花生。」

「房子月租是三萬奈拉，」爸說。「如果我們付不出這錢，就得另外找地方住。」三萬奈拉是很大一筆錢。我知道爸翻遍整個奈及利亞也湊不出這筆錢，因爲他連我七千奈拉的學費都拿不出來。媽過世之前，不管是學費房租還是菜錢，所有錢都是她付的。

「我們要去哪裡弄到這麼多錢？」我問。

「莫魯夫，」爸說。「妳認得他吧？他昨天來過。來看我。」

「計程車司機莫魯夫？」莫魯夫有一張公山羊臉，是村子裡一個上了年紀的計程車司機。他有兩個妻子和四個沒上學的孩子。他們穿著髒兮兮的褲子，整天在村裡閒逛，把裝糖的紙箱綁上繩子拖著走、玩跳格子拍手拍到手脫皮。莫魯夫來我們家做什麼？他想要什麼？

「是的，」爸說，笑得有點僵。「這莫魯夫是個好人。他昨天說要幫我們付清房租，嚇了我一跳。整整三萬。」

「這算好事嗎？」我這麼問是因爲這實在說不通。因爲沒有人會爲別人付房租，除非他另有打算。莫魯夫爲什麼要幫我們付房租？他想要什麼？還是他老早以前欠了爸錢？我看著爸，眼睛充滿希望，希望事情不是我想的那樣。「爸？」

「我聽到了。」爸頓了下，吞口水又擦掉額頭的汗。「這筆房租錢其實是……是妳的歐沃歐里。」

「我的歐沃歐里？你是說，要娶我的聘金？」我的心碎了，因爲我只有十四歲才要滿十五歲，我才不要嫁給什麼老傻瓜，因爲我想要回去上學，學習當老師變成成熟女人有自己的錢會開車住好房子沙發有坐墊還可以幫忙爸和哥哥弟弟。我不要嫁給任何男人或男孩或任何人、永遠都不要，所以我再問爸一遍，一個字一個字慢慢講、他才不會聽錯或答錯：「爸，這聘金是要娶我還是要娶別人的？」

而爸爸，他很慢的點頭，假裝沒看到我眼睛裡面的淚水和張大的嘴。他說：「聘金是要娶妳的，阿度妮。妳下星期就要嫁給莫魯夫了。」

太陽從空中爬下來、把自己藏進夜晚的縫隙裡。我從草蓆上坐起來，踢開卡育斯壓在我腳上的一條腿，背往後靠在我們房間的牆上。

我的腦袋從今早就不停對我的心發出一個又一個問題，得不到答案的問題。變成一個有兩個妻子和四個小孩的男人的妻子到底是什麼意思？莫魯夫已經有兩個妻子了，為什麼還想要再多一個？還有爸，他為什麼要不顧我的感覺把我賣給一個老男人？他為什麼不守住他在媽死前許下的承諾？

我揉揉我的胸口，太多問題讓那裡又痠又痛。我站起來，嘆口氣走到窗邊。外頭紅色的月亮低低掛在天空中，低得像是上帝挖出自己憤怒的眼珠、扔進到我們的院子裡。

今晚空中有許多螢火蟲，牠們的身體閃著各種顏色：有綠有藍有黃，在黑暗中飛舞閃爍。很久以前，媽告訴我螢火蟲總是在夜裡為人們帶來好消息。「螢火蟲是天使的眼珠，」她說。「看到那邊那隻了嗎？停在那棵樹的葉子上那隻，阿度妮。那隻給我們帶來了錢的好消息。」

我不記得那麼久以前那隻螢火蟲到底帶來了什麼消息，但我知道不是錢。

媽死後，我身體裡的燈火也熄滅了。我讓自己活在黑暗中好幾個月，直到有一天卡育斯在房間裡找到正在哀傷哭泣的我，他睜大充滿恐懼的眼睛，哀求我不要再哭了，因爲我一直哭讓他的心好痛。

那一天，我收拾我的悲傷鎖進心底，才能堅強起來照顧卡育斯和爸。但有些時候，比如說今天，悲傷從我的心底爬出來、對我的臉伸出了舌頭。

在某些日子裡，我閉上眼睛就可以看到媽變成一朵玫瑰花：黃色紅色紫色、閃亮的葉片。如果深深吸一口氣，我還可以聞到她的味道。那甜美的氣味，圍繞薄荷樹的玫瑰花叢、她在阿岡瀑布洗過澡後頭髮裡的椰子油香皂。

媽有一頭長髮，她會用黑線編成一根根辮子，然後把它們像粗麻繩般纏繞在頭上，好像頭上頂著兩三個小輪胎。有時她會把線全部拆掉、把頭髮放下來，好讓我拿著她的木梳子爲她梳頭髮。有時她會接過木梳，要我坐在屋外牆邊的板凳上，用好多椰子油抓扭塗抹在我頭髮上，搞得我聞起來像個油炸食物在村裡趴趴走。

媽不老，死的時候才四十多歲。我每天都會感到靈魂的痛，渴望她輕輕的笑聲和話聲、她柔軟的手臂、她那雙比嘴巴還會說話的眼睛。

她的病沒有拖很久，眞是感謝上帝。只有六個半月不停咳嗽，咳到她又瘦又乾、沒有肉的肩膀好像家裡客廳的門把。

生這場邪惡的病之前，媽總是忙個不停。總是忙著爲村子裡的每個人做這做那。她每天炸一百個炸麵糰在伊卡提市場賣，有時她會從熱油中撈出炸得最金黃漂亮的五十個，要我送去給依亞，一個住在阿岡村的老婦人。

我不清楚依亞和媽是怎麼認識的，我甚至不知道她的眞名，因爲依亞是約路巴語「老女人」的意思。我只知道媽一天到晚派我送食物去給依亞和伊卡提附近村子裡所有生病的婦人：熱騰騰的阿馬拉饅頭、加了螯蝦或豆子的秋葵湯、大蕉炸得軟綿綿油滋滋的兜兜。

有一次，我給依亞送炸麵糰去，那時媽已經病得沒辦法走遠了。那晚回到家後，我問媽她爲什麼要繼續分送食物給別人，她自己明明都病得走不遠了。媽回答說，「阿度妮，妳得爲別人做好事。就算妳不好、就算妳身邊的世界都不好，妳也還是要做。」

媽教我怎麼跟上帝禱告、教我把怎麼線編進頭髮裡、教我怎麼不用肥皂洗衣服、在我月經第一次來的時候教我怎麼換底布。

此刻我的腦子裡響起媽的聲音，喉嚨也跟著緊縮。她的聲音微弱，哀求著爸，要是她死於這場病也不要把我隨便嫁人。我也聽到爸的聲音了，害怕顫抖卻故作堅強的回答媽說：「不要胡說八道什麼死不死的。沒人要死。阿度妮沒要嫁人，妳聽到沒？她會去上學做妳想要她做的事，我對妳發誓！妳儘管快點好起來就是了！」

但媽並沒有快點好起來。她在爸許下那個承諾的兩天後過世，而我很快就要嫁給一個老男人因爲爸完全忘了他對媽發過的誓。我就要嫁給莫魯大因爲爸需要錢買食物付房租和有的沒的。

我嚐到自己鹹鹹的淚水，回想起這一切。我躺回草蓆閉上眼睛，看到變成一朵玫瑰的媽，但這朵玫瑰沒有黃色紅色紫色的花瓣和閃亮的葉子。這朵花是褐色的，像一片溼樹葉，被忘記對妻子承諾的男人一雙髒腳踩爛了。

這麼多憂傷和回憶讓我整晚不能睡。

第一聲公雞啼的時候，我沒有像平日那樣爬起來開始掃地洗衣、爲爸的早餐磨豆子。我閉著眼睛躺在草蓆上，聆聽四周的各種聲音。我聆聽遠方一隻公雞哭啼，低沉悲傷的哭啼；我聆聽我們家芒果樹上的烏鴉高唱牠們每早的歡樂之歌。我聽到很遠的地方有人、可能是個農夫，正在砍樹；砍、砍、砍、砍。我聽到掃帚唰唰掃過某家的地板，聽到另一家的媽媽叫孩子起床去洗澡、記得用陶盆裡的水不是鐵桶裡的。

每天早上的聲音都是一樣的。但今天，每個聲音都重重敲在我心上，惡毒的提醒我，我的婚禮很快就要舉行了。

我坐起來。卡育斯還在他的草蓆上熟睡著。他的眼睛閉著，卻像拿不定主意要睡還是要醒；他的眼皮不停抖動、像在掙扎。打從媽下葬那天起他就常常會這樣，頭左右甩、眼皮抖動。我靠過去，手掌蓋在他眼皮上，在他耳邊輕輕唱歌直到他終於不亂動了。

卡育斯只有十一歲。他以前常常調皮搗蛋，但我很愛他。村子廣場那些男孩嘲笑他、喊他

「貓打架」時，他都是來找我哭訴、讓我安慰他。卡育斯小時候常常生病，爸於是帶他去一個地方，那裡的人用刀片在他左右臉頰各劃了三刀，說是這個記號可以趕走病魔。你看到卡育斯的時候會以爲他跟大貓打過架，讓大貓用爪子抓傷了他的臉。

我把在學校學到的都教給卡育斯，加法減法自然科和最重要的英文，因爲爸連卡育斯的學費也付不出來。是我告訴卡育斯，他必須努力學習才會有光明未來。

我嫁給莫魯夫後誰來照顧卡育斯？崽仔？

我嘆口氣，看向我的哥哥，崽仔。他睡在床上，皺著一張臉。他的名字其實是亞勞，但沒人這麼叫他。崽仔是老大，爸說爲了表示尊敬，我們三個同住的房間裡唯一的床應該要給他睡。我不介意。那張床上只有一張薄床墊，上頭坑坑洞洞的，臭蟲吃飯拉屎都在那些坑洞裡。有時，床墊聞起來就像村子廣場那些磚匠的腋下，他們舉手跟你打招呼的味道可以臭死你。

崽仔怎麼可能照顧卡育斯？他不會煮飯打掃，除了修車以外什麼也不會。他表情嚴肅不喜歡笑，十九歲半的他看起來像個拳擊手，手腳好像大樹的枝幹。他有時整晚待在卡辛修車廠工作，回到家往床上一躺直接睡了。此刻他正在打呼，應該是累壞了，每一口氣都像熱風吹在我臉上。

我盯著崽仔看了好一會兒，看他的胸膛上上下下，沒有歌的節奏。然後我轉向卡育斯，在他肩膀輕輕拍兩下。「卡育斯。醒醒。」

卡育斯先睜開一眼再睜開另一眼。他總是這麼醒來：先睜開一眼，過一會才是另一眼，好像如果同時睜開兩隻眼睛就會發生什麼壞事。

「阿度妮，妳睡得好嗎？」他問。

「我睡得很好，」我說謊。「你呢？」

「不太好，」他說，一邊在我旁邊坐了起來。「崽仔說妳下星期要嫁給莫魯夫。他是在開玩笑嗎？」

我抓起他的手；他的手涼涼的，好小。「他沒在開玩笑，」我說。「就是下星期。」

卡育斯點點頭，牙齒咬住嘴唇。他沒有說話，只是咬著嘴唇，抓住我的手捏緊緊的。

「妳結婚後還會回來嗎？」他問。「來教我學校的事？來給我煮椰油飯？」

我聳聳肩。「椰油飯很好做。你先把米洗過三次泡在一碗水裡。然後你切一些新鮮紅椒——」我停止說話，因爲淚水流進我嘴裡，讓我說不出話來只能哭泣。「我不想嫁給莫魯夫，」我說。「請你幫我去求求爸。」

「別哭，」卡育斯說。「妳哭我也要哭了。」

我和卡育斯緊緊手牽手，不發出聲音的哭泣。

「逃跑，阿度妮，」卡育斯說，擦掉眼淚，睜大的眼睛裡充滿害怕和希望。「逃遠一點，躲起來。」

「不行，」我說，搖搖頭。「要是村長把我抓回來呢？你忘記阿莎碧的事了嗎？」

阿莎碧是伊卡提村的女孩，她不想嫁給老男人，因爲她已經有了眞愛塔法，一個和崽仔一樣在卡辛修車廠工作的男孩。婚禮隔天，阿莎碧和塔法一起逃跑了，不過他們沒能逃多遠。阿莎碧在邊界附近被抓到，挨了一頓痛打。而塔法呢？他們把這可憐的男孩像隻雞一樣吊死在村子廣場，屍體扔進伊卡提林子裡。村長說塔法偷了別人的妻子。他說他得死，因爲在伊卡提所有小偷都得被折磨到死。村長說阿莎碧必須被鎖在房間裡一百零三天，直到她學會乖乖待在她丈夫的屋子裡不要再逃跑。

但阿沙碧什麼也沒學會。被關在房間裡一百零三天後，阿莎碧說她永遠不要出來了。她到今天都還待在那個房間裡，盯著牆看，拔自己頭上的頭髮吃掉、捏下自己的睫毛藏到胸衣裡、自言自語或是和塔法的鬼魂說話。

「也許你可以來莫魯夫家跟我玩，」我說。「我也可以跟你在河邊見面，甚至在市場，任何地方。」

「眞的嗎？」卡育斯問道。「要是莫魯夫不讓我去跟妳玩呢？」

我還來不及想到怎麼回答，崽仔在睡夢中翻身，兩條腿張開開的放了個響屁，讓整個房間充滿死老鼠臭味。

卡育斯忍不住笑出來，用手遮住鼻子。「說不定嫁給莫魯夫還好過跟崽仔和他的臭屁待在這屋子裡。」

我捏捏他的手，強迫自己彎起嘴唇微笑。

我等到卡育斯再次睡著才離開房間。

我在外頭找到爸坐在靠牆的廚房板凳上。天色正開始漸漸變亮，太陽從沉睡中剛要醒來，在天空中像從黑布後面偷偷探頭的橘色半圓。爸打赤膊，只穿了長褲沒穿鞋。他嘴角咬著根短枝，一手拿著他的黑色收音機、另一手拿著石頭想要把收音機敲醒。早從卡育斯出生前開始，他每天早上都得這麼敲醒收音機。我低下身去跪在沙地上，手放背後等收音機醒來。

爸拿石頭在收音機的側面敲三下——叩、叩、叩——收音機發出嘎嘎聲。又一會，一個男人的聲音從收音機裡傳來：「早——安！這裡是 OGFM 89.9，國家的電臺！」

爸把把短樹枝吐到我旁邊的沙地上，看著我，好像看我跪在他面前腰彎這麼低很想賞我一掌。「阿度妮，我想聽六點的晨間新聞。妳有什麼事？」

「爸早安，」我說。「家裡沒豆子了，我可以去艾妮如家借一些嗎？」

其實廚房裡有豆子泡在裝水鐵罐裡，但我需要找人談談這整件婚禮的事，因爲艾妮如和我從我們剛學會認ＡＢＣ和數一二三時就是最好的朋友了。她媽媽有一個小農場，常常會拿一些豆子、山芋、埃古西籽＊給我們，還說等我們有錢再給她就可以了。

爸嚇我一跳，因爲他不但笑了還說：「等等。」

他把收音機放到板凳上，動作輕得不能再輕，但收音機發出兩記嘎嘎聲，然後就掛了，失

＊編按：egusi 甜瓜子，西非的主要烹飪食材。

去了求生意志。再沒什麼 OGFM 89.9。再沒什麼國家的電臺。爸盯著收音機好一會，安靜的黑色方盒，然後他從牙縫吐了口氣，揮手把收音機掃下板凳、砸在地上。

「爸！」我說，兩手抓著頭。「你爲什麼把收音機砸了，爸？爲什麼？」電視機本來就不能看，現在連收音機都只剩一個破塑膠盒和露出來的黃色紅色棕色的電線。

爸再次吐氣，微微抬高左邊屁股、手伸進長褲後面的口袋。他掏出兩張五十奈拉的鈔票遞給我。我睜大眼睛，看著鈔票：髒髒軟軟的，沾滿菸臭味。爸去哪弄到這些錢給我？莫魯夫給的？我的心扭成一團，把奈拉鈔票摺好塞進裏腰裙的摺縫裡。

我沒說謝謝大人。

「阿度妮，妳聽好，」爸說，「妳用這付了豆子錢。然後妳跟艾妮妲她媽說，等妳婚禮結束，妳爸我——」他狠狠拍打自己胸脯，「會把之前欠的帳全都還了。一毛不少，就算要花上幾千奈拉，我全部還淸。全部。妳跟她這樣說，聽到沒？」

「是的大人。」

他看著散了一地的收音機，彎起嘴角露出大大微笑。「然後我要買一臺新收音機。一臺好的。說不定還弄一臺新電視。一個有坐墊的沙發。一個新的——阿度妮？」他眼光轉向我，板起臉來。「妳在看什麼？還不快去！快！」

我一句話也沒說，從他面前走開。

去艾妮妲家的路是河後面一條沙土又冷又溼的小路，沿路左右兩邊的樹叢幾乎和我一樣高。村子這一邊的空氣總是涼涼的，就算太陽高掛在天空中也一樣。我邊走邊唱歌，但頭和聲音都壓得低低的，因爲樹叢另一邊有村裡的孩子正在河裡洗澡玩水，我不想要他們叫我的名字、問我一堆婚禮有什麼計畫的蠢問題。我加快腳步，在小路盡頭右轉走到乾土地上，艾妮妲家就在那裡。

艾妮妲家和我們家不一樣。她媽媽的小農場生意不錯，所以差不多是去年吧，他們開始整修他們家的房子、給紅土牆上了水泥，裡頭的沙發有坐墊、床上有好床墊、立扇旋轉時不會發出吵人的聲音。他們的電視也是好的。有時我們還可以看上一部外國電影。

我在她家後面找到艾妮妲，正在用一條粗繩把水桶從井裡拉上來。我等她把桶子放在地上才叫她的名字。

「唉呀！看看是誰一大早跑來我家了！」她說，兩手舉高高的像在歡呼。「新婚嬌妻阿度妮！」

她低下頭去敬禮，我出手朝她腦袋一拍。「不要這樣！」我說。「我不是任何人的妻子。還不是。」

「但妳很快就會是了，」她說，一邊拉出纏裙一角擦擦額頭。「我可是特別迎接妳呢。妳有時候眞愛生氣，阿度妮。今天早上是什麼事在煩妳？」

「妳媽呢？」我問。如果她媽媽在家，那我就不方便跟她談婚禮的事，因爲她媽媽是最不能了解我爲什麼不想嫁給老男人的人。上回她聽到我跟艾妮妲講說我很害怕，立刻揑著我的耳朵要我把剛說的話吞回去、要我感謝上帝能找到男人來照顧我。

「在農場忙，」艾妮姐說。「啊，我知道妳在煩什麼了。跟我來。我這邊有些豆子——」

「我不是爲食物來的，」我說。

「那妳苦著一張臉是爲什麼？」

我低頭。「我一直在想……去求我爸不要把我嫁給莫魯夫。」我說得小聲到自己都快聽不到了。「妳可以跟我一起去求他嗎？如果妳一起來，他說不定會改變心意。」

「去求妳爸？」我聽得出她有點激動，也有點不懂、有點生氣。「爲什麼？因爲妳的日子就要變好了？」

我捲起腳趾頭鑽進沙地裡，感覺被尖尖的石頭刺了一下。爲什麼沒有人能了解我爲什麼不想結婚？我還在學校、還是班上年紀最大的學生的時候，班上有個叫做吉默的臭男生老是嘲笑我。有天我正要往座位走去，吉默對著我說，「阿度妮阿姨，妳朋友都去上中學了，妳怎麼還在讀小學？」我知道吉默想要看我哭、想要我爲了當初沒能跟其他孩子一起入學而傷心難過，但我只是瞪著這個屁孩的眼睛，他也回瞪我。我看著他那顆倒三角形的頭，他也回看我。然後我吐舌頭拉耳朵、對他說，「你這個腳踏車坐墊頭在這裡做什麼？還不快回腳踏車店去！」那天，孩子們笑到教室都震動了，我也覺得自己眞是有一套，後來是老師拿戒尺在桌上敲三下大叫「安靜！」大家才停下來。

在學校那幾年，我總是有辦法對付嘲笑我的人。我總是回擊，絕對不低頭，因爲我很淸楚我來學校是要學習的。學習不分年紀。任何人都可以學，所以我專心學習、也總是得到好成績。但就在我的加減法和英文學得愈來愈好的時候，爸說我不能再去上學了，因爲他沒錢付學費。從那時候開始，我更加努力不讓自己忘記學過的東西。我甚至開始趁上市場的日子教村裡的孩子ABC和一二三。我沒收什麼學費，但有些孩子的媽媽會給我二十奈拉、一袋玉米、一碗米或是幾個沙丁魚罐。

她們給什麼我都收下，因爲我眞心喜歡教那些孩子。我喜歡他們眼睛亮晶晶、聲音響亮亮的，我問「A什麼A？」然後他們答「A是Apple的A，啊——頗，」雖然除了在電視上以外，沒人親眼看過一顆眞正的蘋果。

「以後誰去市場教那些孩子？」

「那些孩子有自己的爸媽。」艾妮妲兩手叉在胸前，翻一圈白眼。「而且等妳有了自己的孩子，妳就可以教他們了！」

我咬嘴唇忍住眼淚。在我們村子裡結婚是好事。很多女孩都想結婚，成爲某人、甚至任何人的妻子都好。但我不，阿度妮不。自從爸跟我說結婚的事之後，我就拚命在想，想除了成爲老男人的妻子外是不是還有別的選擇，但我的腦袋卻好像拒絕合作。我甚至想過逃跑、跑得遠遠的，但我能跑到哪裡？哪裡是爸找不到我的地方？我怎麼能拋棄我的村子我的哥哥和弟弟跑掉？而現在，連艾妮妲也不能了解我的感覺。

我抬起頭看著她的臉。她從十三歲就想嫁人，但她小時候受過傷、上唇變形歪向左邊，我想是這原因所以沒人跟她爸提過婚事。艾妮姐對上學和學習沒興趣。編編辮子就讓她很開心，她現在還打算幫人化妝做點生意、一邊等待有人上門求婚。

「妳真的不能幫我去求求我爸？」我說。

「求他什麼？」艾妮姐從齒縫吐了好大一口氣，搖搖頭。「阿度妮，妳很清楚這對妳一家來說是好事。想想你們在妳媽死後吃了多少苦……」她嘆氣。「我知道這不是妳想要的。我知道妳喜歡上學，但妳要想仔細一點，阿度妮。想想這件婚事可以讓妳家日子好過多少。就算我去求妳爸，妳知道他也不會聽我的。我發誓，如果可以找到像莫魯夫這樣的男人娶我，我會高興死了！」她一手遮嘴，笑得害羞。「我在我的婚禮上會這樣跳舞。」她從膝蓋處拉起裙布，然後踮腳尖開始踏步，左腳前再換右腳前，左、右、左、右，配合一首只有她聽得到的歌。

「妳喜歡嗎？」

我想起爸今早怎麼砸了他的收音機，想起他怎麼計畫用莫魯夫的錢去買新東西。

「妳喜歡嗎？」艾妮姐又問一次。

「妳跳舞的樣子活像妳兩條腿有毛病，」我笑著對艾妮姐說，但這笑感覺好沉重、幾乎塞滿我的嘴巴。

她放下裙擺，伸出一隻手指壓住下巴，抬頭看天空。「我要怎麼才能讓阿度妮開心起來呢？我能怎麼——啊哈！我知道要怎麼讓你開心了。」她抓起我的手、拉著我往屋子前面走。

「來看看我打算在妳婚禮上用的化妝品，超棒的！妳知道竟然有綠色的眼線筆嗎？綠色！我拿給妳看。妳看到就會開心起來了！等會晚一點我們可以去河邊——」

「今天不行，」我說，一邊收回我的手、轉頭藏起眼淚。「好多事得做。就……準備婚禮什麼的。」

「好吧，」她說。「要不要我下午去妳家幫妳試個妝？」

我搖搖頭，開始走開。

「等等！阿度妮，」她大叫。「妳要我帶什麼顏色的口紅過去？嬌妻紅還是少女粉——」

「帶黑的來，」我轉過街角時對自己說道。「喪家黑！」

4

媽死之前兩年有一天，一輛車開進我們家院子，停在那棵芒果樹前面。

我坐在芒果樹下正在洗爸的汗衫，車停的時候我也停下動作，甩掉手上的泡泡盯著車看。這是輛有錢人的車，黑色閃亮亮的，輪胎很大，車頭燈好像睡覺的魚眼睛。車門打開，一個男人下了車，把車裡的味道也一起帶出來：冷氣味、菸味、香水味。男人很高，皮膚是烘熟花生的棕色，好看的五官和長長的下巴讓我想起一匹駿馬。他穿著昂貴的綠色花布長褲，瘦長的頭上戴了頂綠帽。

「早安，我想找伊豆舞，」他說話速度很快，口氣柔和。「她在嗎？」

伊豆舞是媽媽的名字。她從來沒有訪客，唯一例外是每月第三個星期天禱告之妻教會小組的那五個女人。

我手遮額頭擋掉早上的陽光。「早安，大人，」我說。

「你哪位？」

「她在家嗎？」他又問一次。「我叫做阿德。」

「她出門了，」我說。「你要坐下等嗎？」

「很遺憾，我不能等，」他說。「我只是來伊卡提村給我祖母上墳。她，呃，在我人在國外的時候過世了。我正要去機場，順路來跟妳母親打個招呼。我今晚就要飛回去了。」

「飛？像飛機那樣？飛去外國？」我常常聽人說到外國，美國和倫敦等等。我也在電視上看過，男男女女有著淺黃色皮膚、鉛筆般細的鼻子、繩子一樣的頭髮，但我從來沒有親眼看過從那裡來的人。我有時也在收音機上聽他們說話，說得好快好快，把英文說得好像有某種魔力、可以把所有人都搞糊塗了。

我看著這個高瘦好看的男人，看他的棕色皮膚像烘熟的花生、看他的黑色短髮像海綿。他看起來不像電視裡的外國人。「你是從哪裡來的？」我問。

「英國，」他說，淺淺微笑露出整齊的白牙。「倫敦。」

「那你的皮膚怎麼不是淺色的？」我問。

他臉一板，然後哈哈笑出來。「妳一定是伊豆舞的女兒，」他說。「妳叫什麼名字？」

「我叫阿度妮，大人。」

「妳跟這年紀的她一樣漂亮。」

「謝謝大人，」我說。「我媽出遠門，去隔壁村看她的老朋友依亞，明天才會回來。我可以幫你留話給她。」

「這實在太可惜了，」他說。「妳可以跟她說阿德回來找她了嗎？告訴她，我沒有忘記她。」

他上車離開之後，我還一直在想，這個人是誰？他怎麼認識我媽的？媽回家後，我跟她說有個從外國的英國的阿德先生來找她，她好吃驚。「阿德先生？」她不停問，好像聾了一樣。

「阿德先生？」

然後她開始哭，小小聲哭，因爲她不想讓爸聽到。又過了三個星期我才敢開口問她爲什麼那麼意外甚至還哭了。她告訴我阿德先生來自一個很有錢的家庭。她說他很多年以前住在拉哥斯，但過節的時候都會來伊卡提和他的祖母住。有一天，阿德先生來跟媽買了炸麵糰，後來他就這樣愛上了她。愛得很深。她說他是她的第一個男朋友，也是她唯一愛過的人。他們兩人互訂終身打算結婚。但媽沒有上過學，所以阿德先生的家人反對這件婚事。阿德先生說他如果不能娶媽就要自殺，他的家人於是把他抓上飛機送到外國。媽哭了又哭，還是被家人強迫嫁給了爸，一個她不愛的男人。而現在，他正要對我做出一樣的事。

那天，媽說：「阿度妮，我因爲沒有上過學而不能嫁給我愛的人。我想要去這個村子以外的地方、想要數很多錢、想要讀很多書，但這些都沒有發生。」然後她握住我的手。「阿度妮，上帝爲證我會用盡最後力氣送妳去上學，因爲我想要妳有過不一樣生活的機會。我要妳把英文說好，因爲在奈及利亞人人都懂英文，英文說得愈好就愈可能找到好工作」

她坐在草蓆上輕輕咳嗽、動動身體，繼續說。「在這村子裡，只要妳上過學就沒有人可以強迫妳嫁給任何人。但如果妳沒上過學，一滿十五歲就會被嫁掉。妳受的教育就是妳的聲音，我的孩子。就算妳沒開口它還是一直在幫妳說話。它會一直幫妳說話直到上帝把妳召回身邊那一天。」

那一天，我告訴我自己，這輩子就算什麼也沒有，我也要上學。我會讀完小學中學大學然後當老師，因爲我不只想要有隨便一種聲音而已……

我要我的聲音很大聲，讓所有人都聽到。

「爸？」

他坐在沙發上盯著電視，看著那面灰色玻璃，好像它隨時會神奇自動打開，這樣他就可以收看選舉新聞了。

「爸？」我移動到他面前。已經是晚上了，地板上一支蠟燭稍微照亮客廳，白色蠟燭在沙發腳旁邊融化得一團亂。

「是我，阿度妮，」我說。

「我眼睛沒瞎，」他說起約路巴語。「晚餐好了就放在盤子裡端過來。」

「我有話想跟您談，大人。」我彎腰，握住他兩條腿。我嚇一跳，他的腿從媽死後就愈來愈瘦，最後成了這樣。我感覺自己好像只抓到他的褲腳。

「求求您，爸。」

爸是個嚴厲的男人，總是板著臉數落屋裡的每個人，這也是我找艾妮姐一起來求他的原因。爸在家的時候，大家都得像死人一樣安靜。不准說話。不准笑。不准動。就連媽還在的時候，爸也常對她大吼大叫。很久以前，他還打過她。就那一次。他甩她一巴掌，她臉頰都腫了。他說那是因為他吼媽的時候媽回嘴了。他說男人說話的時候女人不該插嘴。那之後他沒再打過她，但他們在一起已經不太快樂了。

他低頭看我，額頭油亮亮都是汗。「什麼事？」

「我不想嫁給莫魯夫，」我說。「誰來照顧您？卡育斯和崑仔是男孩。他們不會煮食。他們不會洗衣服也不會打掃院子。」

「明天，莫魯夫會帶四隻公山羊來我們家。」爸伸出四隻細瘦的手指，開始改說英文：「一、二、三、四，」他說得口水亂噴、掉到我上唇上。「他也會帶雞來。阿格力雞，很貴的。還有米，兩大袋。還有錢。這我沒跟妳說過。五千奈拉，阿度妮。五千。我家裡養了一個好女孩。妳這年紀不該還在家裡。妳早該至少生一兩個寶寶了。」

「如果我嫁給莫魯夫，那就表示你把我的未來都扔進垃圾桶裡。我有副好腦袋，爸。您知道的，老師也知道。如果我能想辦法去上學，等我找到好工作時就能幫上您了。我一點也不介意回去學校、當班上最老的學生，我知道我可以學得很快。我很快就能完成學業當上老師，然後我就可以每個月領薪水幫您蓋房子買新車，黑色賓士車。」

爸吸了吸鼻子，並用手擦過。「我們連買食物的錢都沒有，更不用說三萬房租。當老師對妳有什麼好處？沒有。只會給妳一顆固執的腦袋。還有一張利嘴，好像妳現在這張還不夠是吧？妳想變成像托菈那樣嗎？」

托拉是巴達先生的女兒。她二十五歲，長得像披著長髮的鬣蜥。巴達先生送她去邑丹拉上學，她現在就在那裡的銀行上班，有自己的汽車和錢，但是沒有丈夫。大家都說她到處找丈夫卻沒人要娶她，可能因爲她長得像披著長髮的鬣蜥、也可能因爲她跟男人一樣有自己的錢。

「她有很多錢，」我說。「可以照顧巴達先生。」

「但沒丈夫？」爸搖頭，手背連拍兩下手心。「我不可能讓這件事發生。我兒子會照顧我。崽仔在卡辛車廠學修車，卡育斯很快也會過去一起。我要妳做什麼？免了。十四要十五是很好的結婚年紀。」

爸又吸鼻子，然後抓抓喉嚨。「就昨天，莫魯夫跟我說妳如果頭胎就給他生兒子，他還再給我一萬奈拉。」

我感覺胸口又有東西壓上來，壓在從媽死後就在那裡的重物上。

「但你承諾過媽，」我說。「你忘記你的承諾了。」

「阿度妮，」爸一邊搖頭說。「承諾不能當飯吃，承諾也不會付房租。莫魯夫是個好男人。這是一件好事，一件開心的事。」

我繼續哀求爸，拉住他的腿、眼淚沾溼他的腳，但爸爸不聽我的話。他只是一直搖頭說：「這是一件好事，一件開心的事。伊豆舞也會很開心。大家都會很開心。」

隔天莫魯夫來的時候，爸喊我出來謝謝他的雞和山羊，但我沒理他們。我要卡育斯去跟爸說我月事來了、說我肚子痛。我躺在我的草蓆上，用媽的纏裙蓋住頭，聽到爸和莫魯夫在客廳打開司耐普琴酒蓋子和剝花生的聲音。

我聽到莫魯夫大聲談笑，用約路巴語說起明年的選舉、說起博科聖地上個月又去學校綁架了多少女學生、說起他的計程車生意。

我就這樣躺著，眼淚溼透了媽的纏裙，直到夜色降臨、直到天空變成了潮溼泥土的深黑色。

5

我和艾妮姐待在我們家廚房後方的院子裡。

她正在爲我明天的婚禮試妝。在我臉頰上拍白粉、用黑色眼線筆擠壓我的眼球。

我們的廚房不像我在電視上看到那種有瓦斯和電器的廚房。我們家廚房只是一塊地方，裡頭有架在三根柴火上的鐵鍋和一個充當水槽的白色塑膠盆。另外就是我正坐在上頭的這個漂亮的小木凳，是村裡的木匠肯度用我們院子那棵芒果樹做給我的。

「阿度妮，現在妳看起來像個眞正的**歐露莉**了，」艾妮姐對我說，一邊好像想把眼線筆戳進我腦袋裡。「國王的妻子！」

我可以聽出她話聲裡面的笑聲，對自己身爲婚禮化妝師感到很驕傲，很開心。她抬高我的下巴，眼線筆往我額頭正中央戳，就像我們在村子活動中心的電視上看過的印度人那樣。接著她開始畫我的眉毛、左邊再右邊，然後爲我塗上紅色口紅。

「阿度妮，」艾妮姐說，「我數一……二……三！快！睜開妳的眼睛！」

我眨了眨，睜開眼睛。我眼裡有淚水，一開始沒看到艾妮姐捧在胸前的鏡子。

「看，」艾妮姐說。「美不美？」

我摸摸自己的臉，發出啊啊的聲音、好像對她爲我化的妝非常滿意。但我眼睛裡面的黑色讓我看起來像眼睛挨了一拳。

「妳怎麼看起來這麼不開心呢？」艾妮姐問。「妳還是不想嫁給莫魯夫？」

我想回答她，又怕一開口只會哭了又哭，什麼話也說不出來，哭花她爲我化的妝。

「莫魯夫是有錢人，」艾妮姐嘆氣說道，好像對我和我的問題感到很厭倦了。「他會照顧妳和妳的家人。找到這麼好的丈夫，妳這輩子還缺什麼呢？」

「妳知道他已經有兩個妻子，」我想辦法擠出話來。「還有四個孩子。」

「那又怎樣？看看妳，」艾妮姐笑著說。「運氣多好，就要結婚了！妳要好好感謝上帝，別再哭個不停了。」

「莫魯夫不會幫助我回去上學，」我說，我的心漲得滿滿的，把一顆顆眼淚擠到我臉上。「他自己就沒上過學。如果我不上學要怎麼找到工作賺錢？我要怎麼有大聲音？」

「妳想太多了吧，」艾妮姐說。「在我們這村子裡學校根本不重要。我們又不是在拉哥斯。忘了這些學校東學校西的，嫁給莫魯夫生給他生幾個好兒子。」

「莫魯夫家不遠。我會去找妳玩，要是化妝生意不忙我們還可以去河邊。」她從身上那件金黃色洋裝口袋裡掏出一把木梳，開始爲我梳頭髮。「我想編成**辮子頭**，」她說。「然後我會在這裡、這裡、這裡加進紅色珠子。」她碰碰我的腦門、左耳附近和右耳後面。

「這樣妳喜歡嗎？」她問。

「妳說好就好，」我說，根本不在乎。

「伊卡提最新嬌妻阿度妮，」艾妮姐說得跟唱的一樣。「笑一笑嘛。」她一隻手指往我肚子旁邊猛戳，直到我的臭臉終於撐不住、直到我終於揪著胸口笑出來。

院子遠遠另一邊的芒果樹旁，崑仔正忙著用一條長長的粗繩把鐵桶放進水井裡。這口水井是我曾祖父的用泥漿鋼條和他的勞力挖出來的，媽還在的時候常常會講起曾祖父怎麼死在井裡的故事。他有天取水時就這麼跌了進去。整整三天沒人找得到他。大家去森林、農田、村子廣場、甚至連公用停屍間都找過了。後來是井裡開始出現臭蛋的味道和奇怪的東西，他們終於把他從井裡撈上來時，他的屍體腫脹得好像他的腳、鼻子、肚子、牙齒、屁股全部同時懷孕了一樣。全村的人連著三天哭叫、捶打自己胸部，傷心極了。現在我看著崑仔，心裡有一小部分希望他掉進井裡，然後婚禮就會取消了。但這樣想我的兄弟是不對的，於是我便停止了。

崑仔把水桶拉上來放在地上、擦掉額頭的汗，爸正好一手牽著他的腳踏車、另一手拿塊綠色破布走過來。他穿上了他最好的褲子、有紅色小帆船圖案的藍色安卡拉印花布，好像要去見國王。崑仔趴在沙地上、額頭磕地迎接爸，然後從爸手上接過綠色破布開始擦亮腳踏車。艾妮姐把梳子插進我頭髮裡分好線，接著用力快速梳開我的頭髮。

「哎喲，」我說，感覺頭髮被拉扯的痛痛進了腦袋裡。「妳手輕一點。」

「對不起，」艾妮姐說，一邊把我的頭壓下去開始編辮了。第一排編好後，我抬起頭來。

崽仔弄好腳踏車了。爸往地上吐一口痰、用腳踩一踩，然後跳上腳踏車騎走。

艾妮妲試完化妝和頭髮回家後，我把臉上的東西全部洗掉，回到廚房外的同一個地方、坐在同一個板凳上，抓起玉米撕掉葉子，把一顆顆玉米粒剝進桶子裡。

我從下午就開始做這件事，現在月亮已經高掛在天空中。這是一個悶熱的晚上。我的背感覺像隨時會裂開的蛋殼，我的手指被玉米染成黃色、又痠又痛。我想停止剝玉米，但剝玉米可以讓我腦袋不要一直轉、不要想太多。

桶子差不多半滿的時候，我推開它站起來，伸懶腰讓背後骨頭發出噼啪聲。我把一整碗冷水倒進桶子裡然後蓋上布。

明天早上，常在村裡為人煮食的西西嬸嬸會來我們家。她會把泡了一夜的玉米和甜薯、糖、薑混合再一起磨碎，做成庫努飲*招待婚禮客人。

我把剩下的十根玉米踢到一邊，不管地上都是紅沙土。如果她明天說還要更多玉米粒，那她得自己剝。我不剝了。我手指痠痛，全身沾滿白色的玉米鬚，感覺像一條條小蛇在我身上爬來爬去。

我在客廳找到爸躺在沙發上打呼，帽子掛在鼻子上。他腳邊堆著三箱小罐裝黑啤，應該是婚禮的禮物。其中一箱少了一瓶，我看到地上那根點燃的蠟燭旁有一個深色空瓶。我等了一會，想再求一次爸、想再試一次能不能讓他在明天之前想通。但我想到外頭泡水的玉米，想到廚房裡的大山芋，想到那袋米和紅椒，想到屋子後面那兩隻雞和四隻公山羊。

我想到西西嬸嬸，想到艾妮妲和明天一大早會過來的其他人，全都為我穿戴上最好的洋裝鞋子和包包。我看著爸腳邊的黑啤空瓶，嘆口氣，在客廳門旁彎下腰去吹出長長一口氣熄掉了火光。

我讓爸一個人留在黑暗中。回到房間後，我脫掉洋裝、抖掉上頭的玉米鬚拿到窗邊風乾。我把纏裙纏在胸口，躺到卡育斯旁邊的草蓆上。我想要躺平睡了，但我的頭卻好像自己會呼吸，感覺像是艾妮妲幫我編頭髮時也把熱空氣灌進我腦袋裡，現在才會有什麼東西在裡頭砰砰撞個不停。我背靠牆壁坐起來，聽外頭風輕輕吹的聲音。有時候我真想像卡育斯一樣，不必害怕嫁人、不必擔心任何事。卡育斯總共只擔心要吃什麼和可以去哪踢他的足球。他從來不必擔心結婚或聘金。他也不必擔心學校的，因為我就是教他所有學校的事的人。

艾妮妲說莫魯夫有自己的房子。一輛真的可以開的汽車。很多食物，還有錢可以給爸和卡育斯、甚至崽仔。有錢給卡育斯是很好的事。或許我可以像艾妮妲說的那樣，試著開心起來。

我撐開嘴唇想擠出微笑。但我的胸口卻好像裡頭有很多鳥兒在拍動翅膀。鳥兒腳不停亂

＊編按：kunu drink 流行於奈及利亞北部的飲品。通常由小米或高粱等穀物製成，也可由玉米製成。製作方法是讓穀物發芽，再浸泡數日後，與紅薯、生薑或胡椒混合，得到光滑的沉澱物。之後尚需經過幾次程序方能製成。

踩、喙不停亂啄，讓我好想大聲哭叫求牠們停下來。我想對著夜晚大叫拜託明天永遠不要來，但卡育斯睡得好熟、我不想吵醒他，所以我拉起纏裙一角，揉成一團塞進嘴裡用力咬住。我嚐到下午的玉米和眼淚的鹹味。

我的心終於把眼淚哭光了後，我吐出嘴裡的布團抽抽鼻子。明天會來，我做什麼也不能阻止它來。我躺下，閉上眼睛。然後張開。然後閉上。然後又張開。旁邊有聲音，還有抖動。卡育斯？

我坐起來，輕輕碰碰他，說，「卡育斯？你還好吧？」

但我的小弟弟只是把我的手拍掉、好像我用兩隻滾燙的手指捏痛了他。他從他的草蓆上爬起來，踢開地上的鞋子，往黑漆漆的外頭跑去，而我甚至來不及想到要問是什麼在追他。

於是我坐著聆聽：房間外傳來他兩隻腳踢門的聲音。

踢。踢。踢。

我聽他的聲音，聽到他聲音裡的傷心和怒氣，聽他一遍又一遍尖叫我的名字。然後我聽到爸被吵醒了，大聲咒罵卡育斯、要他自己選：閉上他吵死人的嘴，或是進客廳來好好挨一頓鞭子。於是我站起來，走去屋外找到背靠我們房間牆坐在地上的卡育斯。他抱著左腳用兩手揉，邊揉邊哭、邊哭邊揉。

我蹲下去，把他的手從腳上拔開、緊緊握住。然後我把他拉過來靠在我身上。我們就維持這個姿勢，沒說一句話，直到他頭靠在我肩膀上睡熟了。

6

我的婚禮就像電視上演的電影。

我的眼睛看著自己跪在我父親面前，而他嘴巴說著要跟我去夫家的禱詞；我看著自己嘴巴張大、嘴唇分開，我的聲音接在禱詞最後說了「阿門」，但是我的頭腦並不明白到底發生了什麼事。

我從蓋住我的臉的白色蕾絲底下看著一切：男男女女站在我們院子的芒果樹下，大家都穿著一樣的藍色布料沒穿鞋，老鼓手肩膀背著說話鼓（talking-drum）來，在腋下、一手拉扯鼓身側面的繩子一手舉起棒子敲打鼓面：**鏗！鏗！鏗！**我的朋友艾妮妲和露卡歡笑跳舞唱歌。我看著所有的食物：椰油飯、魚、山芋、炸兜兜，給女人喝的可口可樂、庫努飲、洛神花飲，給男人喝的棕櫚酒、司奈普琴酒、黑啤、最烈的奧戈戈洛酒，小孩子則有裝在碗裡的巧克力糖。

我的眼睛看著自己，看著莫魯夫把手指伸進一小甕蜂蜜裡，然後掀起我的頭紗、用沾了蜂蜜的手指在我額頭按三下，說道：「妳的生活從今開始甜如蜜。」

我繼續看，看莫魯夫趴在爸面前的地上、額頭在地上磕七下，然後爸拉起我冰冷無力的手，放到莫魯夫手中，說：「她現在是妳的妻子了，從今天開始直到永遠，她屬於你。她從此隨你處置。好好利用她直到她沒了用處！願她永遠不再睡在她父親的屋子裡！」所有人大笑歡呼「**恭喜！**阿們！**恭喜！**」

我的眼睛繼續看著自己，看到我放在心裡桌上的上學照片飄落在地上，散成一塊塊小小的碎片。

莫魯夫的計程車要駛離我們家院子時，他一隻手伸到車窗外，對站在兩旁路邊跟我們說再見、祝福我們的人們大叫「謝謝！謝謝！」

在車上我坐在他旁邊，頭垂得低低的，眼睛看著艾妮妲今早幫我畫在手上的海娜，心裡想著這圖案好像我現在的感覺：長長的黑色細線扭來轉去，遠看很漂亮、但靠近一點就會看到那一團混亂。

「妳還好嗎？」莫魯夫問我，那時路邊已經沒有人，我們的左邊和右邊都只有高高矮矮的樹叢。那時車外面的世界已經變了，原本是太陽的地方只剩下黑暗，天空成了一大塊有一堆閃亮亮破洞的藍布。微風吹著我的臉，換成另一個新娘、一個快樂的新娘，現在應該滿臉微笑，看著星星心想自己多麼幸運能夠結婚。但我，我只是低著頭，努力把眼淚鎖在眼皮後面、不讓它流出來。我不想在這個男人面前哭。我永遠、永遠不想在他面前展現我的任何感覺。

「妳不回答我？」莫魯夫說，車子往左轉，往靠近村子邊界的地區去。「不要這樣！看我！」

我抬起頭來。

「好，很好，」他說。「因爲妳現在是已婚的女人了。我的妻子。另外兩個妻子在家裡，她們叫什麼名字來著？對了，拉芭克和卡蒂嘉。她們會嫉妒妳。卡蒂嘉還算講理，但拉芭克一定不會讓妳好過。妳不要讓她得逞，聽到沒？拉芭克如果對妳怎樣，對妳說難聽話，妳跟我說，我好好抽她一頓鞭子。」

我的腦袋聽不懂他爲甚麼要抽他妻子鞭子。如果我做錯什麼他也要抽我鞭子嗎？

「是的，大人，」我說。該死的眼淚還是不聽話，沿著我的臉頰流下來。

「欸。妳是不是在哭？」他摘下頭上的婚禮費拉帽丟到後座。

「妳在難過？」他問，我點點頭，因爲我祈禱他會可憐我、會把車停到路邊跟我說他很抱歉，這一切是個大誤會、他其實不想娶我。但他只是抽抽鼻子，說：「妳最好把眼淚擦掉開始笑。妳知道今天我花了多少錢娶妳？妳最好現在就給我張嘴笑。快點！妳看我做什麼？我殺了妳爸嗎？妳聾了嗎？我說要妳張嘴！」

我張開嘴巴，感覺臉被我自己撕開了。

「很好，」他說。「要笑。要開心。新婚妻子哪個不是開開心心的。」

我們像車上的兩個瘋子，我張嘴笑給他看、他自言自語說起來聘金花了他幾千又幾千奈拉，直到我們過了伊卡提麵包店的路口，麵包的香味充滿我的鼻子、讓我想起媽。車子經過村裡的清眞寺，很多人正從鐵柵門裡面走出來：男人穿著長罩袍、手裡拿著念珠和塑膠壺，女人頭上包著頭巾，人人腳步都快得好像後面有什麼在追他們。

從我們家出發將近二十分鐘後，莫魯夫在伊卡提食堂前轉彎，把車開進一個有半個足球場大的院子，院子中央有一間水泥屋。屋子暗暗的，四個窗子都沒有亮燈。屋前沒有門，只有一個低矮的木柵門。柵門前的布簾隨悶熱的傍晚微風吹動。莫魯夫把車停在一棵芭樂樹下。芭樂樹的樹枝看起來好像人的手，樹枝上的葉子延伸到院子裡、像手上長了太多隻手指。我看到院子裡還停了另一輛車，綠色的，後窗有一片玻璃換成藍色塑膠布。

「這是我的房子。二十年了，我自己蓋的，」莫魯夫說。他指著綠車。「那是我另一輛計程車，」他說。「這村子裡多少人有兩輛車？」他用肩膀推開車門。「下車後先在那裡等我一下，」他說。「我去後車廂拿妳的行李。」

我下車，踢開擋路的一兩顆爛芭樂。我聽到屋子裡傳來聲音，門開了又關。一個女人，體型豐滿，屁股圓胖得好像在她繫在腰間的黑色纏裙底下還藏了木瓜。她的臉白得像是把白色粉筆壓碎了塗在臉上。她手上拿了一個盤子，盤子上面有一根點燃的蠟燭，跳動的火光讓她看起來像個戴著髮網的女鬼。

她拿著盤子和蠟燭像是拜神的祭品，慢慢走，腳步聲聽起來像是走在蛋殼上。她在我面前停下腳步。

「歡迎狐狸精，」她對著蠟燭說，嘴巴吹出來的氣熄滅了燭光。「等我在這屋裡對付完妳，妳會詛咒妳媽把妳生出來那天。阿西汙！」

「拉芭克！」莫魯夫從車子後面喊道：「妳又開始作怪是嗎？妳叫我新妻子阿西汙？妓女？我看妳今天晚上是不想活了。阿度妮不用理她。她有神經病。她頭腦壞掉了。不要理她！」

那女人，拉芭克，刻意慢慢咬牙吐氣，讓嘶嘶聲傳得整個院子都是回音。又一會她終於轉身，晃著大屁股走開。

我站在那裡，感覺寒氣爬上腦袋，直到莫魯夫走到我身邊。他把我的箱子放在地上，往我腳邊吐一口痰，然後用手背擦擦嘴。

「那是拉芭克，第一個妻子，」他說。「妳完全不要理她，完全不要。她光會放話。來，跟我進屋，我帶妳去見卡蒂嘉，第二個妻子。」

我數了數，客廳裡有六個人。

沙發靠牆，中間有一張木桌，木桌上面有一個空杯。沙發旁邊屋角的電視機上放著一盞煤油燈，對客廳散發暗橘色的光。

我的眼睛先看向女人。剛剛的白臉拉芭克，站在電視機旁邊不停打自己的肚子、好像裡頭有什麼邪惡的東西。她身邊站著另一個女孩。她看起來像半個大人，穿著一件長衫，在煤油燈映照下看起來是黑綠色。我從她貼著腦袋的短髮往下看到她隆起的肚子。她好像以為我可以用目光把寶寶從她肚子裡挖出來似的、轉身面對牆壁。

我看著坐在地上的孩子，四個全是女孩。她們眨眼睛看我，好像我是電視上演的閃光太強的電影。其中年紀最小的孩子看起來差不多一歲半。女孩們全都只穿著褲子，連那個胸部已經像顆可樂豆隆起的女孩都沒穿胸衣。我以前常在河邊看到她，只穿著褲子、拿了陶盆撈水。我和她玩過猜拳遊戲，很久很久以前。

想到這裡，她的名字出現在我腦袋裡。琪琪。她十四歲，和我同年紀。她看到我、臉上露出嚇一跳的表情時，我轉頭看向電視上的煤油燈、盯著玻璃碗裡跳舞的火光。

「那個是卡蒂嘉，」莫魯夫說，指著那個懷孕的嬌小女孩。「她看起來很小，但她還是排在妳前面的二太太。跪下來跟她行個禮。」

我跪下來行禮的時候，莫魯夫把女孩們趕開。「進去，妳們全部，都進房間去，」他邊說邊踢她們的腿。「起來，站起來。琪琪、阿拉菲亞，起來，快起來。新太太都看夠了吧。回去妳們的草蓆上。今天不准吵鬧。不准打架，妳們今天絕對不想看我發火。」

女孩們七手八腳爬起來，離開客廳。

「拉芭克、卡蒂嘉，妳們坐下。」莫魯夫說。「坐下，我有話跟妳們三個說。」

拉芭克一屁股坐到沙發上，兩手叉胸。「我們都知道你要說什麼，要就說快一點，」她說。

卡蒂嘉站在原地不動。

莫魯夫打哈欠，坐到拉芭克旁邊的沙發上去。在煤油燈光下，他的皮膚看起來粗得像砂紙、因爲上了年紀而鬆弛，嘴裡黃黑的牙齒倒向左邊。我趁他嘴巴閉起來之前數了他的牙齒，總共五顆。他應該跟爸差不多年紀，可能五十五或六十，但他看起來像爸的父親。

「阿度妮，這是妳的新家，」莫魯夫說。「在這房子裡，我有我的規定。所有人都要尊敬我。在這房子裡我就是國王。誰都不准對我回嘴。妳們不准，孩子們也不准，誰都不准。我說話的時候，妳們全都給我閉嘴。阿度妮，這表示妳不可以在我面前問問題，聽到了沒？」

「爲什麼？」我問。「那我有問題要在哪裡問？你背後嗎？」

角落裡的卡蒂嘉發出聲音，聽起來像在忍笑。

「阿度妮，妳以爲我是在開玩笑嗎？我希望妳的嘴巴不要給妳招來麻煩，」莫魯夫說。他微笑，不過是警告的微笑。「妳對妳丈夫不能想說什麼就說什麼，」他說。

「我有一根藤條專門處罰壞嘴巴。我不想對妳動用那根藤條，妳聽到沒？我剛說到哪裡了？這是妳的新家。我發誓，我娶第一個妻子之前就有白頭髮了。爲什麼？因爲我忙著賺很多錢、忙著學做計程車生意。首先，我娶了拉芭克，但她生不出小孩。我們獻祭兩頭山羊給伊卡提河神後她才終於生了頭胎，一個女孩。」他說得好像想起了什麼苦澀的回憶，好像女孩兒是詛咒、是神靈給的壞禮物。

「她的名字是琪琪，我的老大。她和妳同年紀，阿度妮。在她之後，我們又獻祭了很多次，但我想河神對拉芭克生氣。沒有寶寶了。於是我娶了第二個妻子，卡蒂嘉。天大的錯誤！糟透了！爲什麼？因爲卡蒂嘉生了三個女兒：阿拉菲亞、蔻芙，最後一個的名字我忘了。沒有男孩。阿度妮，妳的眼睛沒有瞎，妳看得很清楚卡蒂嘉懷著新寶寶。我已經警告過她，這回她肚子裡要不是男孩，她家人就別想再從我這裡拿到食物。我發誓我會把她踢回她那個餓死鬼父親家。信不信？」

「上帝不會那麼壞心，」卡蒂嘉對牆壁說。「這胎一定是男孩。」

「我想要兩個兒子，」他說。「如果我有了兒子，我會送他們去上學。他們會成爲講英文的計程車司機、賺很多錢。女孩們就適合結婚、烹飪、和關於房間的工作。我已經給琪琪找了丈夫。我打算拿她的聘金來修理我破掉的車窗，說不定也給農場買幾隻雞，因為我為了娶回我甜蜜的阿度妮花了好大一筆錢。」

「但把錢花在阿度妮身上值得。我一點也不介意！聽好，妳們三個，全都給我聽好。我不要妳們吵架。拉芭克，管好妳自己。妳老愛找麻煩。妳要是不讓我日子清靜過，我就把妳趕走。我老了，我需要清靜。讓我想想，妳們三個要怎麼輪流跟我睡呢？」

莫魯夫抓抓他的白鬍子，拔下一根放進嘴裡吃掉。「有了。就這麼辦。阿度妮一星期跟我睡三晚。星期日、星期一、星期二。拉芭克兩晚，星期三和星期四。妳這大肚婆一晚，星期五。剩下那一晚我自己睡好恢復元氣。阿度妮是年輕氣旺的新婚妻。她一定會給我生個兒子。是不是啊，阿度妮？」他笑開了，但沒人加入他一起笑。

他的意思是說我們會睡在同一張床上，像情人那樣？他會想要看我光著身子嗎？對我做那些大人做的亂七八糟勾當？我忍不住發抖、用手抱住自己。沒人看過我的身體。沒有人，除了媽。就算我在伊卡提河裡洗澡的時候，我也是用河水當纏裙包住我整個身子。我不要莫魯夫和他那張醜臉碰我。我不要丈夫。我只想要我媽。為什麼死神要這麼早把她從我身邊帶走？我的眼睛因為淚水而刺痛，但我咬嘴唇忍住淚，咬到嘴唇都破皮了。

莫魯夫從沙發上站起來，脫掉為婚禮穿上的阿格巴達袍。他不胖，肚子卻圓滾滾的；看起來還很硬，像椰子。也許裡頭有病。我忘記叫什麼了，但老師在自然課上有教過，這是一種病：吃的東西營養不均衡，肚子又大又硬卻不是懷孕。我想莫魯夫就是生了這種病。

「卡蒂嘉會帶妳去看廚房和浴室還有屋裡其他地方。沒什麼好害怕的，聽到沒？」他說。「我先去爲妳準備一下自己。還有別的問題嗎？」

我想問他可不可以放我回爸家。我想告訴他今晚別碰我，永遠永遠都別碰我。但我只是搖搖頭，不停發抖。我全身發冷，雖然拉芭克額頭都是汗，卡蒂嘉也一直用手扇風。

「沒問題，大人，」我說。「謝謝大人。」

莫魯夫走開後，拉芭克站起來、繫緊纏裙，好像準備打一架。「妳和我的琪琪同年紀，」她說，眼睛眨個不停。「妳死去的媽和我，我們算是同齡的。上帝不會贊成我和我自己的孩子分享丈夫。上帝不會贊成我得等到妳和我丈夫辦完事後才能進去他房間。不要懷疑，妳在這屋裡不會有好日子過。妳問卡蒂嘉，她會告訴妳我是個邪惡的壞女人，我的瘋狂沒藥醫。」

她用手指彈我的臉，然後把我推倒在沙發上。「我會折磨到妳受不了、逃回妳爸爸家。」

我嚇到了，忍不住哭出來。

「不要哭，」卡蒂嘉說，客廳只剩下我和她兩個人。她終於離開牆角、走過來坐在我旁邊。「拉芭克說說而已。她就是那張嘴，根本不會動手。沒有女人喜歡和人分享丈夫。別理拉芭克，聽到沒？不要哭了。」她一手放在我肩膀上，輕輕的。她的英文說得比我還好，我想她被迫嫁給莫魯夫之前一定上過學。

「其實沒那麼糟，」她說。「在這裡永遠有東西吃、有水可以喝。我對這點很感激。」

我看著她的臉。她的眼睛陷進腦袋裡，像是營養不良，她微笑的時候眼睛幾乎被臉頰吞掉，但我在她眼睛深處看到了善意。

「我只是很想我媽，」我輕聲說。「我不想嫁給莫魯夫。我爸說我必須嫁給他，因爲他幫我們付了房租。」

「妳這算很好了。看看我，我爸爲幾袋米就把我送給莫魯夫，」她說。「那是我爸生病切了腳之後的事。妳聽說過糖尿病嗎？」

我搖搖頭。

「跟糖有關的病，」她說，「糖尿病害他的腿爛掉，醫生只好把他的腿從這裡切斷，」她的手在膝蓋畫一圈，好像在切山芋一樣。「醫院花了很多錢，他之後又不能工作，我們常常得挨餓。莫魯夫一開始只是幫我們，後來他很快覺得煩了，說我得嫁給他不然就不再給我們食物。他給我爸買了五罐子的米，我爸就把我塞進莫魯夫的車裡、揮揮手跟我說再見。不像妳還辦了婚禮。」她乾笑了一聲。「那之前我還上學，成績不錯。我已經在這待了五年。他現在說，我要是再生不出兒子他就不再給我家人送食物。我實在很累了。我知道這胎一定是男孩，然後我就可以休息了。」

「妳幾歲？」我問，看著她背往後躺、一手放在隆起的肚子上。

「我二十歲，」她說。「我十五歲的時候嫁給他，生了三個孩子，三個他不想要的女兒。

當莫魯夫的妻子不是件容易的事。如果妳在這屋裡想清靜過日子，阿度妮，就不要讓我們的丈夫生氣。他生氣起來很可怕。非常可怕。」

我很不喜歡她說「我們的丈夫」的口氣，好像這是個了不起的頭銜，好像是在說「我們的國王」。

「打起精神來，」她說，「笑笑，開心一點。來，跟我走，我帶妳認識屋裡上下。我們的丈夫在等妳。今晚妳會變成眞正的女人，而如果上帝保佑，九個月後妳就會生出一個男寶寶。」

她努力站起來，揉揉自己的背，然後對我伸出一隻手。「我感覺快下雨了。妳聽到了嗎？跟我來，我帶妳去看廚房。」

天空傳來雷聲，雷電感覺像擊中了我，正中我的心臟。我握住卡蒂嘉的手像撿起我的憂傷，跟著她走出客廳。

雨勢帶著怒氣，好像廚房的屋頂是鼓、而雨滴就是上帝手裡的鼓棒。卡蒂嘉站在廚房遮棚下，指指東再指指西。

「那是煤油爐，」她說，指著廚房左邊角落裡的鐵爐，因爲轟隆隆的雨聲而拉高了聲音。「煮食物用的，」她說，好像有人會用煤油爐煮汽車似的。「有兩個爐子。一個我的、一個拉芭克的。妳想要的話可以用我的。」

「謝謝妳，」我說，一邊用手抱住身體、四處張望。地上有一碗吃剩的燉魚，白色魚骨在裡頭好像一把白色梳子。碗旁邊有一張小木椅，地上有一個酒椰洗碗綿和上頭一小塊半溶化的黑色肥皂。廚房沒有門，只是一塊有兩根木柱撐住屋頂的空地。

我看到再過去一點的地方，有一道門。門的一半塗了油漆，另一半卻露出底下的木頭，好像有人漆到一半突然改變主意走掉。或者只是油漆用完了。陳年尿騷味蓋過雨水氣味飄進我鼻孔裡。

「浴室？」我問。

「是的，」她說。「妳剛有看到房子前面那口井嗎？妳從那打水，穿過廚房走來浴室。所有人想用浴室時都可以來用。想用就來用。」她說得好像有浴室隨我們用是多棒的一件事。

「但我得告訴妳，我們丈夫得第一個上，」她說。「一大早，要是清眞寺禱告鐘聲響了、或者是公雞啼了，差不多都是五點。他用過浴室之後，其他人就可以去了。我們的丈夫事事都要第一。他還沒開始吃其他人就不准動食物。在這家裡他就是國王。」她笑得有點不自然，眼睛直直盯著我看、眨都不眨。我等著她再多說一點，但她拍手說：「今晚看夠了。我們回屋裡去。雨好大。」

我們冒雨走過院子回到屋裡，我的衣服都溼了、伊柔纏裙變得好重。

「我帶妳去我們丈夫的房間，」卡蒂嘉說。我們沿著走廊走，卡蒂嘉手裡拿著燈籠搖搖晃晃，我的影子在她後面跳舞。她指指左邊拉芭克的房間，她自己的房間在右邊，所有孩子一起睡的房間則在她房間旁邊。

「絕對不要進去拉芭克的房間，」她壓低了聲音說。」有一次，我女兒阿拉菲亞把食物端進房間給她。那巫婆拉芭克，竟把小女孩打到差點流血。如果妳珍惜自己就不要靠近她房間。」

我們走到走廊底，在一扇房門前面停下來。門前掛了一塊門簾，聞起來很像需要用肥皂和水用力洗過。我聽到門後面有人在吹口哨、打噴嚏，然後像是紙的唰唰聲。

「這是我們丈夫的房間，」卡蒂嘉說。「妳在這睡三晚，之後可以跟我一起睡我的房間。

這樣好嗎？」

「我好害怕，」我用氣音說。我的心掉到肚子裡，感覺快要被我吐出來。「求求妳不要留我一個人。」

她笑了。在黑漆漆的走廊裡，我甚至沒再看到她的眼睛，只有白色牙齒閃過去。「這是妳第一次和男人睡？」

「我從來沒看過男人裸體，」我說。「我好怕。」

「這是榮譽，」她說。「把自己保留給丈夫。妳進房間，他也已經準備好了，妳就閉上眼睛，因爲那件事會弄痛妳；妳覺得很痛的時候就想想妳喜歡的東西。妳喜歡什麼？」

「媽媽，」我說，眼淚終於從眼睛裡滿出來、沿臉頰流下來。

她碰碰我的肩膀，在門上敲兩下，走開了。

「進來，快進來。」莫魯夫站在我面前，擋住門。

在他背後，我看到鋪著報紙的地上有兩個油燈，旁邊有一個煤油爐。地上還有一個床墊，我的一箱衣服靠灰牆放著。

「妳還站在那邊看什麼？」他胸前都是毛，又濃又捲又白。他往一邊靠，我只好拖著我的腿，一步一步走進房間、鼻子被陳年菸味刺激得好想打噴嚏。雖然有兩個油燈照亮，房間還是感覺像棺材，好像就要一直朝我縮小靠近、把我擠到沒命。我的呼吸愈來愈急，我的心跳愈來愈快。

「和我一起到床上來，」他邊爬上床墊邊說。床墊被他壓得歪一邊，裡面的彈簧吱吱嘎嘎。他躺平，摸摸自己肚子，嗝出琴酒的氣味。

「妳今天在妳父親客廳裡怎麼沒有跳舞？」他問，兩手放到頭後面對我微笑。「坐下，坐下。妳不高興嫁給我嗎？我不是壞人，妳知道吧？」

「我覺得有點冷，」我坐在床墊上說。床墊上面沒有床單，沒有纏裙布蓋住裂開或破洞的地方。我注意到地上有一個黑色塑膠瓶。裡頭有樹皮和樹葉泡在髒水裡。我試著想讀瓶子上的字，我一個字一個字看清楚了：爆竹苦精酒。重振男子漢雄風。

什麼是重振雄風？莫魯夫喝這是爲了我嗎？爲什麼？

恐懼把我鎖住了。「我身體很不舒服，」我說。「我剛剛跟卡蒂嘉淋雨了。我覺得好冷。拜託妳讓我睡覺就好。我今天生病了。」

「我剛喝了一瓶爆竹，」他笑著說，移動身體讓出位子給我。「妳知道汽車都要加汽油吧？爆竹就是男人身體的汽油。現在我全身都很硬了。妳要不要也喝一口？喝了就不冷了。躺下來，放輕鬆。」

我搖搖頭。

「來，聽我話躺下來，」他說，拍拍床墊兩下。床墊噴出灰塵，味道很像還沒乾透就摺起來收進櫥子裡的衣服。我沒回答，莫魯夫聲音兇起來叫我的名字。

「我馬上，大人，」我說。我在他旁邊躺下來，感覺喉嚨有東西就要吐了。他靠近我，一隻手放到我肚子上。我全身僵硬。

他手放到我乳房上，隔著我的布巴上衣又揉又捏。他的呼吸變得好大聲、愈來愈急，手不停上上下下摸我的身體，好像在找什麼搞丟的東西。他脫掉我的褲子的時候我哭了出來，哭喊媽媽。他爬到我身上，好像我的腿擋了他的路似的擠開我的腿。

一道光照進房間，閃光從窗戶射進來，讓整個房間發出藍白色的奇怪亮光。是媽嗎？送來她的光好吸走莫魯夫身體裡面所有黑暗？

媽救救我。

我想要用眼睛留住光，讓它留在我身邊，但它太快了，一眨眼就不見。

痛來得很突然，我不能想也不能呼吸，我離開身體飄到天花板上。我留在那裡，看著自己咬著下唇、用手指抓傷他的背、用盡所有力氣反抗他。但沒有用。我的力氣完全沒有用，因爲莫魯夫好像中邪了一樣有力。我愈反抗他就愈用力把自己塞進我裡面，我下身裡面好熱好痛，直到他大聲呻吟，癱倒在我身上。然後他滾到一邊，大聲喘氣。

「妳現在是個完整的女人了，」他過一會說道。「明天，我們再做一次。我們一直做到妳懷孕、給我生個兒子。」他爬下床墊，穿上長褲離開，留我和我脹痛的下身在房間裡。

我躺在那裡，盯著天花板正中央那顆不亮的燈泡，任眼淚沿著我臉的兩邊往下流進我耳朵裡。

清晨的空氣像條纏住我身體的繩子。

這條繩子太粗太緊，整晚纏住我，從我的頭到兩腿，讓我很難走、很難呼吸、很難想事情。我拖著腳步走出莫魯夫的房間，滿心只想要撕爛自己的身體扔掉。

我的下身著火、感覺像我坐在燃燒的木炭上好幾小時。我不太記得昨天晚上的事，我的腦袋裡像塞滿黑布，擋住了莫魯夫對我做的所有邪惡，直到早上我聽到他說：「阿度妮，去把我的早餐端過來。」

廚房前面有一隻公雞用爪子扒地、弄得紅土亂飛，弄髒脖子一圈羽毛。牠看到我來了，立刻停止扒地、發出「咕——咕——咕」的啼叫迎接我。

卡蒂嘉其中兩個孩子，名字我一時忘記，她們穿過廚房往外跑，手裡的鐵水桶一路晃啊晃的。這讓我想起了我以前也得一早跑去伊卡提河邊、邊跑邊笑去幫爸提水回來。這讓我想起了媽死前的日子。

我擦掉臉上的眼淚，走向廚房。卡蒂嘉坐在爐子前的木凳上。爐上的鍋子裡有東西煮滾得鍋蓋啪啪響。

「阿度妮，」卡蒂嘉抬起頭來，揮手趕走臉上的蒼蠅。「早安。」

「妳丈夫要我幫他把早餐端去，」我說，一邊尋找東西可以讓目光落在上面。我看到地上有山芋皮；爐子旁邊有一把木柄刀。刀子讓我心裡一時起了邪惡念頭。我忍不住想，要是我拿了這把刀藏在衣服底下，等今天晚上莫魯夫又要對我做壞事的時候，我就用刀割掉他的男人部位。「妳在煮東西嗎？」我把目光從刀子上移開，專心看她的臉。「山芋？」

「是啊，新鮮山芋。妳有睡好嗎？」她歪頭，上下打量我，好像想要看出我藏起來的感覺。「妳哪裡痛嗎？有沒有流血？」

羞恥感變成一隻手，掐住我的喉嚨。「我流了一點血，」我說。「下身。」

「我知道那種感覺，」她說，聲音和善。「伊布坎粉止痛很有效。等我們的丈夫出門後我再去煮熱水，幫妳上藥，用棕櫚油揉一揉。很快就不痛了。」她回頭張望，確定沒人來。「他喝了那個爆竹酒？」

我點點頭。

她趕走另一隻蒼蠅，搖搖頭。「他第一次用在我身上時，我昏死五次又醒來。他得靠那東西才能辦事。妳吃山芋和洋蔥吧？」

「我想把全身洗乾淨，」我說。我的身體發臭，都是莫魯夫的菸味；我的嘴巴發苦，好像我身體裡面的苦籽滿進我嘴裡了。

「去，」她說，指向自己背後的浴室。「孩子們那放了一桶水給我。妳先用。她們會再去幫我提一桶水來。」

浴室是一個正方形小房間，牆壁上有整片綠苔。地上有一滿桶的水，空氣中有強烈的尿騷味。我碰碰水，馬上抽手大叫。冷冰冰的，刺痛我的皮膚。我一邊發抖一邊脫掉婚禮衣裙掛在門上。我把手浸進冰水裡、潑在自己身上，我開始慢慢把身上的菸味和爆竹酒味全部洗掉。

洗完後，我光著身子躺在冰冷潮溼的浴室地上。我害怕我一走出去，早晨和下午的時間會很快過去、然後夜晚就來臨了。然後莫魯夫就會用他的苦火充滿我。所以我躺在那裡，全身捲曲得像一隻毛毛蟲，緊緊閉上眼睛。

不要哭，阿度妮，我提醒自己，永遠、永遠都不要為像莫魯夫這樣愚蠢的老男人哭泣。

10

我來到這屋子已經四星期了，我親眼看到了一些沒有人應該看到的可怕事情。

莫魯夫身體裡面住著一種邪惡，一種會在他喝了邪惡的爆竹酒或孩子們惹他生氣時跑出來的瘋狂。

我看到他抽出長褲皮帶，鞭打琪琪和妹妹們、打到她們皮肉都裂開了，不管拉芭克和卡蒂嘉在旁邊苦苦求他不要殺了她們的孩子。拉芭克身體裡面也住著小邪惡，一種會在我擋到她的路時跑出來的邪惡。不過兩天以前，一大早公雞啼叫過以後，我在浴室裡洗澡；我洗得很慢，因爲這是我唯一可以一個人、也是我唯一可以好好想事情的時間。拉芭克敲門叫我出來，因爲她想要趁去市場前洗個澡。我跟她說我快好了、要她等一下，她發出生氣的咬牙吐氣聲把門撞開、把光著身子的我硬生生拖出來。

然後她開始抓起地上的沙土往我身上抹。我從來沒有受過這樣的侮辱。卡蒂嘉的孩子們圍過來大笑，拉芭克則不停用沙土搓痛我全身皮膚、一邊咒罵我。我尊重她所以沒有反擊。她對付完我之後轉向卡蒂嘉的兩個女兒，打她們巴掌要她們住嘴。

卡蒂嘉說下次拉芭克再這樣時我就咬她。她說拉芭克瘋成這樣，沒必要尊重她。她說她肚子裡懷上這個寶寶之前，她和拉芭克會打架打到有人流血為止。她要我下次洗澡時帶一碗又紅又辣的辣椒進去浴室，要是拉芭克又來找我麻煩，我就把辣椒倒在她臉上然後咬她的胸部。

卡蒂嘉讓我在莫魯夫的屋子裡感到一點點安慰。她除了照顧她的三個女兒和肚裡的寶寶之外也會照顧我。「阿度妮，把這山芋吃掉，」她會這樣說，微笑著端給我一碗山芋魚湯。「吃掉，然後謝謝上帝我們有東西可以吃。」或者她會說：「阿度妮，來，我來給妳的頭髮抹點油。要不要我幫妳洗頭髮？」然後我會說：「不，不用了，謝謝妳卡蒂嘉，我自己會洗。」或者他也會說：「跟莫魯夫的事怎麼樣了？還會痛嗎？」然後我會說不，我的身體已經不會痛了，但是我的心、靈魂和精神上的痛永遠不會消失。

莫魯夫沒有要我陪睡的晚上，我就和卡蒂嘉睡一間房。和卡蒂嘉同房讓事情輕鬆很多。夜裡傷心的感覺又包圍住我的時候，卡蒂嘉會為我揉揉背，她的手畫過一圈又一圈，好像在告訴我要堅強，要努力撐下去。有時寶寶在她肚子裡踢得太用力，我會把嘴貼在她硬梆梆的肚子上開始對裡頭的寶寶唱歌，唱到寶寶和她都沉沉睡著。卡蒂嘉說等寶寶出生以後我要繼續對他唱歌，因為寶寶已經認識我的聲音了。

昨天晚上，她用她的話安慰我：「等妳有了自己的孩子之後就不會再這麼傷心了，」她說。「我剛嫁給莫魯夫的時候也不想要生孩子。我害怕這麼快生寶寶、害怕自己的身體撐不住。所以我就吃藥不讓自己懷孕。但兩個月之後我對自己說，『卡蒂嘉，如果妳再不生寶寶，莫魯夫會把妳送回妳爸爸家。』所以我就不吃藥了，很快就懷上我第一個女兒，阿拉菲亞。我第一次抱她的時候，我的心充滿了好多愛。現在，就算我沒想笑，我的孩子們也會讓我笑出來。孩子就是歡樂，阿度妮，真正的歡樂。」

但我一點也不想生。像我這樣的女孩要怎麼生孩子？我爲什麼要爲這個世界製造更多沒有機會上學的可憐孩子？我爲什麼要讓這個世界變成一個悲傷又安靜的地方、因爲所有的孩子們都沒有自己的聲音？

我的腦袋一整晚轉個不停，想卡蒂嘉說的那種藥，想我能不能讓自己不要懷孕。

今天早上我在廚房找到卡蒂嘉坐在爐子旁邊的板凳上，摘下黃麻葉放在腳邊的碗裡。

「阿度妮，」她說，「早安。妳今天覺得怎麼樣？沒再哭著想媽媽了吧？」

「我在想妳昨天晚上說的，」我說，低頭看自己的腳。我的腳指甲該剪了。「有關孩子的事。」

「啊，」卡蒂嘉說。

我回頭很快看一眼、確定沒人來，然後我就跟她說了。「我眞的很害怕生孩子，」我說得很急、字全擠在一起。「我在想妳說的……不想要寶寶的藥。我只是……現在還不想生寶寶。我能怎麼辦？」

卡蒂嘉停止摘葉子，點點頭。

「阿度妮，妳知道我們的丈夫想要兩個男孩吧？我生一個、妳生一個。妳知道這件事吧？」

「我知道，」我說。「我只是想等一下。」我其實希望如果我遲遲不懷孕，莫魯夫說不定就會把我送回爸家。但我沒跟卡蒂嘉這麼說。

「妳很害怕？」過了好一會她才說，眼睛裡帶有同情。

「非常，」我說。「我不能因爲要給莫魯夫生男孩就讓自己肚子每年大起來。我唯一想要大起來的地方是我的腦袋和心智，裝滿書本和教育。」我咬住嘴唇。「我不像妳這麼堅強，卡蒂嘉。我不能這年紀就懷上寶寶。」

「妳很堅強，阿度妮，」她說，聲音很低。「妳是個鬥士。我們都是，只是妳還不知道而已，妳想要用妳的教育當武器來奮鬥——很好，如果在我們這村子裡行得通的話。我呢，我只能靠我的身體、靠我懷孕的肚子。靠這，我可以奮鬥讓自己留在這裡、讓我的孩子們頭上有屋頂、讓我的爸媽一直有麵包吃有湯喝。」

我站在那裡看著她，看著那碗隨著從卡蒂嘉手中落下的葉片愈堆愈高的黃麻葉小山，看著她那被從樹枝上扭摘下葉片而染得深綠潮溼的手指。

「妳知道怎麼數妳月事的日子吧？」她問。「妳知道妳每個月什麼時候會來？」

「知道，」我說。「爲什麼？」

「妳可以吃一種藥。混合藥性很強的葉子。」

「這種藥可以幫我？」我問，我的心充滿希望。「讓我不要懷孕？」

「我不能保證妳，阿度妮，不過我會去伊卡提農場找這些葉子。妳另外還需要十顆木瓜籽、薑、乾椒，然後全部一起混進裝了雨水的深色瓶子泡三天。妳月事來之前和結束後都要喝五天，還有和莫魯夫同床時也要喝。」

她抬頭，瞇眼睛看我。「莫魯夫絕對不能知道妳在吃藥。妳懂我的意思吧，阿度妮？」

我看著她的圓臉和眼睛裡的善意，心都融化了。「謝謝妳，卡蒂嘉，」我說，彎腰拿起一根樹枝。「我幫妳摘這根好不好？」

「阿度妮，」她說，小心的把樹枝從我手裡拿走、放在地上。「妳的心裡有好多擔心害怕，全都寫在妳臉上。今天就忘了家事吧。把那張板凳拉過來，坐在這裡陪我聊天。」

11

有卡蒂嘉一起，在這屋子裡的日子過得很快，有時甚至很甜蜜。

我們一起聊一起笑，她的肚子漸漸大到常常讓她不舒服，我就幫她洗衣煮食。我幫她照顧年幼的孩子，給阿拉菲亞和兩個妹妹洗澡、餵食、幫她們洗頭洗髒衣服。卡蒂嘉的孩子是好孩子，總是開開心心笑咪咪的，沒事就找找拉芭克的麻煩。

我和莫魯夫不怎麼說話。他每天從早到晚忙他的農場和計程車生意。有時他會叫我進房，要我站在他面前雙手放背後、好像醫生一樣問我問題。他會問我有沒有懷孕，或是月事有沒有來，因為他想要我趕快懷孕給他生兒子。不過大部分的時候他只是要我做那件事或是要我給他端食物去。我一直有在喝卡蒂嘉做給我的藥水，那個裝著苦苦的葉子和薑塊的黑瓶子。

輪我我和莫魯夫睡的時候，我會趕緊喝一口藥酒，去他房間看他吞下他的爆竹酒，然後把自己變成一具屍體讓他對我做那件事。我偷偷希望，等他看我過了六七個月還懷不了孕，說不定會把我送回去給我爸。說不定。

拉芭克還是看我不順眼。她會跺腳咒罵我，嫌我在廚房洗碗洗太久、嫌我掃院子掃太快、嫌我磨豆子磨太慢。她隨時都在找我麻煩，隨時都想找我吵架。

但今天是這個月的第二個星期二。

今天是伊卡提農人和趕集婦女的市集日，拉芭卉和莫魯夫都不會在屋子裡。我感到好久沒有感覺過的自由，一大早打掃客廳的時候，我感覺心裡有股衝動想要唱歌。我想要開心一下，暫時不要去想那些悲傷或擔憂的事。所以我就開始唱一首我剛剛在腦袋裡編好的歌。

哈囉俏女孩！

如果妳想要變成厲害厲害大律師
妳就要去上很多很多學

如果妳想要穿高呀高呀高跟鞋
走起路來叩叩叩
妳就要去上很多很多學

我拿來墊在電視上的油燈底下那疊報紙，摺成我有時在電視裡看到的那種律師假髮。我把報紙假髮放在頭上，用一手壓住，然後踮腳尖假裝自己穿著很高的高跟鞋。我開始在客廳裡到處走動、邊走邊唱：

走起路來叩叩叩

穿著妳的高呀高呀高跟鞋！

唱到叩叩叩的時候，我會停下腳步，跟著節拍扭屁股，左、右、左，然後繼續踮腳尖走，一手上下揮舞、一手壓住頭上的報紙不讓它掉下來。

我的聲音開心又清澈，像一大早的小鳥，我甚至沒發現卡蒂嘉把頭探進客廳，看著頭上頂報紙的我在偷笑。

「阿度妮！」她說。

我嚇一跳、住了口，確定她沒在生氣後給她一個大大的微笑。

「對不起，」我說，「我只是——」

「妳早上的家事都做完了嗎？」她問。

「都做完了，」我說，一邊摘下頭上的報紙、摺好放回電視上。「我編了一首歌，講一個想當律師的女孩。要不要我唱給妳聽？哈囉俏女孩——」她揮揮手阻止我唱下去，揉揉自己肚子。「改天吧。我還是不太舒服。也許晚上再唱。」

「好，」我說。「妳有看到我今天早上煮給妳的秋葵嗎？」

「我現在就去吃一點，」她說。「謝謝妳。」

我看看整個客廳，滿意的點點頭。「都打掃乾淨了。我現在去洗——」

「不，」卡蒂嘉說。「衣服就留在後院，等我好一點了再幫妳洗。上星期下雨，河水應該漲了。妳可以去伊卡提河幫我提點水來嗎？我的陶盆在井邊，妳就用它裝水。」

「妳要我去伊卡提河邊？」我手壓胸口眨眼睛。「我？」

莫魯夫不讓我去像河邊這樣遠的地方。他說新婚妻子不應該到處跑，至少要等一年，等我給他生了男寶寶之後。

卡蒂嘉點點頭，溫柔的微笑。「阿度妮，我知道妳朋友差不多這時候都會去河邊玩。拉芭克和莫魯夫都不在家。妳已經這麼久沒見過妳的朋友了。快去吧，下午之前回來就好。」

「噢，卡蒂嘉，」我說，蹦蹦跳跳拍手。「謝謝妳、謝謝妳、謝謝妳！」

從媽把我生下來後我還不曾跑這麼快過。

我一路蹦跳、踢飛地上的小石子，沒有停下來跟頭頂木柴的路過婦女、或是把整盤新鮮麵包頂在頭上賣的孩子打招呼。我眼睛看著前方，一手抓緊卡蒂嘉的陶盆、一手抓住我的纏裙，一路跑向河邊。前面不遠、在靠近那排香蕉樹的河邊，我看到露卡和艾妮姐。

河更遠的那邊有五六個男孩又叫又笑、正在比賽拳擊，但我的眼睛鎖定艾妮妲。她正拿著一根樹枝在溼沙地上畫方格、水桶放在她腳邊的地上，露卡蹲在旁邊看著艾妮妲畫方格。

我就這樣站在那裡，感覺自己的心漲滿胸口，回想我還沒有丈夫、還能像這樣自由玩樂的時候。

艾妮姐接著畫第二個方格。我知道她總共會在沙地上畫六七個方格，準備要玩我最拿手的跳格子遊戲。我會把一顆小石子扔進其中一個方格，然後單腳跳過每一個方格，小心不要跌倒、想辦法撿回那顆小石子，艾妮姐和露卡則會站在格子外一邊拍手一邊唱道蘇威！蘇威！蘇威！但這一切都是以前的事了。

我放下卡蒂嘉的陶盆，大叫「艾妮姐！露卡！」

露卡轉頭朝向我站的地方，睜大眼睛露出大大的微笑。「看！是阿度妮！」

我和艾妮姐和露卡跑向彼此、三個人抱在一起同時又說又笑。

「我們的新婚嬌妻，」艾妮姐說，拉我的手坐在河邊的大石頭上，露卡坐在我另一邊好把我夾在她們兩個中間。她們臉上的微笑和眼睛裡活跳跳的開心讓我感覺自己的心快要爆炸了。

「嬌妻的日子怎麼樣？」艾妮姐問，眼睛閃亮得好像她腦袋裡有一顆燈泡。「快告訴我們！我們什麼都想知道！」

「看看妳的臉頰！」露卡說，捏捏我左邊臉頰。「阿度妮，妳麵包和牛奶吃多了！妳日子過得很好！」

「那裡吃的是很多，」我說。

「妳之前那兩個太太呢？」艾妮姐問，「莫魯夫呢？他對妳好不好？」

「等等！讓我先問她一件事！」露卡說。「跟我們說，阿度妮，妳跟妳丈夫做那件事了嗎？」她眨眨眼，好像眼皮被什麼黏到了。「會痛嗎？還是很美妙？」

「妳每天煮飯嗎？」艾妮妲問。

「跟我們說那件事！」露卡說。「我想知道！」

「太多問題了，」我說，對著還在眨眼的露卡笑開。「大太太拉芭克心地不好。她每天都用白粉把自己的臉塗得跟鬼一樣，整天找人吵架。」

「琪琪的媽？」艾妮妲說。一陣涼風吹過來，她拉拉纏裙蓋住膝蓋。「我知道那個女人，老是苦著一張臉。那二太太呢？她叫什麼名字？」

「卡蒂嘉，」我手壓在胸口，左右轉頭看我的朋友。「她跟我們一樣。她比我們大六歲，已經有三個孩子、肚子裡還有一個。她人很好很好。她煮飯給我吃、教我很多東西。我會唱歌給她聽，在夜裡。她喜歡聽我唱歌。她就好像我另一個媽媽。」

想到這裡我的眼睛開始漲淚刺痛。卡蒂嘉就像我另一個媽媽。媽媽！我一直向上帝禱告要媽回來，雖然我知道媽不可能回來，但我現在突然明白了，也許卡蒂嘉就是上帝給我的回答。

「看吧！」艾妮妲拍手說。「嫁作人妻還不壞吧！」

「是吧，」我慢慢說，「是不壞，但都是因爲卡蒂嘉。至於妳問的那件事，」我轉向露卡，肚子裡一陣糾結。如果我跟她們說實話，說不定她們就不會急著想結婚了。「做那件事很痛，有時痛到快不能走路。我做完常常流血、覺得頭暈想吐。眞的不要急著結婚。聽我說沒錯！」

但露卡這傻女孩，她害羞地笑了笑、推了我膝蓋一把。「妳騙人！」

我想問她爲什麼覺得我騙人，但艾妮妲指著我們背後大叫：「看誰從男孩那邊跑過來了！是卡育斯！」

我馬上跳起來回頭看。是眞的！眞的是我的卡育斯跑過來了，他跑得好快、一邊大叫我的名字。這是我兩個月前嫁給莫魯夫之後第一次看到他，我丟下艾妮妲和露卡朝他跑去。就在他快跑到女孩這邊時我們遇上了，他一把抱起我，舉到空中轉呀轉呀轉的、轉到我分不清天空和地上。力氣眞是大，這卡育斯！

「我遠遠聽到女孩們喊妳的名字，」他說，一邊把我放下來。「我就對自己說，不，不可能是我的阿度妮，但等我看清楚時，我看到眞的是妳！」

我站穩，用兩手捧住他的臉。「我的卡育斯！」

「自從妳嫁給那頭老山羊莫魯夫後我就沒跟爸說過話，」他說，轉頭想掙脫我的手，但我用力抓緊他，因爲我想用我的眼睛好好看看他：他又長又密的睫毛、他消瘦的臉頰、他有次跌倒撞到嘴巴碰缺了角的兩顆門牙。

「等我開始到卡辛車廠工作，」他說，口氣堅決，「我發誓，我會賺很多錢把妳從莫魯夫家接走。我會把他該死的聘金都還給他，然後我們蓋自己的房子永遠住在裡面，就妳和我！」

我拉近他，把他的頭壓在我的胸口、我的心上。

「我知道你一定可以，」我說。「但在那之前，我會顧好自己。我在莫魯夫家過得還可以。過來坐在我旁邊，我來跟你說說那裡的日子。」

我在中午左右離開河邊。我跟卡育斯、艾妮妲和露卡說了再見，開始走路回家。太陽像一個燙得發亮的盤子高掛天空、躺在一團團白色棉花之中。我頭頂卡蒂嘉裝了水的陶盆，卡育斯的笑聲還在我耳朵裡、我的心也跟著笑聲跳舞。

快要到屋子的時候，我的心停止跳舞，開始感覺裡頭像裝了石頭，重重的石頭壓得我腳步變慢。我好想往回跑到卡育斯身邊和他一起回我們家、煮椰油飯給他吃、夜裡唱歌陪他睡覺，但我知道這樣只會討來爸一頓打，所以我轉進通往莫魯夫家後面的小路，繼續往前走。

離屋子剩幾步路的時候，一旁的樹叢突然發出聲音，我停下腳步。「誰在那裡？」我說，考慮要放下陶盆靠近看清楚。「是誰？」

拉芭克從樹叢裡爬出來，胸部緊緊纏了條棕布，睜大的眼睛裡面有瘋狂。她手裡拿著一根上頭有很多短木釘的細長木棍，就是她平常放在廚房裡、趁卡蒂嘉不在家時拿出來嚇唬卡蒂嘉的孩子們那根。

「午安夫人，」我說，努力不要讓她看出我對她手上棍子的恐懼。「妳在樹叢裡做什麼？」

「等妳，」她用約路巴語說。「我就等妳落單，這樣卡蒂嘉才救不了妳。好，妳告訴我，為什麼我爐子裡的煤油變少了？」

我想到我今天一大早煮給卡蒂嘉的秋葵湯。她兩星期來每天早上都要喝一碗秋葵湯，說是可以叫醒在她肚子裡不動的寶寶。我是用卡蒂嘉的爐子煮的，洗碗盆旁邊那個綠色的爐子。

「我不知道你爐子裡的煤油爲什麼會變少。」

「妳有煮東西嗎？」她問。「在廚房裡？」

「煮給卡蒂嘉的，」我說。

「妳用哪個爐子？」

「卡蒂嘉的爐子。」

我有沒有不小心用了拉芭克的爐子？我努力回想，仔細想過一圈後才搖搖頭。廚房裡有兩個同樣的綠色煤油爐：一個在洗碗盆旁邊，一個在板凳後面；每天晚上煮完晚餐後，拉芭克都會把爐子搬到自己房間裡。不，我再一次搖搖頭，我沒有用到拉芭克的爐子，因爲她的爐子今早根本不在廚房裡。

「麻煩妳讓個路，」我說。「我得把這水送去給——」

「我的爐子是洗碗盆旁邊那個，」她說，朝我走近，眼睛生氣地瞇成一條線。「綠色的。我昨晚沒有搬回房間。卡蒂嘉的爐子壞了，但我猜她懷孕懷到腦袋也壞掉了，忘記告訴妳爐子被莫魯夫拿去給人修理了。我現在再問妳一次：妳有沒有用我的爐子？」

「妳的爐子是哪一個？」我問，我的心跳得好快、我的手抓緊陶盆緊到發痛。

她一手壓在我胸前、推我一把。只是小小一推，但陶盆裡的水晃來晃去、噴到我臉上還滴進我衣服裡。水好冰。

「妳還在問我哪一個？」她甩動棍子發出咻咻聲，我感覺我的皮膚好像被劃開了。

我舔舔嘴唇，往後退兩步，頭上的一盆水好像變成一盆火和石頭和麻煩。

「我覺得我可能——」我起了頭，想要求她不要生氣、不要打我，就在那時候我聽到我們背後傳來拉芭克女兒琪琪的聲音：「媽！」

琪琪沿小路跑過來，大口喘氣。自從我嫁給她爸爸後我們就很少說話了。她在屋裡不太出聲音，而我，我連她的臉都不敢看。她胸前綁了塊布，手裡拿著一根木湯匙，邊緣還沾了些白色麵團。好像她正在鍋裡搗富富餅，卻突然放下不管跑出來找我們。她來做什麼？她打算加入她媽媽一起打我嗎？

「媽，」琪琪說，跪在沙地上迎接拉芭克。「是我，媽。今天早上是我用妳的爐子煮了茄子。不是阿度妮。」

「琪琪，是妳？」拉芭克問，上下打量自己的女兒好像不相信她。「妳確定？」

「我發誓，媽，是我。」

拉芭克發出嘶聲，又推了我胸口一把。這一回，陶盆從我手裡飛出來、砸在地上破成碎片。

我眼睛盯著卡蒂嘉的陶盆碎片，看著沙上變成深紅色。拉芭克就這樣走開了，腳步揚起塵土、嘴裡不停大聲咒罵我和卡蒂嘉。

原地只剩下我和琪琪。我轉向還跪在地上的她，手裡握著木勺，好像她也搞不清楚自己在這裡做什麼。

「妳說謊救我，」我說，我的心裡充滿感謝和難過的意外。「爲什麼？」

但琪琪沒有回答我，她只是聳聳肩膀，站起來抖掉膝蓋上的沙土，很快跑掉了，邊跑邊喊著要她媽媽等等她。

我看著這一陣塵土又落回地上，心想琪琪說不定會跑回來？然後我坐到地上，用膝蓋撐開纏裙，開始用手把卡蒂嘉破掉的陶盆和今天看到卡育斯的快樂心情撿進我的纏裙布裡。

我不知道我在那裡待了多久，只是不停把地上的東西全都掃進纏裙布裡。溼沙、某隻狗很久以前吃進去又吐出來的碎骨頭、被車子輪胎壓扁的牛奶罐、樹叢的雜草。我一直撿一直撿、不停把東西塞進我的纏裙布裡，不管那些東西有多難聞、不管我的手有多髒。

塞到不能再塞後，我試著想站起來卻站不起來。有什麼東西把我壓住了，我不知道是塞在我裙子裡的一大堆垃圾，還是漲滿我心裡的沉重的悲傷。所以我就這樣，坐在沙地，直到有人輕聲叫我的名字。

「我一直在等妳回家。」是卡蒂嘉，她的聲音很溫柔，很擔心。「看看妳弄得這一身髒。」

「是拉芭克，」我說，一邊想辦法站了起來，纏裙布裡的東西全部掉到地上、像一場垃圾雨。「拉芭克推我，妳的盆子掉到地上破掉了，我想幫妳把它撿起來，把所有東西都撿起來，想要怎麼才能把它修理好、修理自從我媽媽死後這一堆亂掉壞掉的事。但太難了。一切都太難了。」

「噢，阿度妮，」卡蒂嘉用她溫暖的手捧住我的臉頰，爲我擦掉我原本不知道在哪裡的眼淚。

「跟我來，孩子，」她說。「妳需要洗個熱水澡、一碗甜山芋，再好好睡一覺。」

她拉著我的手，帶我和我這顆沉重的心回到莫魯大的屋子裡。

12

自從上星期之後，我的心對琪琪多了一種溫柔的感覺，相遇時我們有時也會用眼睛跟彼此打招呼；但今天早上她特別來找我，那時我正在廚房外頭坐在地上磨紅椒。

她站在我前面，手放背後歪著頭。「阿度妮，」她說，「早安。」

「早安，」我說，一邊拿起磨石潑水洗掉髒污，然後把幾個圓圓的紅椒放在我腳中間扁平的大石砧上，開始用磨石來回滾壓。

「謝謝妳……那天在樹叢旁邊的事，」我說，眼睛盯著磨石。「我一直想跟妳說謝謝，但是妳媽，她一直盯著我，想看我會不會跑去跟妳說話。」

「她去市場了，」琪琪說。「太陽下山才會回來。」

「妳那天爲什麼說謊解救我？」我問。

「因爲……沒有因爲，」她說。

我抬頭，手遮在眼睛上擋陽光。「我不想嫁給妳爸，」我說。「妳應該知道。」

她蹲下來，坐在我旁邊的石頭上。「我知道。我知道妳想繼續上學。妳有顆聰明的腦袋，阿度妮。妳適合上學。村裡的人都這麼說。」

「那妳媽媽爲什麼這麼討厭我？」

「我爸爲了生不出男孩跑去娶了卡蒂嘉和妳，這是他不好。我媽很痛苦，只能拿妳們兩個出氣。妳……妳和我同年紀，這讓她很難受。」

「我懂妳的意思，」我說。

「我爸給我找了丈夫，」她說。「他從我十歲之後就一直在找。他昨天告訴我他收了我的聘金。明天我就要搬去我丈夫的房子了。」

「那男人是誰？」我拿起另一個紅椒，撕成兩半放到石砧上開始用磨石滾壓。「妳見過他嗎？」

琪琪搖搖頭。「他叫做呇呇・歐岡。他在他村子裡賣藥給生病的人。他有過一個妻子，六個月前咳血死了。他在找新妻子，一個可以讓他覺得自己還年輕的年輕女孩。我們不會有眞的婚禮，因爲他才死了妻子。不過我爸媽明天會一起帶我過去。」

琪琪看起來很輕鬆，好像她並不介意嫁給一個死了老婆的老男人當第二個妻子。

「妳高興要嫁給這個男人嗎？」我邊問邊抓起紅椒泥檢查。白色的籽像小沙粒夾雜在紅椒泥裡，於是我把紅椒泥倒回石砧上繼續磨。

「我爸高興就好。」她聳聳肩。「我媽想要我學裁縫，但爸說他沒錢送我去學。他要用我的聘金修理另一輛計程車。」她往後靠，看著我的手來回滾動磨石壓碎紅椒，來來回回、來來回回。

她嘆氣。「我眞希望我是男人。」

我停手。「妳爲什麼會這樣希望？」

「因爲，妳想想，阿度妮，」她說。「我們村裡的男人，他們可以上學工作，而我們女孩卻十四歲就得嫁人。我知道我可以是很棒的裁縫。我會畫很時髦的款式。」她用手指在沙地上畫畫。我探頭看，那是一件長洋裝，裙襬像魚尾、袖子像兩個響鐘。

「好漂亮，」我說。

「每天和媽從市場回家後，」她抹平沙地，用手指又畫了另一件，「我都會畫好多不同款式的洋裝。閉上眼睛的時候，」她闔上眼皮，「我可以看見村裡的女人全都穿著我設計的衣服。」

她睜開眼睛，給我一個悲傷的微笑。「我希望我是男人，但我不是，所以我就做我能做的下一件事。我嫁給男人。」

我想了一下她的話，想她這話是什麼意思。

「我跟上帝禱告我的丈夫人很好、會答應送我去學裁縫，」她說。「妳呢，阿度妮，妳想要做什麼？」

「老師，」我說。我從兩歲開始就想當老師了。媽死之前，她忙著炸要拿去賣的麵糰時，我就在旁邊教院子裡的樹木和葉子。我會拿我的小樹枝抽一下芒果樹根，對它說：「你，芒果，一加一等於多少？」然後我會自己回答自己，「一加一等於二，阿度妮老師。」

回憶讓我微笑。「我想繼續教村裡的孩子，」我對琪琪說。「讓他們過更好的日子。但現在我嫁給妳爸，這些都不可能了。」

她搖搖頭。「閉上妳的眼睛在腦袋裡教書，」她說，「聽我說，閉上妳的眼睛。用妳的頭腦想。」

一開始我只看到層層黑布，但我推開黑布往腦袋更深的地方看，終於走出去進到教室裡，我手裡拿粉筆在黑板上寫字。我背後的孩子們穿著白色和紅色的制服，坐在板凳上聽我教他們以前我上學時老師教我的東西。

那一刻我感到一種自由。這感覺太強烈，我睜開了眼睛。我忍不住笑出來，自己都嚇一跳。

琪琪又一次對我微笑。「有沒有？我告訴妳阿度妮，就算妳嫁給我爸、以為妳所有希望都完蛋了，但妳的頭腦還是沒有完蛋。在妳的腦袋裡妳還是可以當老師。」她站起來。「妳喜歡讀書，那就去找所有妳找得到的書來餵妳的腦袋，去邑丹拉的垃圾桶裡找、或是買市場上賣的便宜書。有一天，妳說不定當了老師，也可能沒有。明天我要去見我新丈夫的家人，但在我的腦袋裡，我就是琪琪，裁縫師琪琪。祝我好運吧。」

她離開後我閉上眼睛，想要在我頭腦裡當老師，但我腦袋裡到處都是黑布，而我手裡的紅椒微微刺痛了我的皮膚。

13

昨天晚上，卡蒂嘉要我陪她去找產婆。

她懷孕快要八個月了。從上星期開始，她走路像腳中間夾了兩個輪胎。她在廚房裡常常忍不住小聲呻吟，以爲沒人聽見。但是我聽到了，我問她寶寶還好嗎，她說很好。但昨天晚上，她爬上草蓆在我身邊彎起身子、而我正準備對寶寶唱歌時，她搖搖頭，說：「別唱，阿度妮。今晚別給寶寶唱歌，拜託。」她之前從來不曾阻止我對寶寶唱歌，所以我問她爲什麼，她說：「我很害怕，阿度妮。我很害怕寶寶可能會太早來了。」

「爲什麼？」我問。她說寶寶一直往下掉。「寶寶有哪裡不對勁嗎？」

「有，」她說。

「妳覺得還是妳知道？」我問。

她微微皺眉，睜大眼睛。「我知道。這是我第四次懷孕了，阿度妮。我知道寶寶想出來或是還想留在裡面。這個寶寶想出來了。他還要四五個星期才夠強壯。現在還不行。我明天早上得去找產婆。這是個男寶寶，他不能死。」

「妳怎麼知道是男寶寶？」我問。「有人能看到妳肚子裡面檢查過了嗎？」

「我就是知道，」她說。「莫魯夫說我再生不出男孩就不給我家人食物時，我做了一件事確保這胎是男孩。」她低頭，好像有些難過。「我做了一件可恥的事，但我沒有別的選擇。我不能再生女孩了，阿度妮。妳知道的。如果我又生女孩那我爸媽要吃什麼？我肚子裡是男孩。他不能死。明天早上陪我去。天一亮就走。」

那晚我睡得很不好。我一直想，她做了什麼事確保寶寶是男孩？我睜著眼睛，整晚想個不停，有時也會檢查一下卡蒂嘉、檢查她的肚子，因爲我擔心寶寶會不會就這樣生出來死掉了。如果我去找莫魯夫，拉芭克一定會揍我一頓，因爲今晚輪到她和莫魯夫睡。

還好，感謝上帝，寶寶撐到天亮了。

「產婆家在哪裡？」我洗完澡後問她。「妳會跟妳丈夫說我要陪妳去找產婆嗎？」我說得很小聲，雖然我們在她房間裡、離莫魯夫和拉芭克算遠。我已經嫁給莫魯夫三個月了，但我就是沒辦法喊他是「我們的」丈夫。我的嘴巴就是說不出這幾個字。上次我試著說的時候，我的舌頭卡住了，所以我跟卡蒂嘉說話的時候還是喊他「妳的」丈夫。她懂，我懂。

她搖搖頭。「我跟他說我要去看我媽，」她說。「我說要妳陪我去幫我提袋子。」

「你爲什麼不跟他說妳是要去找產婆？」我問，實在想不通。「找產婆有哪裡不好嗎？」

「妳不會懂的，」她說，一邊揉揉肚子、皺著臉好像很痛。「妳準備好可以出門了嗎？」

我穿上我的黑色涼鞋、纏好腰帶在背後打結，跟著卡蒂嘉走。

莫魯夫和拉芭克在院子裡，站在那輛計程車前面。今天是琪琪的婚禮，我知道他們正準備要送她去她丈夫家。

莫魯夫穿著我們婚禮那天穿過的阿格巴達袍，拉芭克穿著一件很像棕色布袋的衣服。她對我咬牙吐氣，轉身背對我。我也咬牙吐氣，不過只有我自己的耳朵聽得到。

「妳們這麼早要去哪裡？」莫魯夫問，一邊把阿格巴達袍的袖子捲到肩膀上。「妳們不可以跟我們去琪琪的婚禮。」

「想都別想，」拉芭克說。「她們不可以去。今天是我的日子。我不會讓女巫毀了我的日子。」

「我們才沒要跟妳去，」卡蒂嘉說。她擦掉爬滿額頭的汗珠，看起來好像靈魂漸漸離開了她的身體。「我們要去我媽媽家。她生病了。我得帶阿度妮一起去，我的袋子太重了。」

爲什麼莫魯夫瞎到看不出卡蒂嘉不對勁？

我跪下迎接他。「早安大人。」

「阿度妮，我的小妻子，」他說。「妳想跟卡蒂嘉一起去看她媽嗎？」

我看著卡蒂嘉，她微微轉身，點點頭。我也點點頭。「是的大人。」

「妳們今天晚上一定要回家，」他說。「因爲今晚，我要和我的阿度妮度過一個特別的夜晚。」

「我發誓，」卡蒂嘉說，「我們天黑前會到家。」

「那就這樣吧，」莫魯夫說。他上車，發動引擎。

我們看著琪琪從屋裡走出來。她穿著一套新的伊柔纏裙和布巴上衣，上衣領子上有一朵花。很漂亮，也許是琪琪自己想的搭配？她在蓋麗頭巾上頭又蓋了一塊蕾絲布，垂下來遮住她的臉。那是她的頭紗。她從頭紗後面看我們，塗了黑色眼線膏的眼睛裡充滿希望。

「一路順風，」我趁她經過我前面時對她說。「一路順風，我的裁縫師。」

我和卡蒂嘉踏上往巴士站的兩哩路。

巴士站其實不遠，但卡蒂嘉走得很慢，邊走邊呻吟喘氣、揉肚子揉得好像她就要在路邊把孩子生下來了。

她一直說想要大便，又說想要尿尿、想要睡覺。

我好擔心她，但我藏起我的害怕，要她繼續走不要停、不要便出來或尿出來。巴士沒坐滿，只有要去市場賣早點的婦女，提著裝了麵包柑橘和豆子的籃子。我們坐在前排，我坐在靠司機的座位、聞著他一早的臭口水味，卡蒂嘉坐靠門的位子。我把她的袋子放在大腿上，眼睛盯著她，好像光靠眼神就可以讓寶寶留在她肚子裡不要出來。司機開始倒車把巴士開出車站時，我問卡蒂嘉還好嗎。「寶寶有沒有上去一點？」

「還是一直往下掉，」她說，頭靠在我肩膀上、捏捏我的手。「我的眼睛要閉起來了。我們要去基爾村。快到的時候叫醒我。」

我還來不及要她別睡她就睡著了，開始發出鼾聲。

14

巴士帶我們穿過森林，沿路兩邊都是枝葉茂密的高大芒果樹。樹枝靠得很近，像把傘遮在路面上方，太陽光只能從傘的縫隙間灑下來。我們經過騎腳踏車要去農場的農人，車上的鈴鐺叮叮噹噹趕開路上的人和雞和狗。我們經過頭上頂著一盤盤柴火、麵包和綠色大蕉的女人，她們的寶寶被她們用纏布背在背後安睡著。她們剛去過農場，搬了柴火和食物正要回家做早餐。我想想，為什麼村裡的男人不讓女孩去學校，卻一點也不介意女人搬柴火上市場、為他們煮飯？

我們過了伊卡提村的邊界，不久一排紅色山丘圍上來、像要擁抱我們。有的山丘邊緣站著幾間小土屋，看起來好像隨時會沿著山坡滑下來、殺死屋裡的人。

差不多有五十隻黑山羊吧，忙著要爬上一顆大石頭；大石頭腳下有個男人揮動一根長長的鞭子趕著它們快點再快點。我左邊的山丘看起來像在流淚；一條清澈流水像天空一樣藍、沿著山丘的臉流下來，而蛋形的山頂光滑得像一顆人頭。

過了山丘差不多一小時，巴士開到基爾村車站。卡蒂嘉一路都在睡，沉沉打呼還說了一堆夢話。

司機把巴士停在一棵椰子樹下。空氣中飄著烘堅果的味道，我探頭張望，看到一個男人正在翻炒堆在一輛手推車上的核桃，推車下面有火堆燒得正旺。男人前面站著一兩個正在等著買核桃的人。這基爾村看起來是個小地方，差不多只有伊卡提一半大，附近只有幾棟孤伶伶的紅土蓋的圓形小屋，再過去的其他屋子看來都像快要滑下山坡。

車站對面有一間賣糖果香菸麵包和報紙的小店。店門口有個女人拿著掃帚正在掃地，來來回回邊掃邊唱歌，歌聲飄過馬路、傳到我們耳朵裡：

我早上起床

讚美主

「基爾村到了，」司機大聲喊道。「我們在這裡暫停，十分鐘後開車！」

我用手肘推推卡蒂嘉，肚子開始絞痛起來。「睜開眼睛，」我說，但她的脖子只是歪到另一邊。她怎麼會一直睡？我舔舔嘴唇、感覺像舔火，然後再一次推推她。「卡蒂嘉？」

為什麼、為什麼、為什麼我要跟她一起來這裡？我到底在想什麼？要是她就這樣一直睡一直睡，永遠不醒來了怎麼辦？

「卡蒂嘉！醒來！」我大叫，巴士司機看向我。「她都不醒來！」我對司機說，被自己帶眼淚的聲音嚇一跳。

「阿度妮？」卡蒂嘉慢慢睜開眼睛，四處張望一下、然後擦掉嘴角的口水。「我醒來了。就是這裡。我們要下車。」

「妳還好嗎？」我問。我伸手爲她擦擦臉，肚子裡的絞痛暫時停下來。「我擔心妳睡太沉了。妳覺得怎麼樣？」

「我很好，」她說，一邊拉起我的手。「跟我來。」

我們一起下了巴士，她走走停停、痛苦呻吟，我則要她繼續走，走到車站對面經過店門口唱歌的女人，沿著路走下去。路的一旁有棵芭樂樹，一隻頸子綁紅繩的棕山羊正在吃樹根附近的草，山羊抬頭看到我們走過去趕忙咬一口草跑掉。卡蒂嘉停下來，靠在芭樂樹上休息；樹上的果實低掛在她的頭旁邊，金黃熟透正等人摘採。

「妳要不要坐下來？」我問，把她的袋子放在地上。「休息一下吧。」

卡蒂嘉慢慢低下身去坐在樹根上。「我在這裡等妳。」她用顫抖的手指指向前方一棟圓形小屋。「妳過街，去那間紅色門的屋子，在門上敲三下。如果是女人應門，妳就說妳是賣草藥的，然後回來這裡。如果是男人來應門，妳就說妳要找巴米德里。告訴他是卡蒂嘉要找他。妳把他帶來這裡。」

我皺眉，不懂她的意思。「產婆家在哪？」我問。巴米德里是男人的名字。我從來沒看過男產婆。「卡蒂嘉？」

她額頭上冒出更多汗，嘴唇上面都是水珠。

「拜託妳先別問那麼多問題，」她說。「如果妳不希望我肚子裡的寶寶死掉，就快去把巴米德里找來。告訴他……啊我的背……阿度妮，我的背好痛！」

我看了她長長一眼，再一次問自己怎麼會跟著她來到這裡。我爲什麼不留在伊卡提、管好我自己的事就好！但卡蒂嘉幫我弄了不會懷孕的藥茶，她讓我在莫魯夫的屋子裡忘記煩惱、還幫我一起對抗拉芭克。而且，如果她死在這裡，所有人都會以爲是我殺了二太太。他們會說我是出於嫉妒，所以把她帶來基爾村殺死、把屍體留在芭樂樹下。他們也會殺了我，絕對會，因爲在伊卡提殺人和偷東西都是死罪。

我記得，有個叫做拉密迪的農夫因爲農地吵架殺死他的朋友，村長便要人把他綁在村子廣場每天用棕櫚葉鞭打七十下、打到他死掉爲止。之後他們就把他的屍體燒了，連葬禮都沒有；他們把燒剩下的焦黑屍體扔進森林裡，算是供奉森林之神。

我快步過街，愈走愈快走向那間土屋。

我回頭，看到卡蒂嘉對我揮手要我快一點。

門是血紅色的，看起來很生氣。我彎起手指在門上敲三下。沒人應門。我聽到屋裡有聲音，有人在聽收音機，約路巴語的晨間新聞。

我再敲門。

門慢慢開了。我眼前出現一個男人。他很高，很年輕，長得不錯。他只穿著長褲沒穿上衣。腳上也沒穿鞋。他手上拿著收音機。

「我要找巴米德里，」我說。「就是你嗎？」

他按下側面一個按鈕關掉收音機。「是，我就是巴米德里。找我有什麼事？」

我放低聲音。「卡蒂嘉。你認識她嗎？」

他表情變了，回頭看看屋裡好像在確定沒人來。「她怎麼了？」他問。

「她要我帶你去找她，」我說。「她坐在樹下，人不舒服。」

「不舒服？」他臉色一沉。「等我一下。」

他關上門。

我站在那裡著急踏步，愈來愈無法理解。這個叫做巴米德里的男人是誰？他和卡蒂嘉是什麼關係？還有她爲什麼跟我說要去找產婆、跟莫魯夫說要去看媽媽？門又開了，打斷我的思緒。男人穿上了上衣，和長褲同一塊料。「帶我去找她。」

我們半走半跑向卡蒂嘉。她臉上冒出更多汗珠，頭不停轉來轉去。我站在一邊，而這男人、這巴米德里跪了下去，握住卡蒂嘉的手。

「卡蒂嘉，」他說。「是我。怎麼了？」

卡蒂嘉幾乎睜不開眼睛。她動動嘴唇，好像想微笑。「巴米德里，」她說，小小聲的氣音，我得彎下頭去才聽得到她。

「寶寶有問題，」她說。「我怕我會死。」

巴米德里用手幫她擦掉臉上的汗水。我嚇一跳，趕緊查看附近有沒有人看到。路上沒人，只有那隻山羊彎著兩隻前腳、正在用力拉屎；一顆顆黑色小球從它屁股掉出來，像一陣子彈雨。

這男人在搞什麼？竟然這樣摸卡蒂嘉的臉？他難道不知道卡蒂嘉已經是別人的妻子了嗎？

「阿亞密，」他說。「妳不會死。」

他瘋了嗎？他怎麼會叫她阿亞密，我的妻子？

「卡蒂嘉，」我說，「這男人在胡說八道什麼啊？」

卡蒂嘉沒回答我。她好像根本沒聽到我。我站在那裡，看起來像個大傻瓜，等著我想要的答案自己來找我。

「寶寶急著想出來了，」她對男人說。「我怕我要是把他生出來，他會死掉。記得你跟我說過的那個詛咒嗎？你和我得在寶寶滿九個月之前做的儀式？」

什麼詛咒？什麼儀式？我跺腳，愈來愈糊塗也愈來愈生氣。他們爲什麼這樣講話？讓人愈聽愈不懂？

巴米德里點點頭。「我們今天就做，」他說。「一起做。我和這女孩可以把妳扛過去。」

他看了我一眼，我往後退一步。他在說哪個女孩？不是我。我才不要隨隨便便跟人去哪裡做什麼鬼儀式。

「我要回伊卡提，」我說。

「求求妳，」卡蒂嘉說。「幫幫我。我的力氣已經用完了，站都站不起來。妳和巴米德里得一起把我帶去那裡做那件事。」

「先告訴我這到底是怎麼回事。」我上下打量那個男人，好像他身上發出什麼東西正在腐爛的臭味。「這男人是妳的誰？」

男人低頭咬牙吐氣。「妳又是她的誰？」他問。

「她是我的二太太，」我說。「我在她之後嫁給莫魯夫。」

「啊，」他說。「阿度妮。」

他怎麼知道我的名字？

「卡蒂嘉跟我說過妳的事，」他說，對我悲傷的微笑。「她說妳很善良。是個好女孩。她說妳——」

「拜託講重點，」我說。卡蒂嘉看起來就快不行了，我沒時間聽他講我的好話。

「卡蒂嘉是我的初戀，」巴米德里說。「她沒跟妳說嗎？」

「沒，」我說。她爲什麼要跟我說？這巴米德里腦袋裡裝的是海綿嗎？

「五年前卡蒂嘉和我戀愛了。是眞愛。我們打算結婚，」他說，「但她父親生病，只好把卡蒂嘉賣給莫魯夫來幫助家人。我，我當年沒有錢。我的心很痛，看到他們把我的愛人帶去嫁給那個老男人，但我像個男子漢挺住了。我離開伊卡提，搬來基爾當焊接工。卡蒂嘉嫁給莫魯夫四年之後又來找我。她說她愛我。我和她就這樣又開始我們的愛。」

他低頭，看著卡蒂嘉在地上痛得臉皺成一團。他終於抬頭看我的時候，眼睛裡有淚水。「她肚子裡的寶寶是我的。我知道一定是男孩。」

「幫幫我，」卡蒂嘉說，聲音非常虛弱。

「你說她一定得做什麼儀式？」我問。「在哪裡做？」

「我的家族流傳一個詛咒，」巴米德里說。「家族裡每個懷孕的女人都得在肚裡寶寶滿九個月之前在河裡洗浴七次。如果不這麼做，孕婦和寶寶都會在生產過程中死掉。」

「我們家族幾乎沒有女孩。我們的女人總是生男孩。像我，我就有六個兄弟。卡蒂嘉肚子裡懷的是我的孩子，所以我知道一定是男孩，我的兒子。」

他難過嘆氣。「基爾河離這裡不遠。她可以去那裡。我有一塊特別的黑肥皂可以給她用。東西在我家裡。但我們先把她帶過去河邊再說。妳得幫我一起。」

我看著卡蒂嘉。「這個男人說的是實話嗎？寶寶不是莫魯夫的？」

「他說的是眞的，」她說。「寶寶是巴米德里的。莫魯夫是個壞心腸的笨蛋。他想要男孩，卻沒辦法讓我懷上男寶寶。所以我來找巴米德里，他給了我一個男孩。因爲詛咒，我還沒在河裡洗浴過之前不能把他生下來……但寶寶已經想出來了，所以我得快……扶我起來，拜託妳。」

我站著不動。「卡蒂嘉，妳怎麼可以騙莫魯夫說別的男人的孩子是他的？」

卡蒂嘉的頭左右轉動，臉皺成一團。

巴米德里看我，眼睛裡都是擔心。「我們得快，」他說。「妳扶她那隻手，我扶這邊。我數一二三、然後我們一起把她架起來。」

「我不要做什麼儀式，」我說，兩隻手抱在胸前，感覺心跳得好快。「我們帶她去找產婆。產婆會幫她。產婆會——」

「她會死掉！」巴米德里突然大叫，山羊嚇得屎也不拉、跑開了。

「求求妳，」他說，放低聲音。「這詛咒在我家族流傳很多年了。我知道有人沒做洗浴儀式結果就死了。我媽懷我和我六個兄弟時每回都有洗。我們得快一點。」

我一點也不喜歡這樣。我不喜歡卡蒂嘉把我帶來這裡、扯進這一團亂七八糟的事情裡。但她看起來很像快死了，如過這能救她的命，那我就得幫她。我一定得幫。我回想我剛去到莫魯夫家時，是卡蒂嘉每晚爲我擦掉臉上的眼淚、爲我端來紅椒湯。就連拉芭克打破她的陶盆那天，她身體那麼不舒服卻還是爲我準備熱水讓我洗澡。

是卡蒂嘉讓我在莫魯夫屋子裡的日子沒那麼難過。因爲有卡蒂嘉，許多日子裡我還能開心微笑。現在我得幫她，好讓她看到她的男寶寶時也能開心微笑。

我一定得幫她。

我彎下去扶起卡蒂嘉的手時甚至聽得到自己的砰砰心跳聲。我把她的手放在我的脖子後面。她的手冷得像冰塊。「河在哪裡？」

「不遠，」巴米德里說。「一哩路。」

「我們要不要乾脆搭計程車或摩托車過去?」

他看看附近，搖搖頭。「我有新妻子了，」他說。「要是讓人看到我和另一個懷孕的女人在計程車或摩托車上，他們會怎麼說?」

我吞下湧到嘴邊的咒罵。所以說這蠢男人已經有了太太卻還是讓卡蒂嘉懷孕了?卡蒂嘉這麼做的時候到底在想什麼?連產婆或醫生都沒檢查過，她又是怎麼確定自己懷的是男寶寶的?

在離伊卡提不遠的邑丹拉鎮上，有個醫生每個月固定會去那裡幫懷孕的女人做檢查。我聽說他有一種魔術眼鏡和電視可以知道寶寶是男是女。我得要莫魯夫帶卡蒂嘉去找這個醫生。

「我們得走了，」巴米德里說。「走後面的小路。」

他在卡蒂嘉另一邊彎下身，拉起她的手。「一、二、三……把她扶起來!」

我和他一起扶著卡蒂嘉走向他說是往河邊去的方向。

15

卡蒂嘉爲自己的靈魂和上帝搏鬥中。

我和巴米德里一起撐住她，求她別睡、求她跟我們說話。我也跟她說話，我跟她說媽、說卡育斯和崽仔、說爸。我跟她說了好多我想讓她知道的事，也說了好多我不想讓她知道的事。我問她：「妳還醒著嗎？卡蒂嘉？妳還醒著嗎？」她呻吟，然後我就繼續說、說任何跳進我腦袋裡的事。

我想起死神，想起他怎麼來到我家、怎麼帶走我媽殺死她。

死神，他高高的像棵伊羅蔻樹，沒有身體、沒有血肉、沒有眼睛，只有嘴巴和牙齒。很多很多牙齒，像鉛筆一樣細、像刀子一樣利，用來撕咬和獵殺。死神也沒有腳，只有一對釘子和箭頭做成的翅膀。死神會飛，殺死天空飛翔的小鳥，在空中撲殺它們、它們掉地上砸破腦袋。死神也會游泳，吞食河裡的魚兒。

想要殺人的時候，他會飛到人們的頭頂上，在靈魂水面像船航行，等待出擊時候到來奪走地面人們的性命。

死神還能變成任何形狀。他就是這麼聰明。今天他可以變成一輛車壓死人，明天他可以變成一把槍、一顆子彈、一把刀、一種咳血的病。他也可以變成一條棕櫚葉、把一個人鞭打到死。就像農夫拉密迪。或是變成一條可以勒死人的繩子，像阿莎碧的愛人塔法。

死神現在盯上卡蒂嘉了嗎？如果卡蒂嘉死了，他會接著盯上我嗎？

我們走上巴米德里指的路，路面都是泥巴，我們腳踩上去就陷進去再費力拔出來，讓我們一步一步走得很困難。終於我看到水面了。我這輩子從來沒有這麼充滿希望過。

「卡蒂嘉，」我說。「妳做得很好，我們快到河邊了。」

她發出虛弱的呻吟。

「這就是基爾河，」巴米德里說。我們走下泥巴路往水邊去。

河面像草原一樣攤開在我們面前，在早晨的陽光底下閃閃發亮。

河邊有兩個女孩拿著陶盆在取水。其中一個人抬頭看到我們，點點頭繼續撈水。河中間有個漁夫划著獨木舟撒網，漁網張開在水面上像孔雀開屏。

卡蒂嘉身體一軟。我腳順著滑開、在我們兩個一起倒在地上之前穩住自己。我和巴米德里一起讓卡蒂嘉躺好在地上。我把她的袋子墊在她頭下面當作枕頭。我面對她跪下，用我的衣角擦擦她的臉。

「我們來爲她洗浴吧，」我對巴米德里說。

巴米德里這時也滿頭汗了。他往河邊看了一圈然後面對我。「我現在回家拿特別肥皂。」

我看著卡蒂嘉。她的眼皮慢慢合了起來。

我捏她一把，她睜開眼睛，然後又閉上。

「要多久？」我問他。我不想要他把我和卡蒂嘉留在這裡，在這裡陌生村莊的河邊。「你多久回來？」

「很快，」巴米德里說，兩手在長褲側邊猛擦。「五分鐘。」

「太久了，」我說。「兩分鐘。用跑的，快去快回。」

「我抄小路，」他說。「妳先幫她把衣服脫掉。」

「我才不要脫掉她的衣服，」我說。「我一個人要怎麼幫個懷孕的女人脫衣服？」一部分的我很想用頭去撞這個說蠢話的男人的鼻子。「你回來之前我什麼也不做。聽到了沒？」

「我去就回來，」他說。他彎下頭，在卡蒂嘉耳邊說了什麼。她感覺像花了十分鐘才讓頭勉強動起來、點一點。

巴米德里站起來。「我現在出發，」他說，我還來不及開口，他已經轉身跑回我們剛剛走的小路上。

就在那時，天空突然傳來轟隆隆的雷聲。

是死神。他出聲了，給我們一個大大的警告。

很多分鐘過去了，巴米德里還沒有回來。

我握住卡蒂嘉的手，眼睛看著河面，數過每秒每分。水邊的兩個女孩互相幫忙把陶盆頂到頭上。她們經過我們前面時停下腳步。她們看起來像是一對雙胞胎。她倆都有圓圓的番茄臉，笑起來的時候左邊臉頰都有酒窩；不過其中一人的皮膚顏色像可可粉，另一個卻像新鮮麵包的黃棕色。

「妳們還好嗎？」深膚色女孩問道，她說話就像基爾村的人、每個字都要彈舌，有點難懂。

「她怎麼了？」她問。「需要幫忙嗎？」

「她病了，」我說。「我正在等——」我想了一下，「等巴巴拉渥（Babalawo）。巫醫來了就會治好她。謝謝妳們。」

「願天神保佑她，」她們走時一起說道。

這時早晨的太陽已經被天空吞掉了，四周又灰又暗。風呼呼吹，空氣冰冷。我發抖，咬緊牙齒。漁夫划著獨木舟到了遠遠的河中間。我能喊誰來幫我？

我再一次爲卡蒂嘉擦擦臉，她額頭涼涼的。「還很痛嗎？」我問。恐懼變成圍牆圈住我的心，它想要擠壓我讓我沒辦法呼吸，但爲了卡蒂嘉，我強迫自己堅強起來、爬出這堵恐懼的牆。「有沒有好一點？」我問。

「有，」她說，動了動嘴唇好像想微笑。「痛慢慢不見了。」

「很好，」我說。「記得我一直想教妳唱的那首律師歌嗎？我們忙到都沒空學的那首？」

她沒回答，但我繼續說。「我現在來唱給妳聽。我覺得妳會喜歡這首歌。很可愛的一首歌喔，卡蒂嘉。妳會聽吧？哈囉俏女孩，」我聲音有點破碎，但我打起精神唱下去：

如果妳想要變成厲害厲害大律師
妳就要去上很多很多學

如果妳想要穿高呀高呀高跟鞋
走起路來叩叩叩

我的聲音在發抖，眼睛都是眼淚，但我繼續努力強迫自己唱下去：「叩——叩——」

「阿度妮，」卡蒂嘉說。

「我在這，卡蒂嘉，」我說。「我在唱歌給你和寶寶聽。妳喜歡這首歌嗎？寶寶喜歡這首歌嗎？」

「巴米德里在哪裡？」

「他還沒有回來，」我說。

「他什麼時候才會回來？」卡蒂嘉問。「已經太久了。他在哪裡？」

「他——」我停下來。要是巴米德里已經逃走了呢？要是他永遠都不回來、留我和卡蒂嘉在這裡死了算了呢？

卡蒂嘉拖了長長一口氣。「巴米德里會不會騙我？」她問。「他會不會就這樣把我丟在這裡？」

我還沒能想出一個正確的回答，卡蒂嘉就發出一記低沉的哭叫，像被困在陷阱裡的狗兒的哭嚎。我抬頭，看見死神就在我們頭上，我要他去找別人、要他變成一輛車撞死那隻拉屎的山羊。但我低頭看卡蒂嘉，我知道她已經用眼神迎接了死神。她和死神將要合而爲一，妻子與丈夫。

「阿度妮，照顧我的孩子們，」她說，她的聲音好小、好虛弱。

「不，」我說，緊緊抓住她冰冷的手，「卡蒂嘉，不是我。是妳。妳要自己照顧自己的孩子。妳也要照顧我的孩子。妳和我，我們在一起，我們一起對抗拉芭克。我們一起嘲笑莫魯夫。我和妳。不是這樣嗎，卡蒂嘉，不是這樣嗎？好，等等，等我一下下，我來唱另一首歌。一首講——」我搖晃她的肩膀。她的身體在動，在發抖，但她的眼睛睜大大的，看向灰色的天空，看著只有鬼魂才能看到的東西。我把臉貼在她那漲滿爲死去寶寶準備的母乳的胸脯上，哭得愈來愈大聲、繼續搖晃她的肩膀。

醒來，卡蒂嘉，我用盡我靈魂的力氣哀求她。**醒來。醒來。醒來。**

但都沒有用了。

卡蒂嘉死了。

而巴米德里並沒有回來。

16

我想辦法站起來，看看四周。

漁夫開始往岸上划了。我想等他來，求他幫我一起把卡蒂嘉送回去給莫魯夫。但我的腦袋裡響起警告。如果我等到他來，他一定會以爲是我殺了卡蒂嘉。他沒看到巴米德里和我一起來到這裡。他會把我送去給伊卡提村長。我想起農夫拉密迪。想起他們怎麼連續鞭打他七天。我得找到巴米德里。我一定得。我先找到他，然後他再和我一起回到這裡，我們一起把卡蒂嘉送回家好好埋葬。他會告訴村長、莫魯夫還有卡蒂嘉的孩子們到底發生了什麼事。他會告訴他們是他讓卡蒂嘉懷了孕。說他的家族流傳詛咒。說得用特別的肥皂洗去這個詛咒，但他沒來得及把肥皂送來給卡蒂嘉。

我擦擦臉，做了決定。

巴米德里得爲卡蒂嘉受罰。

不是我。不是我。

我走了好幾哩路、好幾條小路，不知不覺來到另一棟屋子前，一棵葉子掉光的枯樹，一堆結著紅色莓果的野樹叢、莓果漂亮卻有毒。我還是找不到巴米德里的家。到底在哪裡？我走得很快，頭腦中卡蒂嘉屍體的模樣催促著我。屍體躺在河邊的沙地裡。天空雷聲轟隆隆響，我知道雨滴正在聚集很快會下來。

如果雨水把卡蒂嘉的屍體沖進河裡，她就永遠消失了。我要怎麼跟巴米德里說？我要跟任何人怎麼說？如果連屍體都沒有，我要怎麼告訴他們卡蒂嘉已經死了？

我求求老天再等一下、還不要讓雨下下來，再給我一點時間找到房子。然後我看到那隻脖子綁著紅繩的山羊坐在芭樂樹下，我知道巴米德里的屋子就在附近。我謝謝山羊，繼續尋找，終於找到那扇紅色的門。

我從地上撿了一顆石子，用石子敲門。屋裡沒有回答。我再敲。然後我開始大叫，「巴米德里！出來！巴米德里！」

門慢慢開了。

眼前先看到一顆孕肚，然後才是女人的臉。淺色皮膚，跟會哭叫喊餓的娃娃一樣的臉。她的頭髮全扭成結，一根根指向天空，像人肉王冠上的荊棘。她圓圓的肚子大小跟卡蒂嘉的差不多，在我眼前開始變換形狀；它變成一個握緊的拳頭捶打我的胸部。這就是巴米德里沒有回來的原因。因爲他有一個懷孕的妻子。

「我要找巴米德里，」我大叫，一邊喘氣忍住不要哭。「叫他出來。跟他說卡蒂嘉死了。」

「巴米德里？」她臉上沒有表情。「哪家的巴米德里？」

「就是這家，」我說，轉頭張望看到那隻山羊。山羊抬頭看我，我知道它一定也知道。這裡就是巴米德里的屋子。「我早上來過這裡。是他開的門，這扇紅色的門。妳是他的妻子嗎？」

她瞇起眼睛打量我，然後點點頭。

「不過巴米德里出遠門了，」她說。「他已經出門三星期，去了……去他母親的村子。妳找他做什麼？卡蒂嘉是誰？」

「不對，」我說。「巴米德里沒有出門。他在家。他今天早上才幫我開過門。」

我往前衝，想要推開門，但她早一步走出來、關上門，手緊緊握住門把。

「巴米德里不在，」她說。「快走開。」

「但他丟下卡蒂嘉害她死掉！」我開始大吼，一邊用力跺腳。「她的屍體躺在基爾河邊，死了。死透了。我們必須去把她帶回來！巴米德里！出來！你殺了一個女人！出來！」

隔壁屋子的門開了，一個男人探頭看我們。

「妳耳朵有毛病嗎？」女人問，聲音放低了。「巴米德里不在這屋子裡。妳再不走我就要喊嘔戾了。」

嘔戾。小偷。

這兩個字聽在人們的耳朵裡就像一道命令。一聽到這個字，人們就會開始到處跑尋找嘔戾在哪裡。她要是這樣喊我，沒有人會問問題。全村的人都會跑出來追我。他們會把舊輪胎套在我脖子上然後放火。他們會活活燒死我。

我抬頭，看到死神。他就在我的頭頂上，露出牙齒、拍動翅膀，還在考慮要變成什麼來帶走我：一條鞭子，還是一把火。

但我想到卡蒂嘉。我想到她的孩子們，阿拉菲亞和兩個妹妹。她生病的父親。

我用力吼得更大聲。「巴米德里，出來！巴米德里你殺死了一個女人！出來！」

「嘔戾！嘔戾！嘔戾！」女人開始大叫，她的聲音蓋過我的。

隔壁屋子那個男人看起來像村裡的狠角色。一雙手好大、胸膛好壯。

「嘔戾？」他問，但他沒等回答就從屋裡走出來。我是這裡唯一的陌生人，他知道一定是我。他於是也開始大叫。「嘔戾！嘔戾！有小偷！大家快出來抓小偷！」

男人和女人一起大叫，完全蓋住了我的聲音。

再一會這裡就會擠滿人。

我看看左邊再看看右邊。我右邊有一條小路，往巴士站去的路。

我看著女人的臉，她看著我的臉。她放慢聲音，給我機會跑走、走了永遠不要再回來。

但卡蒂嘉。噢，卡蒂嘉。

「巴米德里！」我再一次大叫。「我知道你在屋子裡。上帝會審判你！你殺死了一個女人！出來！」

「**嘔戾！嘔戾！**」女人又開始大叫。男人快碰到我了。他手裡拿著某個粗大棕色的東西，是樹幹嗎？

我轉身，看見又有兩個人從他們的屋子裡走出來。

四個人。一個小偷：我。

我閉上嘴巴，開始跑。

17

我爬上巴士站的摩托車，拜託司機載我回去我家。

我不能回去莫魯夫家，因爲他問我卡蒂嘉在哪裡的時候我能跟他怎麼說？我能跟卡蒂嘉的孩子們怎麼說？

於是我要司機帶我回去爸家。我腦子裡一團亂，甚至沒發現已經到家了。我以莫魯夫妻子的身分離開這裡已經三個月，而我現在是以什麼身分回到這裡？

我進門的時候爸正坐在沙發上。他睡得很熟，頭往後靠在沙發木架上、帽子蓋著鼻子。他大聲打呼，震動整個客廳。他被我驚醒，睜大眼睛好像看到鬼。

「阿度妮？」他揉揉眼睛，晃晃頭。「是妳嗎？」

「大人。」我抖得太厲害，幾乎跪不下去。「是我，大人。午安，爸。」

摩托車司機在外頭按喇叭催我。

「司機等著拿車錢，大人，」我說，但沒等爸回答，我就跑進我和卡育斯還有崽仔的房間、掏出我很久以前藏在草蓆裡的錢，然後跑到屋外交給司機二十奈拉。

「妳怎麼回來了？」我回到客廳裡的時候爸問我。他從沙發上站起來了，手叉在腰上。

「妳從妳丈夫的屋子偷跑出來？」

「不是這樣，大人。我沒有從我丈夫那裡偷跑出來。」我跪倒在地上、抱住他的腿。

「爸，幫幫我。」

「發生什麼事？」爸問。我開始哭。「妳在哭什麼？」

我一邊解釋，一邊發現他的腿也軟了，感覺他把腿從我的手中抽開、坐回沙發上。「卡蒂嘉死了？」他問，剩下氣音。「妳上頭的二太太死了？」

「是巴米德里害的，」我說。「她有一個男朋友，一個愛人，名字叫做巴米德里。他是基爾村的焊接工。他讓她懷孕，現在卻扔下她等死，因爲他沒有拿肥皂回來讓她洗掉那個詛咒。」我說，心裡知道這聽起來實在太像是我胡扯出來的謊話。「我說的是實話，爸。上帝看得到我的心！上帝知道我說的是實話！巴米德里有肥皂、他沒有回來、卡蒂嘉被他害死了。這些都是眞的，爸！」

爸把頭埋進手掌裡，很久都沒有說話。他抬起頭來時眼睛紅紅溼溼的，看起來好像他也要哭了。「有誰看到妳？」

我搖搖頭。「看到我？沒有人。巴米德里的太太說他出遠門了，但是她沒有說實話。」我記得那對取水的雙胞胎。但我不知道她們的名字，也不知道她們有沒有看到我和巴米德里和卡蒂嘉一起。我只知道她們有看到我。所有人都有看到我。所有人都會說是我殺了卡蒂嘉。

「我說的是實話。我發誓，」我說。

「啊，」爸說，在自己胸口拍三下。「啊，阿度妮，妳殺死我了，都完了。」

「我發誓我什麼也沒做，爸！」我哭得太厲害，每個字都像咳出來的。「幫幫我，爸，救救我！」

爸拔開我抓住他膝蓋的手，難過嘆氣。「阿度妮，我得去找村長。我們得讓他們知道發生了什麼事。」

「不，爸，不！」我抓住他的褲腳。「你知道事情會變成怎樣。他們不會給我機會解釋，他們會直接殺了我。他們不會聽我說巴米德里的事。」

「我們不能把卡蒂嘉留在那裡，」爸說。「得有人去把她的屍體帶回來。我不能去，因為大家會說是我殺了她。所以，就讓我去找村長，跟他說發生了什麼事。」

「他們要是要你把我帶過去，你會怎麼說？」

爸看我一眼，我從來沒看過他這麼難過、這麼不知道要怎麼辦。

「那我就來帶妳去，」他說，聲音很虛弱、幾乎說不完一句話。「卡蒂嘉有親人，他們得知道她死了。村長得知道卡蒂嘉死了。莫魯夫得知道。讓我去跟這些人說。只要我，妳的爸爸還活著一天，村長就不會殺妳。我發誓妳不會有事。妳別哭了，進去房間等我回來。」

爸看看左邊再看看右邊、拍拍褲子，好像想要找東西卻又不知道自己在找什麼，然後他把腳放進拖鞋裡，留下我還跪在客廳裡。

我站在我和卡育斯還有崽仔睡覺的房間裡，心臟還在胸口翻來轉去。我走到窗戶邊、掀開被我們當作窗簾的媽的纏裙布，確定沒人來。外頭太陽開始從天空爬下來，顏色慢慢變成爸喝太多酒時眼睛裡的紅色。院子裡空空的，很安靜，只有芒果樹上的葉子在傍晚微風裡跳舞、互相說悄悄話。

卡蒂嘉還在那裡，躺在她死去的基爾河邊，我卻在想要不要逃走，這是不是一件很壞的事？我還有別的選擇嗎？爸說我不會有事，但他也承諾過媽卻沒守住諾言。他要怎麼守住不會讓我有事的承諾？

我擦掉眼淚，離開窗邊，從床底下把我的草蓆拉出來、抽出捲在裡面的黑色塑膠袋，然後把我的東西全部放進去。

我沒有太多東西，因爲我的四件衣服有三件在莫魯夫家。我帶走我的安卡拉洋裝、一件褲子、媽在我開始長胸部時買給我的黑色胸罩、我的潔牙枝、媽的舊約路巴語聖經。聖經有黑色塑膠封面，裡頭的字很小，媽曾經那麼多年晚上在廚房燭光下讀經，紙頁邊緣都被她翻得捲起來了。我把聖經壓在胸口，對上帝禱告，求祂幫幫我。求祂讓我從這團麻煩裡脫身。

我看看房間，看角落綠色草蓆上卡育斯當作枕頭的椅墊、看草蓆旁邊的煤油燈，然後搖搖頭。我要怎麼離開這一切？如果我現在逃走，我什麼時候才能再看到卡育斯？

我點亮燈舉高了，好像這樣就能擋住我心裡的黑暗。我拿出我婚禮前藏在那裡的一千奈拉。我抽出一百奈拉摺好放在卡育斯的坐墊枕頭底下。這錢不多，但夠他買兩三顆巧克力糖，開心一下。我把臉埋在草蓆上，忍著不哭，要草蓆代替好好我照顧我的卡育斯。

遠遠傳來崽仔的聲音，聽起來像剛剛走進院子。我站起來，跑去外面迎接他，塑膠袋在我手裡晃來晃去。

崽仔頭上頂著兩個輪胎，看起來剛從修車廠下工。他看到我嚇了一跳，眨眨眼睛。「阿度妮？」

「是我沒錯，哥，」我說。我打起精神裝作沒事，把卡蒂嘉暫時藏到腦後。

「妳還站在那裡看什麼，」崽仔說。「快幫我把東西接過去。」

我接過輪胎放在地上。

「妳來做什麼？」他問，「妳丈夫呢？妳手裡是什麼？」

「他派我來送錢給爸，」我說，緊緊抓住我的塑膠袋。「謝謝他把我嫁給他。」

「你丈夫是個好人。」崽仔用手指抹掉額頭的汗水，用在我腳邊。「多虧他，我們現在不缺吃的。妳有看到廚房裡的山芋和大蕉嗎？連房租也是，爸付清了兩個月的房租，他有跟妳說嗎？爸呢？在屋裡？」

「爸，」我吞口水，「和巴達先生出門了。」

「妳要走了嗎？回妳丈夫家？」

「是的，」我說。「天快黑了。」

「幫我打聲招呼，那個大好人。」他上下打量我。「要我陪妳嗎？外頭都暗了。」

「不必了，」我說。「謝謝你。我現在就走。」

崽仔伸長手臂像隻小狗打哈欠，一張寬嘴緊閉著。「快走吧，」他說，瞇起眼睛。「等等，阿度妮。妳確定沒事嗎？妳的表情不太對勁。發生什麼事了？莫魯夫還好嗎？」

我舔舔乾裂的嘴唇。「他很好。」

「那兩個大太太呢？拉芭克和另一個叫什麼的？她們對妳好不好？」

卡蒂嘉對我很好，但她死了。「她們對我很好，」我說，眼淚快要流出來了。「我要趕快上路了。再見。」

「快吧，」他說。「路上小心。記得幫我跟大好人打聲招呼。」

崽仔進屋，房間窗戶透出煤油燈的微弱光線。我挪了挪身子，抬頭看天空，烏雲正在聚集。風聲好像哨音，吹出悲傷冰冷的歌。空氣中帶著味道，浸了水的沙塵味。我知道雨很快就要下來了。

現在，我想。現在就走。

我深深吸一口氣，看看我左邊的屋子和右邊的沙土路。我把塑膠袋抱緊在胸前，開始跑。

18

我一開始只是跑，低著頭，眼睛盯著自己的腳踩在通往村外的泥巴路上。

我的左邊右邊都是玉蜀黍田，玉蜀黍樹的葉子又寬又綠，我感謝它們爲我遮擋田另一邊村民的眼光。天空出現閃光，然後是轟隆隆的雷聲。我一直跑，耳朵聽到遠遠的狗叫聲，附近人家院子裡山羊咩咩叫、不停跺腳好像在跟土地吵架。雞到處亂跑，天空每次出現閃光就拚命拍翅膀。我一直跑，看到石頭草叢或是壞心眼的孩子放在路中間害人跌倒的舊輪胎就跳過去。

一隻脖子綁綠繩的紅色公雞突然跳到路中間，害我的腳踢到石頭。我慢下來，彎腰揉揉腳踝。腳踝好痛，但我努力忍住眼淚。我從眼角看到兩個女孩頭上頂著籃子。其中一個是露卡，她們兩個又聊又笑，一看到我就都停下來。

「阿度妮，我們的新婚妻子，」露卡邊朝我走來邊說。「妳要去哪？」

「去伊卡提河取水，」我說，上氣不接下氣。我站直，手往我腦袋後面指。我家在我後面遠遠的地方。「我們家的水井乾了，所以我得去取水，明天要用的。」我想要笑，但我知道我的笑會自己變成哭。

「妳看看！」和露卡一起的女孩說，「哪門子新婚妻子啊？在雨中沒帶水桶說要取水？」我看著女孩。她長得好像剛剛那隻擋路的公雞，細細的脖子和雞喙一樣的嘟嘟嘴。我不認識她，她爲什麼問我問題？

「露卡，我們別理她，」她說，眼睛裡有燃燒的妒火。「她以爲她是新婚妻子就比我們都了不起。」

「阿度妮，」露卡說。「我一直跟妳說結婚讓妳更漂亮了。琪琪是不是今早結婚了？是眞的嗎？」

「是眞的，」我說，天空響起又一陣雷聲。「謝謝妳。我得趕快走，不然雨就下來了。」

「等妳生了寶寶我們會去幫妳跳舞！」露卡眨眼睛說，一邊和她朋友走開了。「再見囉！」

「再見，」我說，但我沒動，一直到她們走遠、雨也下下來了都沒動。雨很大，是那種會搖晃地面、會讓屋頂聽起來像有瘋子在敲打鍋盆演奏瘋狂音樂的雨。雨打在我頭髮上，流下我的臉再流進我嘴裡，於是我嚐到了頭髮的椰子髮油、眼淚的鹽和雨水的味道。雨水溼透我的衣服，我站在路中間不停發抖。我在想露卡剛剛說的話，說等我生寶寶要來和我跳舞。爸和莫魯夫發現我不見了時會不會大吃一驚然後生很大的氣？他們會不會以爲我是因爲殺了卡蒂嘉所以才逃跑？爸會爲我覺得心痛嗎？他們會不會把爸關起來直到找到我爲止？爸會不會知道我逃走了？萬一他們找到我，會願意聽我說巴米德里的事嗎？

我用手背擦擦臉，把從鼻子流出來的鼻涕吸回去。這個決定太難了，也許我做錯了。也許我該回家，和爸一起去見村長？但如果我這麼做，他們會殺了我，就像他們殺了農夫拉米迪還有阿莎碧的愛人塔法、還有太多我已經記不得的人。

我想我還是得走，等巴米德里出現了我再回去。我拉起洋裝下擺擰掉雨水再甩一甩想要弄乾，但溼透的洋裝還是黏在我皮膚上、害我打噴嚏。

我開始跑，一路跑到市場廣場。廣場中央有一支路燈，金黃色的光線把溼溼的水泥地面照得像玻璃一樣亮。路燈旁邊是我們村子王坐在寶座上的灰石雕像。他的石頭眼睛睜開開的，手裡拿著木杖，好像在守護村子不受小偷……還有我的入侵。

雨停了，但天空還是黑得像煤塊，市場的攤位也都是空的。那些賣牛奶和沙丁魚罐頭、賣木薯粉和玉蜀黍、甚至是賣電視和ＤＶＤ的小販全都收攤了。連每天擺攤賣烤肉串的回教男人也跑去躲雨。肉香和烤洋蔥與紅椒的香味還飄散在空氣中，我的肚子餓得都痛了。

我穿過市場廣場，往村子邊界走。邊界有另一座跟廣場中央一樣的村子王雕像，只不過這座雕像的村子王手上舉著標語，上頭寫著：「**再見了伊卡提，快樂之村！**」如果從背面看，標語寫著：「**歡迎光臨伊卡提，快樂之村！**」今天我面對的是再見那一面，卻一點也不快樂。

我看到一個女人站在紅色雨傘下，用一鍋黑黑的熱油在賣炸豆餅。她用約路巴語對鍋子裡的豆餅說話，要它們乖乖變甜、要那些被雨趕走的客人都回來買。

她看到我，用手把汗水甩進油鍋裡，熱油發出一陣嘶嘶聲，冒出黑煙、燻痛我的眼睛。

「妳要買炸豆餅嗎?」她問。

我肚子餓得好痛,但我沒有心情吃東西。

「我沒要買,」我說。「謝謝你。我沒帶錢。」

她臉色一變,眼睛從頭到腳打量我。「妳沒錢買我的美食就趕快閃開,不要擋了別的客人的路。」

就在那時候,我聽到有人叫我的名字;粗粗啞啞的,一個老菸槍的聲音。

我感覺腦袋充血。離我家這麼遠的地方有誰會認識我?我轉頭。是巴達先生。他穿著一件太緊的藍色卡夫坦衫。他圓胖的頭上沒有一根頭髮,在黑暗中發亮、好像特地用油擦亮過。

「晚安大人,」我說,跪下迎接他。

「妳要買炸豆餅嗎?」他問,一邊把手伸進他的卡夫坦衫裡掏出一疊錢,抽出二十奈拉遞給女人。「麻煩炸六個豆餅給我的阿度妮。她是我朋友的女兒,剛嫁給計程車司機莫魯夫,是個新婚妻子。年輕妻子。」

女人好像沒聽到似的、沒有反應,只是收下錢,摺三摺深深塞進胸罩裡。

「謝謝大人,」我說。

「起來吧,孩子,」他說。「妳在這裡做什麼?雨這麼大!」

「我要去,」我吐出卡在我喉嚨的話。「去隔壁村。」傻女孩,我對自己說。妳怎麼跟他說了實話呢?

「去那裡做什麼？」巴達先生問。「妳丈夫呢？」

「我丈夫，他要我去一家車廠拿零件。」

「雨下這麼大，他應該派別人去，」巴達先生說。女人用湯匙撈出六個豆餅，把油甩回鍋中，然後用舊報紙包起來給我。

「是的，大人。」我接過包在報紙裡的食物時手在發抖。「我丈夫會去接我回家。謝謝大人。」

「很好，」他說。「快去吧。幫我跟妳丈夫打聲招呼，聽到沒？」

這回我停都不敢停，一路跑進隔壁村，跑到那個依亞告訴我需要她幫忙時就去的地方。

19

阿岡村和我們伊卡提村只隔了一條邊界。依亞住在阿岡村一間對門式的出租房裡，她的房間門正對另一個人的房間門，她隔壁房間則面對下一個房間。像這樣，十個房間互相面對面，左邊五間右邊五間，中間是一條長長窄窄的走道。

我跑到阿岡村的時候天已經全黑了，天空的月亮是一彎亮黃色的光。阿岡村也下過雨，吹在我身上的風還是冰冷的、我也還是一直打噴嚏。離邊界不遠的阿岡村市場廣場上的路燈比伊卡提村多，市場上好多人在賣洛神花飲、電話卡、麵包、烤肉串。

男人女人說說笑笑，輕輕鬆鬆的做買賣。有些小販甚至帶著孩子，在攤位旁邊玩雨水。市場廣場對面的芭樂樹下停著一輛摩托車。我走過去，看見司機背靠樹幹坐在地上。他的左腳腳踝和摩托車用一條鐵鍊綁在一起，可能是怕小偷趁他睡覺把車偷走。一個金色的小掛鎖吊在他腳踝旁的鐵鍊上。他穿著T恤和牛仔褲，他的打呼聲穿過市場的嘈雜人聲傳到我耳朵裡。

「晚安大人，」我說，抬高了聲音。「我想要去喀夙姆路。大人。我在跟你說話。你怎麼不回答呢？大人？」

去。

我喊了三次他還是不回答。我於是踢他的腳，他睜開眼睛想要跳起來，卻被鐵鍊拉住坐回去。

「妳瘋了嗎，」他說。「妳明明看到我在睡覺爲什麼還踢我？妳家裡沒大人嗎？」

「對不起大人，」我說。「我喊了你好幾次，可是你都沒回答。我想去喀夙姆路。」

他手伸進口袋裡拿出一把小鑰匙，解開掛鎖。「這麼晚了要加錢，五十奈拉，」他說，一邊牽來摩托車跳上去發動引擎。「妳要來還是不來？」

「拜託你，大人，」我說。「五十奈拉對我實在太多了。二十奈拉好嗎？」

「我發誓，妳那樣踢我，我應該跟妳收三百奈拉才對，」他說。「上車。我看在上帝的份上載妳去。」

「謝謝大人。」我爬上車，坐在他後方，把我的塑膠袋夾在大腿中間努力憋氣，因爲他身上都是牛屎味。

他載我騎過村子，我看到成排的鐵皮屋，外頭點著紅綠燈泡的啤酒吧，男人挺著肥肚腩擠坐在啤酒吧外的木頭板凳上，喝酒歡笑、聽「碰碰音樂」。

摩托車一轉進喀夙姆路，我看到依亞屋子窗戶透出光影，心裡希望依亞會幫我。希望她會記得很久以前我送食物去給她的時候她跟我說過的話。希望她會好心收留我幾天。

我付了車錢，從摩托車後座跳下來，終於吐出長長一口氣。我走進院子，經過那條天花板上只掛了一個燈泡的通道，燈泡一下亮一下暗，好像裡頭的電有問題。

我敲敲二號房的門。「依亞，」我說，「是阿度妮在敲門。以前在伊卡提村賣炸麵糰的伊豆舞的女兒阿度妮。」

沒人回答。

我再敲一次，握緊拳頭更用力敲。「是我，阿度妮，伊卡提村來的。」

還是沒回答。我又想尿尿又想大便，一隻手緊緊壓在兩腿中間。

如果依亞沒開門，我今晚要睡在哪裡？市場廣場嗎？我想到司機和他的體味，口水充滿嘴巴、淚水湧進眼睛；我不停敲門、再敲、再敲，沒有回答就是沒有回答。我哭了，放聲大哭，哭到胸口好緊、喉嚨啞掉。我想我犯了一個很大的錯誤，我怎麼會覺得這是個好辦法呢？爲什麼我常常會做出這種蠢事？我哭得完全沒聽到我面前的門開了。

我擦擦眼睛。門開了卻沒有人。我低頭，看到依亞坐在地上。

「阿度妮，」她說，小小聲的，好像來自一個悶住的罐子。她兩條腿往前伸，細瘦得像電線。他腿邊的地板上有一根拐杖，我覺得她從我上次送食物來之後就沒再吃過東西，因爲她的脖子、腿、臉和胸都瘦得像樹枝。她頭上沒有頭髮，只有頭頂還剩幾撮白毛。她胸口綁著纏布，呼吸的時候上上下下、發出像人呼嚕喝熱茶的聲音。不必有人告訴我我也看得出來，依亞的情況比媽病得最重的時候還不好。

我跪下迎接她。「晚安，依亞，」我說。「我的敲門聲把妳吵醒了嗎？」

「啊，阿度妮，」她說。「我聽到妳敲門，只是我得拖著這兩條不管用的腿，所以花了點時間才從床上爬起來。」她說話的時候額頭皺起、兩個眼睛睜大大的卻沒有看我。她的眼光落在我背後的某一點上。

「妳這麼晚來有什麼事？家裡淹水了嗎？」

「我需要妳的幫助，夫人，」我說。「我遇到大麻煩了。」

「進來吧，」她屁股往後挪、爲我把門開更開。「電力只有一半，所以房間裡沒有電。看一下妳的左邊，那裡有一個煤油燈。」

我走進房間，裡頭的煤油味很濃。我的眼睛看向窗戶，走過房間拿起地上的煤油燈，點亮了。我舉高煤油燈，打量整個地方，我的心往下沉。房間裡原來有電視、衣櫃、椅子、還有電扇，現在卻只剩地上的床墊和後面的藍色煤油爐。兩三件衣服掛在床墊後面那堵牆的木把上，就這樣，沒別的了。

依亞的兩隻眼睛睜大大的、動也不動，我坐在門後面的地板上，她的眼睛也沒看我。我只是盯著窗戶，開始說話。

「對不起，」依亞說。「很抱歉。我上星期把椅子賣了。妳怎麼了？」

我跟她說了莫魯夫和卡蒂嘉的事，努力忍住不哭。「我只是需要一個地方待幾天，」我說。「應該就待到巴米德里出面，告訴大家他才是要爲卡蒂嘉的死負責的人。」

依亞搖搖頭。「巴米德里永遠不會出面，他都已經有了新妻子和新寶寶了。就算他們逮到他，也會把他帶去給伊卡提村長，因爲卡蒂嘉是伊卡提村的人。而我們都知道伊卡提村向來處決人不眨眼。巴米德里永遠不會說出實話。沒有人想要早死。啊，妳媽要是知道妳遇上了這些事一定很傷心。有什麼是我能爲妳做的呢，阿度妮？」

「拜託妳，」我說。「讓我在這裡待幾天，躲起來。之後我應該可以在別的村子找到工作，賺錢養我自己。」

「妳不能待在這裡，」她說。「妳現在坐在我面前，我也只看得到影子。有時我什麼也看不到。我的眼睛病了。我的腿病了。我的身體病了。我全身都病了。」

「我可以照顧妳，」我說，「我可以煮飯、洗衣服、取水、上市場，妳交代我就去做。」但我一邊說一邊在想，我要怎麼做這些事卻不讓這個村子的人把話傳到爸耳裡？

依亞搖搖頭。「我的盡頭已經近了，阿度妮，」她用約路巴語說。「我的祖先們在呼喚我了。」她歪頭看向上方，好像有人在窗戶上面叫喚她。「妳聽到了嗎？他們打鼓唱歌在歡迎我。」她張嘴露出牙齒像在微笑，煤油燈的光影讓她看起來像只有半張臉。

我不知道怎麼回答她或她的祖先，於是我閉上嘴巴。

「妳母親是個好人，」她說。「願她的靈魂安息。」她想了一下。「別哭了，阿度妮。我可以幫妳。」她頭往後，躺到床墊上。「我有個弟弟，名字叫做寇剌。我們有同一個爸爸不同媽媽。他專門幫忙像妳這樣的女孩。」

她看著天花板，睜著眼睛沒有眨眼。她好一會沒說話。然後她開口了：「先睡吧，我們明天再說。熄掉煤油燈，免得我們雞啼之前就被火燒死在房裡。」

「是的夫人。」我熄了燈，躺在地板上，兩手枕在腦袋下面，塑膠袋放在腳邊。房裡好安靜，但外頭的蟋蟀唧唧叫到深夜還不停。有時依亞會咳得像快把整副肺咳出來了一樣，有時只是大聲打呼得像部發電機。

我躺在那裡，想著我媽、卡育斯、還有卡蒂嘉，想著我遇上這些可怕的事之前的日子。我想了整夜，直到公雞對著第一道光咕咕啼叫、清晨的陽光透過窗戶照亮整個房間。

就在那時候，我聽到聲音，像兩隻動物在打架。一開始我以爲聲音是從我腦袋裡來的，但聲音卻愈來愈近、愈來愈大聲。不是兩隻動物在打架。那是男人的聲音，一個我很熟悉的聲音，伴隨像士兵走向前線戰場的砰砰腳步聲。聲音朝依亞的院子靠近，我的心跳也愈來愈快，因爲那是爸的聲音。他最生氣的聲音。

他在大叫：「我的女兒呢？這該死村子裡那個叫做依亞的女人在哪裡？」

20

我全身不能動。

我的頭告訴我自己起來，阿度妮，起來，起來，快逃，但我的手和腳完全不聽話。我好想上廁所，我心裡這麼想，熱熱的尿水已經浸溼我的洋裝、流到地板上到處都是。我的心跳到我耳朵裡，砰砰砰砰。

爸在這裡。在阿岡村。我能怎麼辦？我能躲到哪裡才會永遠消失不要被找到？

「阿度妮，」依亞從床墊上喊我。我想回答她，但我的聲音黏在我喉嚨裡出不來。

「阿度妮？」她又喊了，聲音裡面還有睡意。「我有沒有聽錯？那是妳爸的聲音嗎？」

「是的夫人，」我說，但她好像沒有聽到。我也聽不到我自己。我的聲音不見了。她的門上傳來敲門聲。門在震動，爸爸在大叫，又怒又急。「快開門！」

我全身發冷。我完了。死了。我能怎麼辦？我能去哪裡？

「阿度妮。」依亞用氣音說，我幾乎聽不到。「床墊後面有門，」我猜她是這麼說的。「通往廁所。快去。」

我沒有反應，依亞用手拍打什麼東西。「去。快去！」

我像背後觸電似的跳起來。我看到她說的那道門了，就在她掛衣服的地方。我昨晚怎麼會瞎到沒看到？

房門還在晃動。「快開門，」爸說。依亞回答，「我正要從床上爬起來。你要是把個又老又病的女人家門砸破了，會遭天打雷劈。」

我推開床墊後面的門，走進一條飄著尿騷味的狹窄通道。尿騷味濃得讓我不能呼吸眼睛充淚、忍不住咳起來。

我聽到房門被狠狠撞一下，然後是爸的聲音：「妳搞什麼，老半天才開個門？」

依亞支支吾吾隨便給了理由。

通道底有另一道門。我推開門，忍住湧上喉頭的嘔吐，看著這滿地屎，有的是圓圓的棕色像煮蛋、有的稀稀水水的像粥。全都臭得要命。蒼蠅停在屎上蹦蹦跳跳，從一坨換到另一坨。我的左邊有一個缺了沖水把手的壞掉馬桶，旁邊是一個沾滿屎的澡盆。我兩隻腳站在唯一一小塊乾淨的地面，忍住想吐的感覺、聆聽依亞和爸在房裡爭吵：

「我的女兒在哪裡？」

嘟噥嘟噥。

「妳嘴巴是黏在一起了嗎？我說我的女兒在哪裡？大家都說昨晚看到她來這裡！」

嘟噥嘟噥。

爸說：「卡育斯，這老女人耳朵和嘴巴都有問題。你幫我搜房間。找出阿度妮！」

我聽到一陣乒乒乓乓，我想是卡育斯和爸把依亞房裡的東西亂扔一通。

爸說：「這塑膠袋裡是什麼？那不是阿度妮的衣服嗎？卡育斯你看一下告訴我！」

我沒有聽到卡育斯的回答。我閉上眼睛，兩手緊緊抱住自己。

「那是一道門嗎？」爸說。「打開。」

通道裡傳來聲音。啪啪的腳步聲。爸說：「卡育斯，你去，這地方臭死人了！你進去看看阿度妮有沒有躲在裡面。聽到沒？」

「聽到了，大人，」卡育斯說。

門打開，我不敢呼吸，拚命往牆壁靠，整個背緊貼牆上的屎。我祈禱牆壁能打開一個洞，把我和這堆屎全部吞進去。

卡育斯站在我面前，看著我，眼睛眨都不眨。好像他看到的是媽和媽的的鬼魂。我搖頭，一根手指壓在嘴唇上。我用眼睛哀求他，我的靈魂在哀求他。求求你不要跟爸說，我的眼睛說，不要跟爸說。

「她在裡面嗎？」爸在外頭問。「卡育斯？」

「沒有，大人。」他說。「這裡面沒人……不過窗子是開的，她可能跑去市場廣場了。」

「那還不快出來！快！我們得走了！」爸說。「快，莫魯夫和他的人在等。村長也在等！」

卡育斯就這樣站在那裡，嘴唇顫抖好像在忍哭。他的眼睛溼溼的，但他的嘴巴有一彎悲傷的微笑。他一隻手放在胸口、點點頭，我知道卡育斯的意思是要我逃走，更重要的是，不要讓他們抓到我。

謝謝你，我說但沒有發出聲音。謝謝你，我的弟弟。

「卡育斯！」爸大叫。「快點！」

卡育斯慢慢點點頭，這是我們最後的再見。

「再見了卡育斯，」我的眼睛對他說。他轉身跑走。再見了我親愛的卡育斯。

我站在原地好久好久，垂著頭，眼睛裡都是淚。

21

我看到依亞坐在房間地上，用一根長長的木匙翻動煤油爐上鍋裡的東西。鍋子下面有火，我走進房間的時候，依亞把火關小，皺鼻子噘唇。

「房間都被妳熏臭了！」她說。「去洗個澡。把那身臭死人的衣服扔了。妳還有別件洋裝嗎？」

我看向我的東西散在角落地上，媽的聖經躺在安卡拉洋裝上面。「他們還會回來，」我說，看著我的衣服。「他們看到我的東西了。我不能去裡面洗澡，那裡到處都是臭屎。」

她笑了，最後卻變成咳嗽，聽起來像有人在沖馬桶。「沒有腦袋正常的人會去哪裡洗澡，」她說。「那是拉屎的地方，拉了屎就快走。這裡的住戶每個月會輪流打掃。下星期八號房的人會去打掃。妳繞到屋子後面，水井旁邊。妳在那洗澡。」

「我在煮山芋，」她微笑說，好像我們剛剛才聊笑講到山芋。好像我的心剛剛沒有差點被爸嚇到不跳了。

「我不餓，」我說。「妳確定我爸和卡育斯眞的走了嗎？」

「啥？」她說。「他們應該快回到伊卡提了。我找了一個住在這裡、平日幫我跑腿的男孩去幫我守著村子邊界。這男孩跑得很快，要是看到妳爸或妳兄弟來了，他會馬上跑回來跟我們說。」

依亞打開鍋蓋，用木匙攪一攪裡面的東西。我猜她在煮山芋粥。聞起來裡頭應該加了紅椒、鯰魚和棕櫚油，但看起來卻像橘色的屎。我又想吐了，但努力忍住。

「我還派了另一個小男孩去把寇刺找來，」她說。「去吧，阿度妮。去把妳這一身臭洗掉。」

「要是我爸在我洗澡的時候回來了呢？」

「光站在那裡問我些蠢問題，」她說，一邊用木匙舀了些山芋粥在手掌嚐味道。「要是妳爸又跑回來看到妳光站在那裡，我可一句話都不會幫妳說。水井旁邊有個房間和水桶。快去吧。」

我從地上撿起我的安卡拉洋裝、內褲和胸罩，離開她面前。

屋子後面水井的圓形灰牆深深埋進地底，裡頭滿滿都是水。我把水桶扔進去，取了水走進浴室。正方形的浴室鋪了冰冷的水泥地板，滑溜得像上頭倒了生蛋。這裡的牆壁跟莫魯夫的浴室一樣爬滿黑草，從下往上直到鐵皮屋頂。

我脫掉衣服，開始往頭上倒水。冷水像電一樣刺激我，我用手掌拚命擦洗全身，冷水混雜淚水。擦洗、哭泣、擦洗、哭泣，一直到我覺得再洗下去就會破皮流血了才停手。

洗好之後我感覺全身皮膚都因爲過度擦洗而變得像會呼吸了。因爲沒有布可以把水擦乾，我只好直接穿上胸罩和內褲。我回到依亞房間時，她已經盛了一碗山芋粥在吃，手指像沾到橘色油漆一樣被山芋染橘了。

「想吃了沒？」她問，舔舔手指。「新鮮山芋，剛採收的。」

「不了夫人。」我說。「我肚子還是不舒服。」

「放心吧，寇剌要來了，」她說。「他住在邑丹拉，離這不遠。他開汽車，還有那種可以讓人帶了到處跑的電話。那叫什麼來著？」

「手機，或是行動電話，」我說。「莫魯夫也有一個。在英文裡面，『行動』的意思是說東西會自己跑來跑去。」

「就是那個。」依亞說。她眼睛亮晶晶的，好像非常以弟弟和他的行動電話爲榮。

我掙扎著把睡神從我眼睛裡趕走。又有人來敲門了，不過這次不是氣沖沖的敲，像爸那樣。

「開門，」依亞說。「一定是寇剌，我弟弟。」

我開了門。有一個男人站在那裡。瘦瘦高高的，臉好像被燒過。他的臉上還有兩道疤，兩條直線從兩隻眼睛下面往下劃到下巴，好像有人用濃濃的黑色顏料在他臉頰上寫了數字「11」。

「早安大人，」我說，一邊跪下。

他脖子往左邊歪，上下打量我，淸淸喉嚨好像要開始大聲唱歌。

「我姊在嗎？」他問。

「大人請進，」我靠到一邊讓路。「歡迎大人。」

他朝依亞點點頭打招呼，她則爲他禱告祈福、謝謝他上個月送來的美祿巧克力和立頓紅茶。他問她有沒有按時吃藥，她說有，一天三次，雖然我昨天晚上和今天早上都沒有看過她吃藥。

他又一次淸喉嚨，我覺得他可能需要喝點水。

「妳找我嗎？」他問依亞，感覺好像有點煩，好像依亞老是去煩他。「我還沒有錢可以給妳。」

「我沒要你的錢，」她說，「但你得幫幫我這件事。剛剛給你開門的女孩是阿度妮。你記得在伊卡提村賣炸麵糰的伊豆舞嗎？阿度妮是她的女兒。」

「啊，」寇剌先生轉向我，點點頭。「我記得她常常給妳送食物來。很遺憾妳母親過世了。」

「謝謝大人，」我說。

「她需要我們的幫忙，」依亞說。然後她告訴他卡蒂嘉的事、說我爸來找過我還有他一定會再回來。「你能幫她找個工作嗎？就像你之前幫那些女孩一樣？阿度妮是非常好的女孩。她甚至會讀書，英語也說得非常好。」

寇刺先生抽抽鼻子。「依亞，我可以幫她，但不是今天。今天來不及。我知道她遇到麻煩，不過如果她能等一星期，我可以安排——」

「一星期太久了，」依亞說。「她今天就得走。今天早上。她爸爸一定會回來這裡找她。我確定。我不能讓阿度妮出事。我很多年前答應過她母親，我會到死都守住這個承諾。」

我聽依亞說這段話，感覺眼睛被淚水刺痛了。我雙手合十放在嘴唇上，爲她感謝禱告。

「我知道妳的意思，」寇刺先生說。「但沒有人會給她工作因爲……」他突然停下來，好像想起了另一件事。「今天是有個女孩要開始在拉哥斯的工作，」他說。「也許我可以改派阿度妮去。她看來符合我老闆要求的條件。「年紀對了。她可以去到像拉哥斯那麼遠的地方嗎？」

拉哥斯？那個閃亮亮的大城市？那個有很多飛機、汽車還有錢的拉哥斯？那個讓我和我的朋友艾妮妲聊個不停、夢想存到一點錢就去看看的拉哥斯？

我的心同時因爲興奮和悲傷而糾結。我感覺很悲傷，因爲我想要去拉哥斯開開眼界、想知道更多那個地方的事，不是因爲我得逃去那裡。但這個男人在等我回答，而爸和莫魯夫隨時都會來。

「我可以去任何你要我去的地方，大人，」我說。「我是個好女孩，大人。」

「讓我打個電話，」他說。

他從口袋裡掏出手機。他按了三個號碼，把電話放到耳朵旁邊。他開始說話，頭上下左右動個不停。

「哈囉？大夫人嗎？早安夫人。我是寇刺先生，您的仲介。抱歉這麼早打擾您。出了點問題，不大可是蠻要緊的。我今早本來要帶過去的女孩得了傷寒，沒辦法跑遠。我這有另一個女孩，很乖很不錯，叫做阿度妮。是的，同樣價錢。年輕女孩，是的。我有讓您失望過嗎，夫人？當然當然。所有檢查都做過了，很健康。謝謝您。」他又按了一下手機，然後收回口袋裡。

「都安排好了，」他說。「去把妳的東西收拾一下。我們現在就去拉哥斯。」

我不知道要笑還是要哭。我的喉嚨縮得緊緊的，跪在地上一邊謝謝依亞、一邊把我的東西收到她給我的另一個塑膠袋裡。

「寇刺，謝謝你，」依亞說，拍拍手。「阿度妮媽媽在天之靈也謝謝你。」

寇刺先生點點頭，手伸進口袋裡掏出兩張髒兮兮的紙鈔和一把鑰匙。他把錢塞到依亞手裡。「景氣差。時局不好。這錢省著點用到下個月。」他轉向我，用手裡的鑰匙對我比劃一下。「走吧。」

我緊緊抱住塑膠袋，腳卻沒動。我站在那裡，眨眼看著這個男人。要是他是壞人呢？要是他帶我去拉哥斯做不好的事呢？

「依亞？」我說，想要問她她到底對這男人了解多少、雖然他是她的弟弟，但這些字藏在我腦袋深處、我怎麼找也找不到，所以我只能站在那裡，眨眼睛看著他。

「阿度妮，」依亞說，感覺好像我再不動她就要用她的拐杖打我的頭。「妳得趁妳家人回來找妳之前趕快跟他走。」

男人抽了抽鼻子，轉身說：「我在車上等妳，五分鐘不來我就走人了。」

「爲我祈福，」我對依亞說，對著她彎下腰去好讓她摸摸我的頭。

「妳在拉哥斯會遇上好事，」她碰碰我的頭說。「妳媽媽會保佑妳。快去吧。」

寇刺先生發動汽車引擎，沿著大路往前開，就在那一刻，所有事情的重量終於全部落到我頭上，壓垮了我。

我要離開伊卡提了。

這是我想望了一輩子的事：離開這裡去看看外面的世界。但不是像這樣。不要有壞名聲跟著我，不要全村子的人都在找我，因爲他們以爲我殺了人。不要像現在這樣，我的心一半在卡育斯身上，另一半在卡蒂嘉身上。

我低著頭，感覺有一塊又厚又重的黑布蓋上來、包住我。一塊代表恥辱、哀傷、心痛的厚黑布。

22

拉哥斯好遠，我們感覺像要開向奈及利亞的盡頭。我們離開阿岡村已經三小時了，車子卻還在快速道路上跑個不停。

我很想睡，但車子每五分鐘就會遇上路面的坑洞，寇剌先生的藍色馬自達每次都會像觸電一樣掉進去又彈出來。這些彈彈跳跳把我吵醒了。有時我甚至擔心車子會裂成兩半，寇剌先生在一半上、我在另一半上。

因爲這樣，我一路看窗外。快速路上有很多男男女女和小孩在賣東西：麵包、可口可樂和芬達、頭下腳上串在木枝上的野味燻肉；報紙、水果、裝在塑膠袋裡的水。我肚子好餓，但是我不想拜託寇剌先生停車好讓我買吃的，因爲他板著臉，兩手把方向盤抓得緊緊的、好像怕它飛走似的。他的額頭上有一條生氣的線，凹凸的皮膚皺褶。

我們從早上一路都沒說話，我終於忍不住了，開口問他問題。

「到拉哥斯還要多久？」我問，一邊用手遮在眼睛上擋太陽。還不到中午就已經這麼熱，好像太陽在天空中噴火。到處都像火在燒，連汽車椅子的塑膠皮都燙得我的屁股要燒焦了，不時要用手掌墊在屁股下面。寇刺先生沒回答，我於是再問一次。

「快了，」他說，抬頭看看汽車鏡子然後換到隔壁線道。

「我到了那裡之後呢？」

「妳工作，」他說。「這倒提醒我。阿度妮，聽好。我後車廂裡有身體檢查報告，我的醫生朋友開給我的。大夫人要求確定妳身上沒帶病。」他瞄了我一眼。「妳沒帶病吧？」

「沒有，大人。」

「很好。我會在報告上塡進妳的名字給大夫人看。她要是問妳我有沒有帶妳去給醫生檢查，妳一定要說有，說我們去了邑丹拉診所，聽懂了沒？妳要是說沒有工作就沒了。」

「我會說有，」我說，動了動屁股，不明白爲什麼寇刺先生要說謊。醫生的事他說謊，那還有什麼事他也說了謊？我跟這個男人離開伊卡提之前眞的有好好想清楚嗎？我看他，他下巴的肉上上下下好像在吃空氣，嘆了口氣。如果他跟我說謊，我也不能怎麼辦。我不能回伊卡提，也沒辦法逃到別的地方去。

「你會和我一起待在那裡嗎？」我問。

「不會。我每三個月會去看妳一次。」

「我可以一邊上學嗎？」我問。

他看我一眼，清清喉嚨。「如果妳好好工作，大夫人喜歡妳，說不定會送妳去上學。」

「要是爸回去找我，依亞會跟他說我們去了哪裡嗎？」

「依亞死也不會背叛妳母親，」他說。「她是個固執的女人，而且不怕死。聽好，妳爸爸永遠不會找到妳。依亞不會說，我也不會說。除非妳自己跑回去伊卡提。妳想回去嗎？」

我很快搖搖頭說不，雖然我想到永遠不能回去伊卡提心就好痛。「大夫人是什麼人？」我問，揉揉胸口想要減輕心痛。「你爲什麼喊她大夫人？」

「阿度妮，」他說，一邊把車子放慢下來，因爲前面的車也慢下來了。

「是的大人？」

「拉哥斯快到了，」他說。「妳安靜讓我好好開車。」

我聳聳肩，眼睛看路。我們經過一個女人，坐在矮凳上彎腰看顧一鍋熱油，用一根長長的鐵匙攪動黑油裡一顆顆圓圓的炸麵糰，就像農夫拿木棍把羊趕過來趕過去。這讓我想起了好久以前，我常常手裡拿著舊報紙當作盤子、站在媽身邊。媽從熱油裡撈起炸成棕色的麵糰球，一次三個，放在湯匙裡甩掉多的油，然後才把炸麵糰放到我的報紙盤上給我試吃、嚐嚐糖和鹽放得夠不夠多。我會又跳又笑說「好燙、好燙、好燙！」，而媽會說「很燙但是夠甜吧？阿度妮？夠甜吧？」

我想起病魔把她折磨到連從草蓆上爬起來的力氣都沒有的時候，她會要我唱歌。

「我的阿度妮，」媽會說，「我的甜心。唱歌讓我忘記疼痛吧。」

卡育斯出現在我腦中，我把他趕走。我不想想到卡育斯，不想想到今天早上他一手壓在胸口、不想想到他跟我說再見時眼睛裡的悲傷。

所以我開始唱媽在我差不多六歲時教我唱的歌，一首講希望和上帝之愛的歌。
我鼻子壓在車窗玻璃上，用肚子底部的力氣開始唱歌。

Enikan nbe to feran wa　祂是超乎萬人之上，
A! O! fe wa!　哦，祂的愛！
Ife Re ju t' iyekan lo　比諸兄弟更密、更強，
A O fe wa　哦，祂的愛！
Ore aye nko wa sile　地上朋友時常離我，
Boni dun, ola le koro　今日慰我，明日忌我，
Sugbon Ore yi ki ntan ni　但這朋友從不欺我，
A O fe wa　哦，祂的愛！

唱完後，我偷瞄寇刺先生一眼。他額頭上的皺紋放鬆了，他的嘴唇往上彎、好像想微笑。
「沒事吧，大人？」我問。「我唱歌太吵了嗎？」
「妳唱歌很好聽，」他說。「有人跟妳說過嗎？」
「我媽跟我說過很多次，」我說。
他沒有說話，只是好像吞下什麼。又過一會，他說：「我希望大夫人對妳好。」

我也希望，大人，我心裡想，我也希望。

「歡迎來到拉哥斯，」寇刺先生說。「醒來，阿皮妮！」

我驚醒過來，揉揉眼睛、擦掉從我嘴角流到洋裝裡面的口水。「對不起，大人，」我說。「我們到了嗎？」

我不知道我睡了多久，但現在外頭街上有好多車子，像包圍方糖的螞蟻工兵。所有車子都在按喇叭互相說話：叭叭。我們後面的車子叭了一聲，寇刺先生臉拉下來，低聲說了什麼，然後用力拍他的方向盤：叭——。

空氣中充滿好多味道、全都混在一起：新鮮麵包、蘋果橘子和木瓜、車子屁股冒出來的灰煙、汽油、很久沒洗澡的腋下的味道。

我吸氣，但這口氣實在太濃了，堵住我的喉嚨害我咳嗽。

路上有很多人把自己擠在車子和車子中間，每個人都在賣他們想得到可以賣的各種東西，連手機和電影DVD都有。一個男人拿著像整塊牛奶的東西、鼻子貼上我這邊的車窗玻璃。

「買冰淇淋！」他說。「哈囉小女孩，」他對我說。「今天不想要冰淇淋嗎？」

男人看我們沒理他就離開了。

又一個男人跳到我們車子前面。他穿著綠色無袖汗衫和黑色長褲，手裡拿著一瓶泡泡水。我還來不及問他要做什麼，男人就壓了壓瓶蓋、把泡泡水倒在車子前面玻璃上，他接著從口袋拿出一條棕色的布，開始把水擦掉。

「不要碰我的擋風玻璃，」寇剌先生說、按下剌叭：叭。「信不信我開車撞你！快閃開！」

但男人好像沒聽到寇剌先生的話。他愈擦愈快，上上下下、左左右右。我忍笑，因爲他拿布擦玻璃卻愈擦愈髒，我開始想那個瓶子裡裝的難道是油。他擦完後抖抖布，摺好收進口袋裡。他微笑，舉起一隻手抵在頭上行舉手禮。「上帝保佑您，大人，」他說，「讓我爲您擦乾淨才看得清楚路。」

「看看這個白癡，」寇剌先生說，「弄髒我的玻璃還想要我付他錢。上帝會處罰你。」

我不知道男人有沒有聽到寇剌先生。他只是站在那裡，露出牙齒微笑，手碰頭行舉手禮，不停說：「上帝保佑您，大人，」直到寇剌先生車子往前開，他才跳開跑去找我們後面的車子。

「煩死了，」寇剌先生說。「白癡。煩死了。」

車子往前，接近一個看起來差不多六歲的男孩。他的紅T恤鬆垮垮的掛在他長長的脖子上，腳上穿著紅色塑膠拖鞋。他看我，眼神卻好像飄到很遠的地方，迷失在另一個城市、另一個人生裡。他的手碰碰嘴，揮手跟我說再見，然後又碰碰嘴。他的脖子掛著一個牌子：餓，請幫忙。

「這個男孩想要什麼？」

「他是乞丐，」寇剌先生說。

我們伊卡提沒有小孩乞丐。就算孩子的爸媽沒有錢，他們也不會讓孩子去當乞丐。他們會幫人洗衣打掃收垃圾，如果是女孩就嫁人換來嫁妝錢給爸媽買食物，就是不會去當乞丐跟人討吃的。

「我肚子有點餓，大人，」車子又往前開的時候我說。我突然覺得肚子餓得都痛了，但我還是說得很小聲，因爲我覺得丟臉，寇刺先生和依亞都幫我這麼多了，我竟還跟他要吃的。

「要吃香腸捲嗎？」他問我，一邊搖下他那邊的車窗，揮手招來一個頭上頂著盤很小的麵包的小販。

「香什麼捲？」我說。

「就是麵包裡面有肉，」他說。「香腸捲。」

「好，大人，」我說。

「多少錢？」寇刺先生問男人。

「一百奈拉，」男人說，從托盤上拿起一個小麵包。「很燙。剛剛出爐。」

「給我三個。」寇刺先生一手扶方向盤、一手從口袋裡的整捆新鈔票抽出三張。我看著那捆鈔票，感覺很難過，想起他早上塞給依亞的髒兮兮、連買兩個小麵包都不夠的錢。他把乾淨的新鈔拿給男人。

「妳吃兩個，留一個給我，」他說，把整袋食物拿給我。

麵包裡面的肉很小很硬，感覺像在吃鹹的口香糖，但我實在太餓了，沒咬幾下就吞下去。

拉哥斯路上有好多計程摩托車。左邊右邊這裡那裡、到處都是，而且一點也不怕車，在車子中間鑽來鑽去好像水流。坐在摩托車上的人頭上都帶著大大的塑膠帽，我問寇刺先生那是什麼，他說：「那是安全帽。在拉哥斯騎車要戴安全帽，不然會被捉去關。」

「沒戴安全帽會被抓去關？」我問，一邊用手背擦嘴巴。

「沒錯，」他說。

我本來還想問更多問題，因爲他的話實在說不通，但我的眼睛被別的東西吸引過去：大巴士。好多大巴士，黃色上面有黑線條。有的上頭綁了一堆貨，有的載了人。我們旁邊那輛巴士門是開的。車裡很擠，有些人疊在其他人身上。有一個男人撐著門，整個身體掛在車門外，大叫：「法洛摩直達車！自備零錢！」

「他爲什麼不坐在車裡？」我問。

「拉哥斯有的巴士車掌會把自己掛在車外，」寇刺先生說。「方便賣票。感謝上帝，車總算動了。」

寇刺先生車往前開，不久路上的人和車都變少了。車子開上一條往上的路，路下面是河，一條很長很長的河，就算伸長脖子也看不到河的盡頭。遠遠的河面上有個漁夫，看起來像水上的一根樹枝。河上還有一些白色的船，載了人的木舟。

我的眼光離開河面，往上看著路上面的綠色標誌：「第三大陸橋。維多利亞島。伊格邑。」我大聲讀出標誌上的字，因爲我想讓寇刺先生知道我會英文。

「維多利亞島，」寇剌先生說。「讀作嗨愣（high-land），不是唉愣（is-land）。」

我不懂。標誌上的字明明不是嗨愣，但我沒說出來。「我們就是要去那裡嗎？這個叫做維多利亞島的地方？」

「我們要去伊格邑，」寇剌先生說，他看我一眼，好像覺得我應該要高興得跳舞。「不過我會先帶妳去維多利亞島，讓妳了解一下環境，然後我們再回頭去大夫人在伊格邑的房子。妳去到那就懂了。大夫人有棟豪宅。很大的房子。她非常有錢，阿度妮，非常有錢。」

「這樣很好嗎？」我問。

「錢永遠是好事，」他說，閉緊嘴唇好像被我問到煩了。

我們就這樣沒說話開了一段路。車子走了一段往下的路進到城裡。這一次，所有東西都好閃亮、像在發光。高高的玻璃房子，形狀像船、像帽子、像巧克力糖、像圓圈、像三角形，各種不同形狀顏色和大小的房子，沿路在我們左邊和右邊。

「啊！」我說，睜大眼睛看個不停。

「是的，」寇剌先生說。「很不錯吧，不錯但是吵了點。那邊那棟玻璃建築是銀行。遠遠那棟藍色靠水邊的是市政中心。這邊這棟有一百個窗戶的是奈及利亞法學院。那邊那家飯店，很高看起來上頭全是星星的是洲際酒店。很貴的飯店，五星級的。妳看，那家是麗笙酒店。我們從這裡繞回去伊格邑。」

車子開在一條兩邊有更多房子和很多商店的街上，寇剌先生突然點點頭，說：「看，阿度妮，看那家店，就GT銀行隔壁那家櫥窗裡有假人的商店，那是大夫人的店。那整棟房子都是她的。」

我看向寇剌先生指給我看的高高的玻璃房子，看到屋頂玻璃裡有一排一閃一閃的藍色和綠色的字母：凱菈布行。櫥窗裡還有兩個沒有手的假人娃娃，皮膚顏色和我在電視裡頭看到的外國人一樣。我從來沒看過和我一樣高的假人娃娃。其中一個娃娃身上別著一塊看起來很貴的藍色蕾絲布，另一個則裸身，胸前兩個小小的乳房好像還沒熟的芭樂。

「啊！」我又說一次，因爲我腦子只想得到這個字。

「她女兒的名字叫做凱菈，」寇剌先生說，眼睛看路。「所以她的店才叫做凱菈布行。很好，沒塞車。」車子繼續往前開，寇剌先生繼續指出這家商店、那家銀行商場、那個辦公室。這一切都太漂亮太花俏了，我根本記不住，所有東西全都擠在我腦袋裡、讓我一個頭兩個大。車子轉進一條兩邊都有綠葉樹木的安靜街道，沒有噪音玻璃和銀行。我的頭終於不再覺得快要炸開了。

「妳覺得怎麼樣？」寇剌先生問。「我是說拉哥斯？」

「我有點受不了，大人，」我說。「我覺得拉哥斯是一個有太多亮光和玻璃的噪音製造廠。」

寇剌先生頭往後仰、推推頭上的帽子，笑了。「噪音製造廠倒是挺不錯的形容，」他說。「大夫人就住在這條街底。」

「是的大人。」

「阿度妮。」他把車停在路邊，整個身體都轉過來看著我。「妳在大夫人家要乖乖守規矩。不要偷東西，不要說謊，尤其拜託妳，不要交男朋友。」

我露出嚴肅表情。「我？偷東西？這是不可能的事，大人，」我說。「我從來不說謊。我對男孩沒興趣。我是個好女孩，大人。」

「我得先警告妳，因為要是大夫人跟我說她不要妳的話，我就不知道要送妳去哪裡了。妳聽懂了沒？」

「是的，大人，」我說。「我也不知道自己還能去哪裡。我回去伊卡提馬上會被村長處死。」

「聽好，」寇剌先生清了三次喉嚨，這表示他接下來要說的是很重要的事。「大夫人要求妳工作很努力。」

「我工作很努力，大人，」我說。

「她會要妳遵守一些規定，妳得全部乖乖遵守。」

我點點頭。

「妳吃他們給妳吃的、睡在他們要妳睡的地方、穿他們給妳的衣服，」他說。「聽到了沒？不要去了一陣子就自以為翅膀硬了。妳要是那樣，他們就會把妳趕出去。妳知道妳不能回去伊卡提，所以最好乖乖聽話。懂嗎？」

我不是鳥怎麼會有翅膀？「是的大人，」我說。「還有什麼是我得做的？」

「她每個月會付妳一萬奈拉，」他說。

「一什麼？給我？」這筆錢太大了，要怎麼收？

「錢我會先幫妳收下，放在銀行裡，」他說。「我每三個月來看妳的時候會把錢帶過來。妳聽到了嗎？」

「是的大人，」我說。也許寇刺先生真是個好人。他不愛笑而且健康檢查的事說謊，但也許他是在幫我。「謝謝你，大人。」

「就這樣，我們走吧。」他發動引擎，開得很慢，轉進一條路。路的盡頭有一道黑色鐵門。寇刺先生把車停在鐵門前面，按喇叭：叭叭。

就在那時候，一臺高高的灰色大車，亮著兩顆很像生氣貓咪的眼睛的車頭燈，出現在我們車後面。這車比我看過的車子都高。高車停在我們後面，叭了一聲，然後鐵門就開了。

「吉普車裡的就是大夫人，」他說。「進到院子裡後，妳跟她問安後就退到一邊，讓我跟她說話。聽到沒？」

「是的大人，」我說。我們車開始往前開。

我看看整個院子，看著那棟有紅屋頂的白色大房子和前面兩根好高的金色柱子，好像是哪個厲害的木匠切下整根樹幹，用砂紙磨光了再噴上金漆。我看著矮棕櫚樹，沿路一邊三棵，樹幹好像粗壯的鳳梨，它們長長的綠葉伸出來好像在說，歡迎來到這棟好漂亮的房子。我看著前院到處都有的黑色玻璃花盆、裡頭種了黃色藍色紅色和綠色的花，金色路燈上頭圓圓的燈泡好像盆子裡的月亮，大房子上頭的十個窗戶是框在金邊裡的方形藍鏡子。紅色的石梯從寬大的黑色大門往下伸、讓我想到舌頭，某個吃了太多亮晶晶東西的巨人的舌頭。

我看著一切，用眼睛吞下整個地方、心跳得好快，我一邊想，大夫人說不定是個女王，而這裡其實是王宮。

23

大夫人的車停在另一臺一樣的車旁邊。

寇刺先生把他的車停在後面，熄火，我們一起下車。開大夫人車的男人也下車，然後跑到車的另一邊。我看到他淺色光滑的皮膚、身上穿的棕色長袍和頭上的白色費拉帽、額頭一邊的三個深色記號、手上的白色念珠連開車門時都還握在手裡。他拉開車門然後退到旁邊。

「他是誰？」我問寇刺先生。

「那是阿布，」寇刺先生低聲說，「大夫人的司機，跟著她很多年了。別再問問題了。」

車裡的人下車時帶出裡頭飄著濃濃花香的冰涼空氣。我最先看到一雙腳。黃色的腳，黑色的指頭。每個腳指甲都塗了不同顏色：紅、綠、紫、橘、金。最小的指頭上圈著金戒指。她從車裡出來，整個院子好像都被她的身體塞滿了。我終於懂他們爲什麼喊她大夫人了。她下車，深深吸一口氣，和黑板一樣寬的胸脯升起再降下、升起再降下。好像這個女人用她的鼻孔把外頭的熱氣都吸走，讓所有人感覺一陣涼意。我站在寇刺先生旁邊，他和我一樣全身發抖。連院子裡的樹和長長的黑色花盆裡的黃花粉紅花和藍花全都抖個不停。

她穿著蕾絲咘咘袍，長到她的腳。她的咘咘一閃一閃的，好像蕾絲布上都是眼睛，不停開開合合。這女人沒有脖子。圓圓胖胖的頭下面直接是寬大的胸脯，一對乳房快要垂到膝蓋。她頭上纏著金色的蓋麗頭巾，看起來像是把吊扇黏在帽子上再戴到她頭上。

她朝我們走近兩步，我才看到她的臉。她的臉看起來像被小惡魔鬧過，用腳在她臉上亂塗色。她整張臉上了橘粉，兩邊眉毛畫紅線直拉到耳朵。眼皮抹了綠粉，嘴唇塗了金口紅，兩邊臉頰畫得紅通通。

「大夫人，」寇剌先生說，趴到地上迎接她。「歡迎回家。」

她張開嘴巴說話，露出下排一顆金色門牙。

「寇剌仲介。你好嗎？」她說，聲音很低。「就是這女孩？」

「最佳人選，夫人，」他說。

她笑了。隆隆響的，好像大石頭滾下山的聲音。

寇剌先生從地上爬起來，換我跪下去。「夫人午安，」我說。「我是阿度妮。」

「阿度妮。」她低頭看我，板著臉，然後一個問題接著一個問題的問我。「妳工作努力嗎？我可沒時間跟妳扯。寇剌先生有跟妳說我的期望嗎？妳做過健康檢查了嗎？妳會說英語嗎？會寫嗎？基本溝通行嗎？」

我不知道什麼是**騎網**還有**勾桶**，但我一句話也沒說。

「她工作可努力了，」寇剌先生說。「她身體健康，檢查報告在我這——您知道我絕對不會帶不健康的女孩給您。阿度妮聽得懂英語也能讀簡單的句子。她很聰明，符合您所有要求，夫人。她不會讓您失望的。阿度妮，快起來。」

大夫人捏起她的咘咘袍領子，朝裡頭吹氣。「寇剌仲介。你每次要把人賣給我時都是這麼說。你上回送來那個女孩，叫什麼名字來著？芮貝卡？失蹤到今天還找不到人。」

寇剌先生之前帶什麼女孩來過？她怎麼會失蹤？我看著寇剌先生，但我知道現在不是問他問題的時候。我轉向大夫人、想問她這女孩是誰，但她的臉好像一團悶雷，閃著憤怒的雷光，我不敢開口。芮貝卡是因爲發生了什麼不好的事才失蹤的嗎？如果她遇上壞事，那我留下來會不會也遇上壞事？

「去裡面等我，」大夫人說。「我有話要跟妳的仲介說。」

寇剌先生點點頭。「進去屋裡，」他說。「我跟大夫人談完就去找妳。」

我站起來，看看院子。我看著左右兩邊的棕櫚樹，看著其他停著的車，看著前面的大門、看金色的木頭門把讓它看起來好像通往天堂的門。我往前走，可以感覺寇剌先生和大夫人的眼光射進我背後。

我走到門前，轉頭看他們兩個，低頭靠在一起講悄悄話。

前門的門把是金色的微笑獅子頭。明知是雕刻的獅子，我伸手敲門之前還是先確定它不會突然醒過來。門開了，一個矮個子男人出現在我面前，皮膚很光滑、顏色像涼下來的木炭。他的臉頰圓鼓鼓的，好像裡頭憋了一口氣。他的襯衫和長褲都是白的，頭上戴了頂高高的帽子。

他脖子掛著一條長長的藍布，垂到他肚子附近寫著：大廚。

「午安大人。大夫人要我進來，」我說，指指背後的大夫人和寇剌先生。「我叫阿度妮。」

「終於，新女傭總算來了，」他說。

「女傭？」這就是我的工作嗎？寇剌先生沒跟我說過。他只會問我會不會努力工作，我每次都說會。

「我是寇飛，」他說，用一根短短的指頭指向藍布上的字。「大廚。一個受過高等教育的大廚。妳要是來這工卓的就跟我來。」

他爲什麼這樣說話好像舌頭有問題？把「工作」說成「工卓」？

「你爲什麼這樣說話？」我問，打量著他。「你是奈及利亞人嗎？」

「我是迦納來的，」他說，回過頭來。「我在奈及利亞住二十年了，但我的口音（accent）偏偏搞不定。」

「你出了意外（accident）？」我問，一邊跟著走進屋裡、在心裡同情他。「什麼時候的事？所以才害你說話這樣嗎？沒死人吧？」

他停下腳步，兇巴巴的看我。「大夫人去哪找來這些不認識字的姑娘啊？我說我有口音，不是出了什麼意外。可以嗎？」

「可以，」我說，雖然並不可以。他愈說我愈不懂，也許意外也影響到他的腦袋。

我看看四周，忍不住發抖。地上鋪著金色和黑色的磁磚。牆壁是淡紅色的，牆上掛著大夫人和一男一女兩個孩子的照片。男孩鼻子像大大的字母M，女孩上排牙齒壓在下唇上。兩個孩子都穿著黑色長袍，頭上戴著三角形的帽子。大夫人站在他們兩個中間，手放在他們肩膀上，一左一右。房間後面有兩張木頭扶手椅，地上有兩個紅色和金色的墊子，圓鼓鼓的好像氣球。

我聞到鞋油、燉魚、還有新錢的味道。我覺得好冷，冷氣是從牆上一個白色盒子吹出來的，我往裡頭望了一眼。我左邊和右邊的牆上都有成排的鏡子，還有鐘面和數字都好大的時鐘。我的右手邊有一個盆子，裡頭有綠色的水、底部有藍色的小石子，還有很多小魚在一根光柱附近游來游去。小魚什麼顏色都有：紅的、綠的、黑的、白的、橘的。形狀也都不一樣，有一隻看起來甚至很像青蛙。光柱冒出泡泡、好多泡泡，還發出像水在鍋子裡煮滾的聲音。

寇飛指向魚盆。「妳就坐在水族箱旁邊等吧。我要回廚房準備晚餐了。妳的工作是打理屋子。我的工作是做菜。妳走妳的路，我走我的。」

我還來不及問他爲什麼要說得好像我是一臺車子，他就走進一道玻璃門裡，用力關上了。

「水—族—箱，」我慢慢唸出這組字，眼睛看著魚盆。我坐在魚盆旁邊的椅子上，行李放在地上。椅墊很軟，棕色的塑膠聞起來像新鞋，坐在上面感覺屁股涼涼的。我看看鐘。現在是差十五分兩點。

他們找到卡蒂嘉了嗎？埋葬她了嗎？她的孩子們呢，知道媽媽死了是不是正在悲傷哭嚎？而我，我爲什麼會在這裡，在製造好多噪音的拉哥斯、在這個臉上塗了太多顏色的大夫人家裡當女傭？我爲什麼不是在伊卡提，在莫魯大的屋子裡、睡在卡蒂嘉旁邊趁夜裡小小聲聊天說話？或者是在媽身旁，要是她沒死的話，坐在她腳邊的草蓆上、聞著她身上混雜麵粉還有糖和牛奶的氣味？

爲什麼只想上學的我會做起女傭的工作？我不知道我的眼睛什麼時候又被淚水沾溼了，但這一次，我很快哭完擦乾眼淚、告訴自己要堅強，然後坐著等待大夫人和寇剌先生進屋。

24

大夫人沒把寇刺先生一起帶進來。

她自己回到屋裡，兩手叉腰站在客廳正中央，扯開嗓門大叫：「寇飛！寇飛！」

我坐在椅子上，看著她。我張嘴又閉上。我不是很確定自己該說點什麼還是不要出聲音。

「寇飛？」她大叫。「寇——這傢伙跑哪去了？寇飛！你聾了嗎？」

寇飛突然冒出來。手裡還拿著木匙。「抱歉夫人。我在廚房開了攪拌機沒聽到您叫我。我剛忙著——您需要什麼嗎？」

「晚餐吃什麼？」她問。「你去巴羅根市場買柳橙了嗎？山芋呢？大爹地的鮮魚烤了嗎？」

寇飛點頭又搖頭。「魚開始烤了。柳橙不太新鮮但我還是買了。我正在燉白米和魚做晚餐。您要配點花椰菜嗎？要蒸的還是炒的？」

「蒸的。帶阿度妮去換上制服，」她說。「帶她去她房間。」

她說這些話的時候我從椅子上站了起來。「我在這裡，夫人，」我說。「寇刺先生呢？」

「她換好衣服後，你就帶她認識一下屋裡上下，」大夫人說。她沒看我。她只跟寇飛說話，好像我剛剛沒出過聲似的。

「幫我擠五顆柳橙送上樓來，」她說。「洗衣房裡有一堆衣服等著熨。我看她八成不會用熨斗。你教她。她要是把我的衣服燙壞了，我就從你下個月的薪水裡扣。聽懂了沒？」

「完全了解，夫人，」寇飛說。

「很好，」她說。「要阿布去把後車箱裡的三捆暗紅色法國蕾絲拿進來。你幫我幫東西放在門廳。卡洛琳會派她的司機過來拿。事情處理好，不要吵到我。」她轉身，走進另一道玻璃門裡關上門。

「沒事吧？」我問寇飛，眼睛還盯著玻璃門。「她爲什麼不跟我說話？」

「她不跟妳說話是好事，」寇飛低聲說。「妳在這等一下。我去把瓦斯爐關了帶妳認識一下環境。大夫人晚點下樓的時候要看到妳已經開始做事了。」

寇飛離開後，我看到鏡子裡的自己。我的頭髮看起來像沒人照顧的農場，辮子的分線冒出好多粗黑的新頭髮，看起來就像花園小路上那些拔不完的野草。艾妮妲好久以前幫我編進去的紅珠子早就掉光了。我的眼睛撐得又圓又大很不好看，而我以前光滑透亮的皮膚變成了沒有加牛奶的發酸茶水的顏色。

25

大夫人的房子有好多房間，這裡那裡、左邊右邊，到處都是。拉屎的房間和洗澡的房間是分開的。掛衣服的房間和睡覺的房間也不同。有房間專門放鞋子，外頭有停車的房間，樓上有收化妝品的房間。所有房間都不小，地上也都鋪了金色磁磚。我們不准進去大夫人的房間，但寇飛說裡頭有圓形的床和另一間浴室。樓下有兩個客廳。一個是接待客人用的，另一個是大夫人專用。「不可以隨便進去，除非是大夫人要妳進去，」寇飛說，一邊關上第二間客廳的門。每個房間的牆上都有鏡子。「大夫人挺自戀的，」寇飛說。「走到哪都要照鏡子。」

有一個房間專門是吃飯用的，裡頭有長長的桌子和十五張椅子。椅子是金色的，桌子是長長的金色石板，下面有四根玻璃桌腳。天花板正中央掛了一個有一百個燈泡的燈，房間每個角落都放了玻璃花盆，裡頭插滿粉紅色和紅色的香花。

「用餐室，」寇飛這麼喊它。「大爹地和大夫人不吵架的時候會一起在裡頭用餐，不過這情況不常有就是了。跟我來。是的，這個小房間就是藏書室。」他拉開門，我們走進有好多放滿書的深棕色木頭櫃子的房間。好多書，從櫃子堆到天花板。房間一角有坐墊成套的沙發，沙發旁邊有桌子和椅子，再過去是有三個扇葉的金色立扇。房間裡灰塵味很重，但我一點也不介意。我看著房間裡的所有東西，心都快滿出胸口了。我感覺自己到了天堂，有書有學校還有教育。

「妳喜歡書？」寇飛問。

「我想每天讀書，」我說，感到一絲絲開心，想起了琪琪跟我說的用讀書餵飽我的頭腦。

我彎著脖子，想要看清楚一些書的名字：

《瓦解》

《柯林斯英語辭典》

《非洲聖經註釋》

《奈及利亞史》

《守護婚姻的一千個禱告要點》

《奈及利亞事實錄：過去到現在，第五版，二〇一四年》

「這些書是誰的？」我問，眼睛不停四處張望這個美妙的房間。

「大爹地的，」寇飛說。「他以前很愛讀書。但這是他沒了工作開始喝酒之前的事。也好多年了。現在這房間很少人用。我帶妳來是因爲妳不時得進來撣灰塵。」

「大爹地到底是什麼人？」我問。「他是大夫人的丈夫嗎？」

「是的，」寇飛壓低聲音說。「無可救藥的酒鬼。長年賭徒。他常常在外頭欠債要大夫人幫他還。不是我在說，眞是沒個男人樣。丟盡男人的臉。他出差去了，應該今天晚點會回來。我說出差，其實是去找女人。」

「找女人做什麼？」

寇飛睜大眼睛。「他是個花花公子，他在外頭有女朋友。很多女朋友。」他嘴角往下垂，好像突然嚐到什麼苦苦的東西，問我：「妳幾歲，阿度妮？」

「我十四歲，」我說。他爲什麼問我的年紀？

「了解，」寇飛說。「跟我來。」

我們走出圖書室，寇飛打開另一道玻璃門正要帶我走進去，突然又停下來，緊緊盯著我的眼睛，然後用很很輕、輕到我幾乎聽不到的聲音跟我說話。「妳要提防大爹地，」他說。「非常、非常小心提防。」

我想問他是什麼意思，但他用力拍兩下手說：「好，這裡就是廚房，整個房子裡我最喜愛的地方。進來吧。」

我從來沒看過這樣的廚房。每樣工作都有機器幫你做。攪拌機、洗衣機、抽水機，熱水器。冰箱比我在伊卡提市場廣場店裡看過在賣的大十倍。所有機器的顏色都有搭配，這個那個全都是紅色的。爐子上甚至有鏡子。「這鏡子是大夫人要人裝上的嗎？」

寇飛笑了。「爐子本來就長這樣，」他說。「烤爐門是反射玻璃做的，就跟鏡子一樣。」他用手指在上頭敲兩下，好像很以它爲榮的樣子。「這可是斯麥格出品的六爐嘴頂級款。我叫她莎曼珊。暱稱莎咪。超棒的一臺機器。我算是爲她才留在這裡的。」

我閉上眼睛，想像媽在這大廚房裡。我可以看到她一邊唱歌一邊舔掌心、嚐嚐麵粉裡的糖加得夠不夠，然後還按按這個那個按鈕、準備要炸她的麵糰。我張開眼睛，看向廚房水槽後面的透明窗戶，看外頭大片的綠色田野、想起了卡育斯。噢，卡育斯一定會好愛在那裡踢他的足球。眞正的足球，不是他在家踢的空牛奶罐。我可以在腦袋裡聽到他的聲音，一邊把球踢進網子裡一邊大叫「進球！」。卡育斯從很小的時候就想成爲像外國球星梅西那樣的足球員。

爸會很喜歡坐在大夫人客廳那張柔軟的沙發上，看晚間新聞和巴達先生聊選舉。我的爸媽和哥哥弟弟會有多喜歡這個房子，有錢而且強大。

「要去哪取水做菜洗盤子？」我問，被自己發抖的聲音嚇一跳。我清清喉嚨，讓聲音不要發抖，努力不去想那個永遠不可能的生活。「遠一點的地方有河還是水井嗎？」

「阿度妮，我們有水龍頭，」寇飛說。「那就是水龍頭，」他指向水槽。「水就從那裡來。轉左邊是熱水，轉右邊是冷水。看到沒？」他轉開把手，水嘩啦啦流出來、像很急的河流。伊卡提也有水龍頭，全村共用一個，不過一小時只會流出來一滴。太慢了。他又轉一下水就停了。「差不多就這樣。我帶妳去妳的房間。跟我來。」

我們從廚房走進院子裡。地上有好多草，沿著小路也有更多棕櫚樹。我們轉過一個彎，前面出現了一棟小屋。小屋也有紅屋頂，正面有兩個窗戶和一道木門，兩個花盆裡滿是還沒開的黃花。

「這裡是傭人屋。」寇飛說。「大夫人所有僱員都住在這裡。裡頭一個房間給妳住。」

「我爲什麼不是睡在大夫人的房子裡？」我問。

「沒什麼爲什麼，」他說，嘴巴繃了起來。「我給那該死的女人做了五年菜，還是不能睡在主屋裡。喏，先進去再說。」他推開木門。進門後沿著長長走道還有三道門。寇飛指著第一道門，轉動門把開門。「這就是妳的房間。芮貝卡以前睡這裡，後來才——」他突然住嘴，把話吞下去。「進去吧。」

「後來怎麼了？」我問。「芮貝卡到底出了什麼事？」

「誰知道？八成是跟男朋友跑了，」他說，聳聳肩。「妳的制服在床上。芮貝卡以前穿過的，希望還合身。她的鞋子在床底下。希望也合腳，眞的不行妳就在鞋子裡塞衛生紙。去吧，把衣服換上，我等會回來跟妳說要做的事。」

我走進房間。房間和莫魯夫在伊卡提屋裡的客廳差不多大。天花板垂下來一條白色塑膠繩和燈泡。牆上有一個打開的窗戶，窗戶外頭有鐵柵欄。一條紅色窗簾遮住大半窗戶，但留下來的縫隙夠透光也讓風吹了進來，就像微微打開露出兩顆白色牙齒的紅嘴唇。床上有一個黃色橡膠床墊，角落有桌椅，桌椅旁邊有一個棕色的木頭櫃子。

「那就是我的制服嗎？」我問，把摺好的衣服拿起來攤開。是一件洋裝，長到腳，上面有很多紅色和白色的方塊。「這是上學穿的嗎？這件制服？」我的心跳好快。也許我從伊卡提逃出來眞的是件好事。

「這跟學校沒有任何關係，」寇飛說，臉上沒有表情。「大夫人要我們，她的家事僱員，全都穿上制服。我穿廚師制服，妳穿女傭制服。」

洋裝從我手中掉到我腳邊的地板上時沒有發出聲音。「這不是上學的制服？有正常人會要女傭穿制服的嗎？」

「大夫人期待我們看起來很專業。妳知道吧，就是像在好人家工作的模樣。這點我倒贊同。我不知道妳怎麼想，但我的工作是很重要的工作。她有很多重要的朋友，上流社會的有錢人。我問妳，是寇剌先生跟妳說大夫人會送妳去上學的嗎？」

「他說如果我乖乖守規矩，」我說，「大夫人就會送我去上學。所以我看到制服的時候才會以爲大夫人——」

「會讓妳受教育？」寇飛沒讓我說完就猛搖頭。「我幫她做事這幾年裡從沒看過她讓哪個女傭受過什麼教育。妳是來工作的。認命做事，沒別的了。換好衣服，我十分鐘後在外頭等妳。」

「妳用過熨斗嗎？」寇飛問。

我們在一個小房間裡，面前有一張長長的三角形桌子，門旁邊有一籃乾淨的衣服，三角桌上有一個白色熨斗，上頭寫著飛利浦。

「我看過伊卡提幾家店裡有賣，」我說，一邊扯扯制服的領子想讓洋裝更合身。「不過很貴。我從來沒用過。」

制服幾乎蓋著我的腳踝。袖洞也太大了，我看起來好像準備要飛起來。我腳上穿著芮貝卡的鞋子。鞋子太大，所以我就在鞋子裡面塞衛生紙，擠得我的腳趾捲起來、被磨得發痛。我想芮貝卡年紀應該比我大。體型應該也比我大。

「很好用，」寇飛說，一邊轉動熨斗上的按鈕。「妳先插上插頭，然後根據衣服上的標籤用轉盤調整溫度。別擔心，我會教妳怎麼讀標籤。妳只需要做這個動作，」他開始拿著熨斗在衣服上來來回回滑動，表情嚴肅得好像熨斗讓他很煩心。「熨完之後一定要記得把插頭拔掉，」他說。「避免發生火災。有什麼事不是很確定就問我。」

寇飛的英文和說話的方式常常讓我跟不上，但我用我的頭腦想、挑我聽得懂的字努力放在一起想通。「我會記得每次都要把插頭拔掉。我不想要發生火災。」

「很好，」他說。「大夫人有一個給女傭的工作時間表。我相信她會自己跟妳確認，但我知道她期待妳清晨五點開始工作。妳要擦全部的地板，包括五間浴室裡的磁磚牆面。妳還要清潔所有窗戶、掃院子、擦洗車道路面。妳晚上得給所有的花澆水、擦亮鏡子、爲所有房間的枕頭床單撣灰。」

「我做得到，」我說，突然感到一股悲傷。「工作很多，但是我可以努力做。寇刺先生說他三個月後會把錢拿來給我。」也許做了幾個月後存到錢，我可以買巴士票去伊卡提附近的村子。如果我能靠近伊卡提、靠近卡育斯甚至是爸，那我的心就不會感覺有什麼東西重重壓在裡頭了。

寇飛挑高眉毛。「妳當眞以爲寇刺先生三個月後會把妳的薪水送過來？妳當眞相信？」

我點點頭。「他是在幫我。我沒有銀行戶頭，所以他先幫我保管錢。你的表情爲什麼這麼嚴肅？」

「我皺眉是因爲，」寇飛邊說邊按下一個按鈕，水從熨斗噴出來灑在衣服上，「他也跟芮貝卡說一樣的話。她也相信他，但他收走她所有薪水後就再沒出現過。今天下午他帶妳來還是那之後的第一次。」

「你是說，他會帶著我的錢跑掉？」我問，感覺心臟不停上上下下、上上下下。「因爲我發誓我會找到他、用我腳上這雙太大的鞋子敲他的頭。寇飛，你確定你跟我說的是眞的嗎？」

「我說的都是我用我的眼睛看到的。」寇飛聳聳肩膀。「老天，看妳年紀輕輕，個性倒是挺好強的。好強歸好強，妳在大夫人身邊的時候記得收斂一點，乖乖順順不要多嘴。妳要表現出對她的尊重，懂嗎？」

「好強又怎麼樣？」我說。「我，只要每個人尊重我我就尊重每個人。拜託你，告訴我，我能在這拉哥斯找到寇刺先生嗎？」

他嘆氣，但彎起嘴唇露出微笑。「寇刺先生的事我們只能走著瞧，好嗎？喏，這件襯衫妳拿去試熨一下。」

26

我們站在廚房裡，寇飛正在用攪拌機把紅椒打碎。我在爸家和莫魯夫家的時候都是用石頭磨紅椒。其實很簡單，就是把石頭滾過來滾過去；這機器太快了，製造太多噪音、把大家都搞糊塗了。

我想知道爲什麼機器上一個小小的按鈕就可以把紅椒、番茄和洋蔥轉來轉去，然後全部不見變成紅椒泥；但我還是忍不住在想寇飛講的寇刺先生和我的錢、還有芮貝卡失蹤的事。我感覺好像頭腦裡有什麼熱熱的東西在動搖，爲了所有我不懂的事情和我什麼也不懂的這件事燒痛了我。

「這個叫芮貝卡的女孩，」我說，「她是誰？爲什麼要跑走？是什麼把她趕跑的？」

寇飛壓在按鈕上的手指突然停住了，但是他沒有轉頭看我。「她是大夫人之前的女傭，」他說。「我已經說過她大概是跑掉了，這意思是說，她以前在這裡，但現在不在這裡。妳可別跑去問大夫人這件事，聽到沒？」

「我聽到了，」我說，卻不停換腳站，感覺我的頭愈來愈熱。「只是，同樣的事情會不會也發生在我身上？我會不會也像芮貝卡那樣後來就不在這裡了？」

「別蠢了，」寇飛說，按下按鈕讓噪音充滿整個廚房。

「那我可以跟大夫人說另一件事嗎？」我大叫好蓋過噪音。「她在哪裡？」

他又放掉按鈕，轉頭看我。「跟她說什麼？大夫人不知道寇刺先生住在哪裡。」

「我想請她不要把我的錢放到寇刺先生的銀行戶頭裡，」我說。「我可以請她把錢給我，我就藏到枕頭底下。這樣行吧？」

寇飛拿了條餐巾擦掉額頭的汗水。「聽好，妳不必白費力氣。跟大夫人講理是沒有用的。她心情永遠都不好。她想跟妳說話才會跟妳說話。妳找她是沒有用的，有事她會來找妳。薪水的事妳現在使不上力，事實是妳什麼也使不上力，除非妳找得到另一份工作。拉哥斯妳熟嗎？現在從大門走出去，妳知道要往左還是往右才能走到大路嗎？」

「拉哥斯我不熟。」我雙手叉胸。「我爲什麼不能跟大夫人說話？她不跟我們一樣都是人——」我住嘴，因爲廚房的門開了，一個很像大夫人的女人衝了進來，聲勢很大，像海浪拍岸。我眨眨眼，再看女人一眼。是大夫人本人沒錯，只是臉上的妝都洗掉了。她的臉看起來像什麼爛掉的東西；像坑洞一堆的泥巴路，皮膚上全都是油膩膩的痘痘。她穿著另一件咘咘袍，藍色中間有金線。她剛剛戴的蓋麗已經拿掉了，頭上只剩短短的白髮，編成了盤捲辮。她兩手插腰，眼睛從我看到寇飛、從左邊看到右邊。「現在是什麼狀況？」

「我有話跟您說，夫人，重要的事。」

寇飛對我使眼色、警告我閉嘴，但我當作沒看見他。

「寇剌先生說他會把我的錢存在他的銀行戶頭裡，」我說。「但是寇飛跟我說——」

「我們剛剛呢，」寇飛插嘴，不讓我繼續說下去。「我是說，我剛剛正在教阿度妮怎麼用攪拌機打紅椒泥，夫人。」他的聲音有點不一樣，感覺好像很害怕大夫人用攪拌機把他打成肉泥。

「我要你帶她看看屋裡上下，」大夫人說。「你做了嗎？她換好衣服後做了什麼？她如何？還算聰明懂事嗎？還是我得讓寇剌先生明天過來把她帶回去？」

「不用了，夫人，」寇飛說。「她很機伶，學得很快。話多了點，可能還有點好強，但是很聰明。她剛剛甚至熨了幾件襯衫。我教她的。」

「阿度妮，」大夫人上下打量我。她的眼光讓我想起爸以前看我的樣子，好像我是一坨臭屎。

「是的夫人？」

「跟我來。」

她轉身走出廚房，我跟在後面。我們經過用餐室、走進她的客廳。她的客廳跟屋裡其他客廳一樣，有一張圓形彎彎的沙發，地上鋪了金色磁磚，牆上有長長的鏡子。牆壁上還有一臺電視，很薄，像鏡子一樣。電視裡面有一個男人在講話，但聲音沒有放出來。大夫人半躺半坐到沙發上，坐墊發出「啪啦」一聲。

她拿起遙控器關掉電視，嘴巴用力吐出一口氣。她旁邊有一張玻璃桌，上面有滿滿一杯加了冰塊的柳橙汁。

「阿度妮？」她說，一邊拿起杯子喝果汁。

「是的夫人。」

她吞下果汁，把杯子放回桌上、用力得好像要打破它，杯子裡的冰塊搖動發出聲音。「阿度妮？」她又叫我一次。

「是的夫人？」我說。她耳朵有問題嗎？爲什麼連續叫我兩次？

「不要光會站著說『是的夫人』，」她說。「我跟妳說話的時候，妳得跪下來聽。」

我跪下，手放在背後。「是的夫人。」

「妳幾歲了？」

「您是問我嗎，夫人？」我碰碰自己胸口。

「不是，我是問妳的附身鬼，」她說。「我還能問誰？難道我是在問我自己幾歲？」

「十四歲快要十五歲，夫人。」

「寇刺說妳母親過世後妳就逃家了？」

「是的夫人。」感謝上帝寇刺先生沒跟她說卡蒂嘉的事。

「妳上學到什麼時候？」

「我上到小學，」我說。「我在小學讀了快要四年，後來就沒去了。但是我很喜歡書，也喜歡學校。」

「妳能讀能寫吧？」她問。

我點點頭。

她手往下伸、抓起一個黃色羽毛包包，看起來像有人殺了隻雞、丟到黃色顏料裡面然後賣給大夫人。她從包包裡拿出一隻原子筆，咬下蓋子吐到旁邊地上，把沒有蓋子的筆遞給我。她又拿出一本筆記本，同樣也交給我。

「妳好好拿出上帝給妳的兩隻耳朵聽清楚了，」她說。「妳寫下房子裡需要的東西，列成一張表交給阿布，我的司機。他每個星期六早上會和寇飛一起去採買。妳每兩星期的星期五就在房子裡繞一圈，檢查看看需要什麼，記在筆記本上。聽懂了嗎？」

「是的夫人，」我說。

「我不知道寇刺是怎麼跟妳說的，總之我可是上流社會的重要人物，」她說。「我有很多重量級客戶。總統、州長、國會議員，他們全都穿我店裡的布。凱菈布行是奈及利亞首屈一指的名店。」

「是的夫人。」她說的這些跟我有什麼關係？

「妳的工作就是維持房子的乾淨整潔，做我要妳做的事，沒在做事的時候就待在妳的房間裡。我需要妳的時候會派人去叫妳。懂了沒？」

「好了。」她往後躺，伸出兩隻腳。「幫我按摩腳。」

「要怎麼按？」我問。

她的手翻來翻去像在捏黏土。「用妳的手捏我的腳和腳趾。按摩它。」

我看著她的腳，兩邊皮膚好像乾掉的水泥一樣有很多白色裂縫。我在心裡搖搖頭。她這麼有錢，兩隻腳卻好像她沒穿鞋在建築工地做了一整天工。我抓住她的腳，被味道熏得皺起鼻子，用我的手在她腳踝上按來按去。我想問她寇剌先生和我的錢的事，但是我抬頭看她的時候，她已經閉上眼睛，不久還開始打呼，從喉嚨發出和廚房攪拌機很像的聲音。

我就這樣按了十五分鐘，直到客廳的門開了，一個我猜是大爹地的人走了進來。他讓我想起氣球剛剛破掉、裡頭空氣洩了一半的形狀。大爹地上半身看起來像還有氣的氣球，下半身卻像洩光了氣。他穿著一件白色的阿格巴達袍，頭上戴了軟帽。他的皮膚是新鮮馬鈴薯的棕色，嘴巴有一圈白毛。他鼻子上架著眼鏡，我可以看到後面的眼珠子，紅通通的，飄來飄去好像沒辦法固定。他搖搖晃晃撞到電視，走到我面前。

「這又是誰？」他的聲音拖得長長的。爸喝太多酒的時候也是這樣。

「晚安大人，」我說。「我是阿度妮。大夫人新來的女傭。」

「阿度妮，度妮小親親。」他舔舔嘴唇，舌頭碰到鬍子。「漂亮女孩有個漂亮的名字。」他摸摸自己胸前，露出一隻很多毛的手，又濃又捲。「我是契夫．阿迪歐提，僅此一家別無分號。不過妳可以叫我大爹地，說看看，讓我聽聽。說，大爹地！」

「大爹地，」我說。

他讓我覺得很不舒服。我動了動身子、看看大夫人，但她睡熟了。我搖搖她的腿，但她只是換個聲音打呼。這下更大聲了。

「大夫人，」我捏她的腳。「大爹地找妳。」

大夫人沒回答。她只是吃進更多空氣大聲打呼。老實說，我就算搬電視砸她的頭，她恐怕也不會醒來。她根本睡死了。

「海嘯來了也叫不醒那女人，」大爹地說，一邊坐在沙發上，摘掉軟帽放在旁邊的椅墊上。他拿下眼鏡，朝裡頭呼口氣、用阿格巴達袍一角擦了擦再戴回鼻子上。「妳剛說妳叫什麼名字？」

「阿度妮，大人。」

「啊。阿度妮，好名字。」

「謝謝大人。」

「妳剛說妳幾歲了？」

「我沒跟您說過我幾歲，大人，」我說。

他笑了，露出下排缺了一顆的牙齒。「伶牙俐齒是吧？我喜歡。我很喜歡。好吧，讓我好好問妳一次。妳幾歲了？」

我告訴他。

「十四快十五是嗎？這樣算起來也將近十六，快要十七。幾乎是大人了。沒那麼天真。」

「不，大人，」我說。「我的名字是阿度妮，不是天眞。」
大爹地頭一仰又笑了，用他的大手揉自己的肚子。「無知的最高境界。來吧阿度妮，再多講些讓我開心一下。還有什麼？」
「沒有了，大人，」我說，大夫人就在這時候突然醒了。
她轉頭張望客廳，好像她迷路了、剛剛發現自己在黑暗森林裡。「阿度妮？」她說，低頭看我。「我剛睡著了嗎？」
「是的夫人，」我說。「大爹地回來了。」
她抬頭，看到大爹地，眨眨眼睛。「歡迎回來，契夫。一路順利吧？阿度妮，去叫寇飛準備上晚餐了。要他再擠點新鮮柳橙汁。」
她的腳還在我大腿上。我不知道我該放下她的腳，還是等她自己移開。
「妳還在看什麼？」她吼我。「快起來。」
「您的腳，夫人。」我說。
她把腳收回去，踩在地板上。
我站起來走出客廳，感覺得到大爹地熱熱的眼光一直跟著我到客廳外面，甚至在我關上門走到廚房裡時都還在。
晚上在我的房間裡，我關燈爬上床，手放在心上感覺它跳得好用力。我的身體因爲打掃一整天而到處疼痛，但這是從媽把我生出來之後的第一次，我是自己一個人，在我自己的房間裡，在我自己的床上，一張有柔軟床墊的眞正的床。

有這些東西是好事，但我卻感覺我的身體少了一部分：一隻眼睛、一條腿、一個耳朵。這裡沒有卡蒂嘉，沒有莫魯夫和他的爆竹、他那硬得像椰子的肚子和那張臭烘烘的床墊。這裡也沒有卡蒂嘉的孩子們在走廊底的房間裡小小聲說話談笑，還有，天知道我什麼時候才能像上次那樣在河邊看到卡育斯艾妮妲和露卡？

我閉上眼睛，一個回憶突然跑進我腦海裡。那是我五歲的時候，媽帶我一起去阿岡村的瀑布。我可以聽到轟隆隆像打雷的水流聲，而媽站在瀑布噴出來的水花雨底下，兩隻手舉高高的，笑得好開心。但我，我只是坐在瀑布旁邊的棕色石頭上看著她，心裡好害怕，害怕水會突然把我和媽吞掉。媽感覺到我在害怕，從上面爬下來到我坐的地方，拉我的手要我站起來，把我的臉壓在她柔軟潮溼的肚子上。「阿度妮，」她大叫，「不要害怕。妳聽聽這美妙的聲音，聽聽藏在轟隆聲裡的音樂！」於是我聽了又聽，終於我的耳朵聽到了轟隆聲裡的歌——一千支小喇叭的樂聲混合一百個鼓的鼓聲節奏。就這樣，我不再害怕了，我和媽不久便在水花中笑著跳起舞來。

我今晚在這大房子裡也感覺到一樣的害怕：害怕落下的水流、吞人的雷聲、衝擊的石頭，害怕大夫人大爹地和失蹤的芮貝卡，但大房子的聲音裡沒有音樂，沒有任何美妙的東西。我已經沒有媽媽會感覺到我在害怕、爲我阻擋一切。我閉上眼睛想要睡覺，卻只看到卡蒂嘉虛弱的躺在基爾村冰冷潮溼的沙地上，哭著要我幫她、不要讓她死掉。

27

我在大夫人的房子裡做這些事：每一天，我都得清洗所有的馬桶和廁所。我得用牙刷刷洗磁磚中間、用漂白水拖地板擦牆壁。我得打掃所有房間和外頭整個院子。我得拔掉所有花盆裡的雜草，雖然寇飛說其實有一個叫做園丁的人。

寇飛說這位園丁先生每星期六早上會來，整理院子裡所有花草，但大夫人說我得先做，所以我就做。拔好雜草之後，我得留在外頭用桶子裡的肥皂和水手洗大夫人的內褲和胸罩。第一次看到大夫人的內褲時，我非常想死。我說眞的，她的內褲大得像窗簾，胸罩則像船。她一天要穿兩件內褲兩件胸罩，所以我一星期得洗很多件。用手洗好內褲和胸罩後，我得把它們放進廚房裡的洗衣機讓機器再洗一次。

我問寇飛爲什麼都要用洗衣機洗了、還要我先手洗，寇飛聳聳肩說：「妳就做，不要抱怨。」

傍晚之後我就擦窗戶、擦鏡子，給桌椅撣撣灰、擦擦這裡拖拖那裡。夜裡我還得幫大夫人按摩她的臭腳，有時候她會解開頭巾要我幫她抓頭。我只有下午可以停下來吃東西，早上和晚上都沒得吃。

「大夫人說她只負擔得起讓妳一天吃一餐，」寇飛這麼回答我問他爲什麼我沒有早餐和晚餐。

有時候，寇飛會趁早上大夫人還沒起床把我叫過去、給我東西吃。兩星期前有一天，寇飛給我米飯燉菜和一顆水煮蛋。大夫人在樓上還在睡，所以我謝謝他，坐在廚房的板凳上開始吃。我才咬了一口蛋，大夫人就走進廚房。我嚇到不能動。我手裡拿著蛋，希望地板能突然出現一個洞把我和蛋一起吞進去。

她看到我，大步走到我面前。她拿起那盤燉菜飯倒在我頭上，然後從我手裡搶走水煮蛋，壓碎在我頭上。我哭了，因爲燉菜裡的紅椒汁流到我眼睛裡、我害怕自己會瞎掉。她開始對我全身拳打腳踢。「我有沒有跟妳說過沒有我的允許妳不准在房子裡吃東西？」她大吼。「妳該不會期待我爲了妳做的那些不及格的工作就得不白供妳吃穿住吧？如果妳一天非得吃超過一餐，那妳就去外面吃妳自己的食物，別想吃我的。這樣夠清楚了沒？」

她轉向寇飛。「下回再讓我逮到這女孩一天吃超過一餐，我就扣你薪水。」被她打了一頓之後，我也不餓了。那不是大夫人第一次打我。我在這裡待了快要一個月幾乎天天挨打。

就在今天早上，她才因爲我邊拔雜草邊唱歌而甩了我一巴掌。她本來坐在車子裡經過院子正要出門，卻讓司機把車停下來。她下車，大步走到我蹲在花盆邊拔雜草的棕櫚樹下，用手背甩了我一巴掌。

我呆掉了。大太陽也讓我暈了，左邊眼睛好一會兒看不到東西。

「妳在大叫，」她說。「妳用妳以爲是唱歌的噪音打擾了威靈頓路上的居民。這裡不是妳的村子。我們這裡的人舉止正常。我們有格調。我們有錢。」

她一邊吼我，我一邊想，她自己的大吼大叫比我輕聲唱歌才更打擾人吧，但我不能跟她這麼說。吼完後，她吐出一口長長的氣，點點頭，然後轉身回車上開走了。我後來問寇飛她爲什麼一天到晚打我，寇飛說他也想不通。

「妳是我看過被她打得最慘的，」寇飛說。「她幾乎每次看到妳都要打妳。妳是哪裡惹到她了嗎？」

我回想。「沒有，我什麼也沒做。」

「如果是這樣的話，我建議妳想辦法回去妳的村子，」他說，嘆了口氣。「阿度妮，讓我跟妳說說我的事。五年前，我丟了駐奈及利亞的迦納大使私人廚師的工作，當時我曾認眞考慮要回去迦納。這是一份尊貴的工作，阿度妮，非常重要的工作。我住在聯邦首都特區，一間位在阿布賈的兩房獨棟屋，跟我們在這的待遇天差地別。我服務的對象是世界領袖。我日子過得很好。但新任大使是個天殺的白癡，嫌我的菜不合他的口味、辭了我。」他搖搖頭，好像想起這件事讓他頭很痛。「我最後決定留下來另外找工作。畢竟，我大學讀的是會計，我決定追求夢想成爲廚師的時候，我全家都很反對。我怎麼能落魄回鄉？尤其，我在迦納的房子才蓋到一半，家鄉所有親友都以爲我還在大使館擔任大廚要職。對我來說，我是爲了蓋完家鄉的房子才繼續留在這裡工作。但妳沒有非要留在這裡的理由。完全沒有。回去妳的村子吧。回家去吧。」

「但我怎麼能回去呢？」我問。「寇剌先生不見了，我不知道要怎麼回去伊卡提。就算我知道路也不可能回去，因爲……」我住嘴。「我不可能回去。」

寇飛看我，拉下臉。「如果是這樣，那就不要抱怨，」他說。「做妳該做的工作。我就是這樣，我每天都是這樣。」

「但這實在太過分了。」我的眼睛熱熱的，充滿淚水。「我媽從沒像這樣打過我，連我爸都沒有。」拉芭克也沒有。任何人都沒有。

「妳就盡量躲著她，」寇飛說。「她在房子裡的時候，妳就去忙外面。她去外面妳就跑進來找事做。只要她不找妳，妳就不要讓她看到。阿度妮，妳知道妳話太多了。妳的每個問題都非得要有答案不可嗎？學著閉嘴。還有，看在老天份上，不要老是哼哼唱唱。」

就這樣，跟寇飛說過話之後的兩個晚上，我躺在床上時滿腦子都在想辦法，終於，一個躲大夫人的好主意進到我的腦袋裡。

今天早上，我正在廚房外頭擦窗戶時，聽到大夫人的車開進院子的聲音。我很快抓了一塊抹布溜進房子裡，跑進藏書室把門關起來。

我深深吸一口氣，開始擦書架。我把書一本一本拿出來、翻開、擦掉灰塵。我邊擦邊讀書頁上的句子。因爲大夫人的關係我不能大聲讀出來，我只能小小聲讀在嘴巴裡。

很多書裡面的英文字都太難了，所以我差不多讀十個字就得放下書、拿起《柯林斯》。《柯林斯》不大但是很厚，像媽的聖經，裡頭的字扁扁的、有黃色也有藍色。我翻開它，發現上面的字都會有那個字的意思列在旁邊。我開始翻著讀。《柯林斯》裡頭的字原來是照著ABC字母排的。我會字母，所以我就開始查字。首先，我翻到I找「天眞／innocent」的意思，因爲那天大爹地笑的樣子讓我覺得這個字應該有別的意思、不只是個名字。《柯林斯》是這樣解釋「innocent」的：

innocent

形容詞：一個人無罪或清白。

名詞：一個純潔、誠實或單純無知的人。

大爹地爲什麼要問我純不純潔？莫魯夫喝了爆竹讓我覺得身體和靈魂都好髒、我怎麼可能還純潔？我合上《柯林斯》，拿起《奈及利亞事實錄》。

這本書的名字爲什麼這麼長？書也很高，像是把三本書黏在一起；它的封面是一顆亮晶晶的球，球裡面是奈及利亞的地圖，地圖上面畫著綠白綠的奈及利亞國旗。

我放下書，先去《柯林斯》裡查查「事實／fact」的意思：

fact

名詞：已知或證明為真的事物。

所以這本書裡會有我所有問題的眞實答案嗎？我翻開第一頁，瞄一眼。灰塵很重，害我喉嚨好癢咳了兩聲。這本書感覺很聰明。用很多圖片、很多東西來解釋奈及利亞和整個世界的很多事情。每件事情都有寫著發生的日期，全都是二〇一四年之前發生在奈及利亞的：

事實：

一九六〇年十月一日：奈及利亞獨立日。奈及利亞自英國取得獨立。

英國是什麼？是我們對抗的敵人嗎？我知道獨立的意思就是有自由。英國把我們的自由拿去哪裡？我們又是怎麼拿回來的？我坐在地板上，眼睛盯著書。

事實：

拉哥斯爲奈及利亞人口最多的城市。該城是世界主要商業中心，擁有許多天然沙灘與活躍的夜生活，並為非洲百萬富翁最密集的城市之一。

所以這就是有錢人都住在拉哥斯的原因。我吞了口口水，把書拿近一點。我還有很多工作得做，但這本書好像兩隻大手，充滿愛意，吸引我靠近、溫暖我、餵養我食物：

事實：

二〇一二年，四名哈科特港大學學生因被誤認為竊賊而遭阿魯社區民眾折磨毆打致死。此恐怖犯行在全球引發激烈抗議奈及利亞國內的私刑問題。

私刑。（Jungle justice）

如果我沒有從伊卡提逃出來，沒有從巴米德里的妻子和阿岡村民手裡逃走，也許他們也會對我動這個私刑，把我當成小偷放火活活燒死。

這個事實讓我很難過，但我繼續讀下去，繼續學習這些我了解和不了解的奈及利亞事實，一直到手酸了才放下來，重新拿起抹布。

我把藏書室到處都擦過一遍後，我拿出口袋裡的筆記本，坐在沙發上，想到房子裡需要什麼就寫下來。有時我也會去《柯林斯》裡查字的拼法：

一、衛生紙
二、肥皂
三、塑膠袋，放在垃圾桶裡用的
四、漂白水，洗馬桶用
五、肥皂粉，洗衣機用的

了。

「阿度妮？」外頭有人在叫我。大夫人。「阿度妮！」

「馬上來了，夫人，」我大聲回答，快快把筆記本放回口袋裡站起來。

我開門，大夫人就站在藏書室門外面。她的眼睛很生氣，她的全身看起來好像快要爆炸

「妳聾了嗎？」她問，手插在腰上。「妳為什麼老半天都不回答？」

我還沒好好回答她，她就出手賞我一巴掌。

我頭暈腦脹、站不穩往後退。「唉！」我說，揉揉臉頰。「我有回答您，夫人。我有說馬上來了，只是——」她用另一個巴掌要我住嘴。

我還沒想清楚發生什麼事，另一掌就又落在我背後。我跪下來，閉上眼睛想起媽、想起伊

卡提、想起卡育斯，而大夫人的手掌就這樣啪、啪、啪不停打在我背上，好像她是一個憤怒的鼓手不停拍打她的說話鼓。

但我沒有哭；我只是挨打，然後在我心裡打回去。她打我，我就打回去，但是完全不碰到她、也不知道她到底打了我多少下，一直到大爹地的聲音響起：「這是天殺的什麼狀況？」大夫人踢我一腳。「沒用的蠢蛋，」她說，朝我背後吐口水。「妳爲什麼不哭？妳中邪了嗎？妳被惡靈附身了嗎？如果是我今天就打到妳恢復正常。」

「佛羅倫絲。妳是想殺死這女孩嗎？」大爹地說。「妳的暴怒已經趕跑之前每一個來幫傭的女孩，妳現在又打算對這個可憐的女孩做一樣的事嗎？阿度妮！」

我睜開眼睛抬頭看。今天是我在大夫人的客廳之後第一次再看到他，因爲他總是去出差找女人。他今天眼睛沒有紅紅的，說話也不會慢。他看起來像個頭腦清楚的正常人。

「阿度妮站起來，」他說，對我伸出手。

我自己站了起來。大夫人已經住手了，我卻感覺背後還是不停挨她一掌又一掌打過來。那種痛，感覺像是有人用辣椒塗在我皮膚上、然後倒煤油點火。我全身上下每個地方只要呼吸就覺得痛。

「歡迎回家，大人，」我說。我沒有跪下來迎接他，因爲我的膝蓋已經彎不下去了。我全身沒有一個地方還能做原來能做的事。

「阿度妮。妳還好嗎？」他問。

「我還好，大人，」我說，雖然我們都知道我一點也不好。

「佛羅倫絲，」大爹地轉身面對他的妻子。「中邪的是妳。」

大夫人吐出長長一口氣，看起來好像她剛剛吃完很甜的食物、好像打我給了她活力和希望。她上下打量我，咬牙吐氣。「她是個沒用的女孩，」她說，「又懶又蠢的廢物。我翻遍整棟房子才在藏書室找到她，躲在裡頭偷懶。」

「所以妳在這裡頭找到她，然後就決定要殺了另一個女人的孩子？」大爹地說，聲音愈來愈高。「我在車道就聽到妳的聲音，佛羅倫絲。車道！要是妳打中要害怎麼辦？傷了她腦子？搞到她癱瘓？妳的藉口過得了法庭那關嗎？」

我聽不懂大爹地的話，但我知道他在對大夫人生很大的氣。

「佛羅倫絲，」大爹地舉起一隻手指左右搖動。「這是妳最後一次在這房子裡毆打這個孩子。我再說一次。這是妳最後一次碰阿度妮一根寒毛。**妳聽清楚了嗎？**」

大夫人嘴巴裡頭一邊咕咕噥噥說家都是她在養、妓女情婦什麼的，一邊走開了。

大爹地轉向我。「妳還好吧？」他問。

「是的大人，」我說。「謝謝大人。」

「過來，」他張開兩隻手，好像想要拿什麼東西。「來吧，不要害怕。過來我這。」

我兩條腿動也不動，看著他。他想要我做什麼？要我擁抱他嗎？還是什麼？他看我不動便朝我走來，兩手抱住我的身體。

我僵住了，用手抵在他胸前，但他愈抱愈緊。

「別理她，阿度妮，」他說，嘴巴靠在我脖子上。他的鬍子刮痛我的皮膚，他嘴巴呼出來的氣很熱、聞起來像奶油薄荷糖和一點點酒味。「聽到我說的嗎？」

「聽到了大人。」我咬緊牙齒說話。「我還有工作要做，大人。請您放開我——」

「我要妳在這屋子裡能和我輕鬆相處，」他打斷我的話，把我抱得更緊。「只要妳讓我保護妳，佛羅倫絲就別想碰妳。」

我用力推他的胸口，從他手中逃開、跑進後院。我跑得太快，沒看到寇飛站在外面的水龍頭旁邊；我撞到他的肩膀，差點害我和他還有他手裡的盆子全都倒在地上。寇飛把盆子放在地上，一手扶在牆上穩住自己。

「阿度妮！」他大叫，一邊關掉水龍頭。「妳還好吧？怎麼……是什麼在追妳？」

我彎腰、手撐在膝蓋上讓呼吸慢下來。「大爹地，」我說。「他把我抱得太緊了，就剛剛。我逃開、趕快跑出來。」

「大爹地抱住妳？」寇飛說，很擔心的樣子。「爲什麼？他老婆呢？」

「我也不知道爲什麼，」我說。「大夫人打我一頓，大爹地要我放輕鬆、說他想要保護我。他到底想要我怎樣，寇飛？」

我看著寇飛，眼睛裡都是恐懼。我知道大爹地想要什麼，但我不敢想也不敢說出來。

「那男人是受到什麼詛咒？」寇飛說，聲音放得很低。「哈里，我不是警告過要妳提防他嗎？」

「我一直有在提防他，」我說，感覺眼淚流下我的臉頰。「我不想在拉哥斯惹麻煩、我不能回去伊卡提，但這個大爹地，他把我抱得好緊、讓我好害怕。還有些時候，我發現他用奇怪的眼光看我。幫幫我，寇飛，求求你。」

「不要哭，」寇飛說，搖搖頭嘆了口氣。「一定有法子的……我會想到法子幫妳。不要哭了，聽到沒？」

「謝謝你。」我說，拉起衣角擦乾臉頰，從他面前走開、準備要去刷馬桶。

我做完工作爬上床的時候已經是半夜，我全身痠痛，背後像著火。

我的手指感覺像一根根彎彎的塑膠，我知道那是因爲我把抹布抓太緊也太久了。我想睡，卻一閉上眼睛就看到大爹地的牙齒，和刀子一樣利、上頭都是血，朝我追來。

28

事實：

奈及利亞人向來以熱愛派對與各種慶祝活動聞名。僅二〇一二年，奈及利亞人花費在香檳的總值就高達五千九百萬美元。

大夫人星期天要辦大派對。

她爲準備工作忙得團團轉，隨時都在吼人。「阿度妮，去把樓下廁所所有馬桶的每個角落都洗乾淨，」她會這樣說，用一根肥肉抖動的手指指向廁所門。「用我昨天買的新牙刷去把廁所磁磚的縫隙都刷過、再用漂白水洗乾淨。我叫妳刷後院圍牆刷了沒？刷過了？那就再刷一次。刷到每塊水泥都像我母親的墓碑一樣發亮爲止。不要忘記用餐室的鏡子。」

昨天下午，一輛高高的廂型車開進我們院子裡。我跑去看是誰來了，結果卻看到一頭棕牛坐在廂型車後面、想要舔掉停在鼻頭的蒼蠅。我看著寇飛把牛牽下車，用一條長長的繩子綁在後院的椰子樹下。「這頭牛要宰了做星期天的烤肉和燉牛肉，」寇飛說，拍一下牛屁股笑了。

「大夫人為什麼要辦派對？」我今天早上問寇飛，一邊坐在大太陽下洗金色蕾絲桌巾。「明天的派對是為了慶祝大夫人生日嗎？」

「不是，」寇飛說。他坐在我旁邊的板凳上，捧著托盤挑豆子。「星期天是威靈頓路夫人協會的派對。大夫人是協會的會長。」

「什麼會你說？」

「威靈頓路夫人協會，WRWA，」寇飛說。「就一群中年女人組了團體當作打扮美美一起喝醉的藉口。她們宣稱是為了募款幫助窮人，根本胡扯！她們每三個月輪流作東辦聚會。大夫人輪到主辦十一月的聚會。」

「所以這甚至不是生日派對，」我咬牙說，用力刷洗布料再放進肥皂水裡翻面。「只是平常的聚會就浪費掉這麼多錢。《奈及利亞事實錄》說奈及利亞人花幾百萬辦派對，來到這拉哥斯之前我不會相信是眞的。威靈斯頓是我們這條路的名字嗎？」

「威靈頓，是的，」寇飛說，「沒有『斯』。這條街上住了各式各樣的人。一半是退役軍方人士，一群掏空國庫的老賊，全都忙著甩掉年輕太太再娶更年輕的新血。另一半居民就是像大夫人這樣的成功富商，野心勃勃的生意人和藝人，他們其中有些人其實負擔不起這樣的生活型態，卻還是硬撐住門面。」

他拿起托盤甩動，讓豆子飛起來再唰唰掉回托盤裡，這麼做可以讓豆子上的沙土飛走到空氣中。寇飛放下托盤。「三年前，某個白癡太太突發奇想，覺得組織協會是個好主意，只因她們正好都住在拉哥斯最有錢的一條街上。在我看來，這只是她們又一個開派對的藉口罷了。這些人有錢就是這麼花的。開派對把鈔票當作良藥貼在彼此的額頭和胸口。妳知道匯率已經到了一百七十奈拉兌換一美元了嗎？老天，如果布哈里明年沒有當選總統，我眞不知道這個國家要怎麼走下去。沒救了。」

我不懂爲什麼寇飛老是愛說奈及利亞人花這個錢花那個錢的，他自己不也正在用奈及利亞人的錢在他家鄉迦納蓋房子嗎？我看過大夫人的客人塞錢給他，他會把錢捏緊緊的塞進口袋裡、滿臉微笑一直說謝謝。如果這些都是偷來的錢，他爲什麼要收下？他自己也是奈及利亞的問題的一部分。

寇飛用手遮嘴咳嗽，然後擦在他的白色長褲上。「大夫人每個週末都去參加派對。拉哥斯一半的人都是她的顧客，讓她賺進了幾百萬。老天，妳看看豆子裡爬出來這些蟲。該死的傢伙一定是咬破袋子鑽進去的。我剛說到哪裡？對了。WRWA。她們差不多有十到十五個成員，競爭可激烈了。上次的主辦人，卡洛琳・班克勒，她是大夫人最好的朋友、某個石油瓦斯大亨的老婆；她爲十個人的派對殺了三頭山羊，請來某名人的私人大廚——一個根本不值那麼高酬勞的跳梁小丑——還端出比我曾祖母還老的葡萄酒。」

「大爹地有工作嗎？」我問，看著寇飛剝豆殼的手指。「大夫人有工作，她每天都去店裡。但大爹地沒有。爲什麼？」

「大爹地是個傻子，」寇飛說。「他以前在銀行工作。他批准了幾筆他朋友申請的貸款，幾萬億奈拉。當然，他朋友沒有還款。銀行申請破產，兩年後就完全倒閉了。就這樣，」他表情嚴肅，想了一下，「這差不多是十五年前的事，在我來這工作之前很久。所以在我眼裡他一直都是個超級大廢物；拿大夫人的錢玩女人、搞運動博彩、沉迷酒鄉。」

「什麼是酒鄉？」

「就是酒，」寇飛說。「啤酒、黑啤、烈酒。」

「香沛內？」

寇飛笑了。「香什麼？」

「我在《奈及利亞事實錄》裡看到的，」我說。「奈及利亞人花好多錢買這東西，C-H-A-M-P-A-G—」

「啊！香檳！」寇飛說。「這個字讀作香檳。沒錯，大夫人和她朋友在派對上開香檳都像不要錢似的。」

「就像我們在村子裡喝的奧戈戈洛酒嗎？還是琴酒？」我問。「如果喝太多你的眼睛就會變成這樣，」我眼珠子從左到右轉圈圈，寇飛又笑了。

「妳已經來這三個月了，」他一會後說。「如果我沒記錯，妳是八月來的。薪水的事有什麼打算？」

我把桌巾裡的肥皂水擠乾。「我還不確定，」我說。「我一直想跟大夫人說，可是又怕她打我。」

「再過幾個月看看吧。」寇飛放下托盤，把手在大腿上擦乾淨，回頭看一眼、好像在檢查有沒有人。他的手伸進長褲口袋裡，拿出一張摺起來的報紙。「給妳。妳讀讀看，讓我知道妳怎麼想。」

「你要我讀報紙？」我說，看著她的手。「爲什麼？」

「妳就讀，」寇飛說。「aaa里，我特地找時間回去我以前工作的大使館才弄到這份國家石油報給妳。這裡頭有一件事，我希望妳能提出申請。」

我甩乾手上的水，捏起報紙一角、抖開它。只有一頁，是從整張報紙上撕下來的，上頭有很多字。「你要我讀全部？」

寇飛嘆口氣。「阿度妮，妳看看左邊的標題，就訃聞上面那裡。」

我看著字，大聲慢慢讀出來。

召募申請：海洋油業女性家事工作者中學獎學金計畫

海洋油業作爲奈及利亞首屈一指之石油公司，現正與鑽石特殊學校合作，召募十二至十五歲之女性家事工作者提出年度獎學金申請。本計畫已成功執行迄今第七年，旨在確保現正從事家事工作的聰明優秀之弱勢奈及利亞少女能獲得接受教育的機會。本獎助計畫乃由海洋油業董事長埃希・毆達菲先生發起，以紀念其亦曾任女傭以供子女完成學業的先母埃絲・歐達菲夫人。

本計畫將爲五名入選者負擔在聲譽卓著的鑽石特殊學校就讀至多八年的學費，若有需要亦將提供就學期間的所有食宿費用。

申請者必須符合以下條件：女性，年齡在十二至十五歲之間，目前擔任女傭、清潔工、或是任何家事服務性質的工作。

申請者必須隨申請表提出一千字以內的文章一篇，說明自己符合本計畫主旨之個人經歷或期待，此外亦須附上由傑出奈及利亞公民擔任保證人或推薦人之簽名表格乙份。申請截止日期爲二〇一四年十二月十九日。

錄取者名單將於二〇一五年四月在本公司各辦公處室張貼公布。錄取者姓名將不會出現在任何媒體以保護其身分隱私。

「這些是什麼意思？」我問寇飛，一邊把報紙放在腳邊、壓住以免被風吹走。「好多英文，不過我知道有提到學校。」

「這是一個讓妳不必付學費就可以上學的機會，」寇飛說。「他們還會提供房子給妳住，全部免費。海洋油業的董事長是我前任老闆的朋友。人很酷。他每年都一定會要人把申請表送去大使館，方便我們這些僱員家裡有女兒想申請。」

我點點頭，不是很相信寇飛跟我說的這一切。「他們要求的那些東西，我要怎麼送去給他們？」

「阿布和我昨天從市場回來的路上，我請他載我去了一趟海洋油業的辦公室，」寇飛說。「我幫妳拿了申請表，收在我房間裡。阿度妮，這是妳獲得自由的唯一機會。」他聲音嚴肅，幾乎像生氣。「妳如果繼續留在這裡，那……那個王八蛋很可能會傷害你。大家都說芮貝卡是和男朋友跑了，但誰知道？我有時會忍不住懷疑那男人跟這事脫不了關係。阿度妮，我在迦納有個和妳差不多大的女兒，我不敢想像……」他搖搖頭。「不講那個王八蛋，想想妳的未來吧。妳在這裡是沒有未來的，照妳跟我說的，在伊卡提也一樣。妳只能靠這了。」

「但現在只剩很短的時間可以準備，」我說。「還是我先想辦法把英文學更好一點，明年再——」

「妳不能再拖了，」寇飛說，幾乎吼了起來。「妳已經十四歲，申請資格是到十五歲爲止，妳現在就得申請。妳是不是害怕？」寇飛問。「因爲我認識的那個阿度妮聽到這個機會應該會想都不想就趕緊把握！」

我沒回答。

我不想要他知道我眞的很害怕。我不要他知道我想要這樣的機會已經很久了，他現在突然告訴我，我卻不敢去申請。

甚至不敢想要怎麼申請。

「聽好，我知道這聽起來很嚇人。妳得寫出一篇非常動人——非常好——的文章才能入選。但妳這麼聰明！沒錯，競爭非常激烈，但有一件事是我非常確定的：妳辦得到。」

「你眞的這麼覺得？」我問。

「我知道妳辦得到。」他聳聳肩。「但我不會逼妳申請。這是妳自己的決定，帢里。我已經盡力了。一等我在庫馬西的房子蓋好，我就要走人。」

我眨眼睛忍住眼淚。「我要怎麼在十二月之前把英文學好寫出一篇文章？到底什麼叫做文章？」

「就是故事。在這裡指的是妳的故事，」寇飛說。「妳在小學寫過作文嗎？」

「我知道作文，」我說，一邊把報紙從地上撿起來、摺好塞進胸罩裡。「我在伊卡提的老師教過我。」

「那好，」寇飛說，「妳一定沒問題的。試試看就對了。我們只需要再幫妳找到一個保證人或推薦人，因爲我不合格。我不是奈及利亞公民，而且，雖然我深信我身爲廚師的工作對於人類生存至爲重要，但我這身分幫不幫得了妳還很難講。大夫人或大爹地就別想了。我有幾個奈及利亞朋友或許幫得上忙，但他們得先見過妳。這就難了，但也不至於辦不到。我只是擔心我們時間不夠多，畢竟只剩一個多月了。」

我聽到寇飛說的，也知道他有多希望我能申請到這個獎學金。我發誓，我用我全部的生命想要申請，但我不知道我行不行、不知道我寫不寫得出一篇文章、不知道我找不找得到人來推薦我，而且全部都得在十二月之前做到。

「不過寇飛，你爲什麼常常叫我帢里？」我問，想要轉移話題。「你有時會忘記我的名字叫做阿度妮嗎？」

「帢里在我的語言裡是朋友的意思。」

「我是你的朋友？」我問，笑了。寇飛有時對我很好，像今天。不過有些時候他又一副好像不認識我的樣子。我早上跟他打招呼時，他有時不理我，有時又會跟我說話還給我食物。

「我也是，我是你的朋友，」我說。「謝謝你幫我獎學金的事。」

「我要去泡豆子了。」他站起來，拿起托盤。「這桌巾妳也洗夠了，反正都要送進洗衣機裡。別管這了，去找別的事做吧。」

那天晚上回到房間後，我坐在床角，從胸罩裡抽出那張報紙。

自從寇飛跟我說了獎學金的事後，我就一直把它推推推到我腦袋的最深處，但我還是忍不住一直想，會怎麼樣？要是我眞的申請、眞的被選中、眞的要去上學了，那會怎麼樣？

我把報紙攤開在床上、用手壓平，然後瞇著眼睛用窗戶透進來的月光從頭到尾再讀一遍。大夫人有時候不喜歡我們晚上開燈，但房間裡實在太暗了，所以我站起來走到窗邊，拉開窗簾想讓更多光進來。我看到在鐵窗和窗玻璃中間好像有一條什麼東西在微微發亮。

我仔細看，想不通。那看起來是一條用鬆緊帶串起來的珠子。是誰的珠子？

我閉氣伸手拉，鬆緊帶發出「咻」的聲音被我拉了起來，躺在我掌心裡像條小蛇。我拿起來。這是什麼？珠子太大顆了，應該不是項鍊。這些珠子的顏色有黃有綠有黑有紅，讓我想起了伊卡提，想起在河邊看到的一些女孩會在腰上圍一圈串珠，她們跳舞嬉戲的時候珠子就會發出清脆的聲響。

我小時候很想要珠子，但媽說她不喜歡，所以我從來沒戴過。這串腰珠是誰的？我盯著它看，拿在手中甩動，每甩一次就看得更清楚：鬆緊帶上每隔四顆珠子就有一顆紅珠，代表阿岡村的那種紅色，在月光下偏橘、在黑暗中看來血紅。

珠子是芮貝卡的嗎？她是阿岡村來的嗎？為什麼她要把珠子脫下來、掛在鐵窗欄杆上？

我更想不通了。村子裡那些戴腰珠的女孩從來不會把珠子要腰上拿下來。從來不。她們從三歲戴上後就永遠不會拿下來。

芮貝卡，我對夜晚的空氣輕聲喊道。如果妳像寇飛說的是和男朋友一起離開了，那妳為什麼沒把珠子也帶走？為什麼妳會脫下它？

我的問題得不到回答，外頭除了發電機的嗡嗡聲以外一點聲音也沒有。所以我轉身，把珠子塞到我的枕頭底下爬上床，手裡還捏著那張摺起來的報紙。我試著想睡，卻覺得好冷好沉重。芮貝卡發生了邪惡的事，我知道，我感覺得到。那感覺纏住我的骨頭，就像枕頭底下那條串珠。

我捏緊手裡的報紙，捏到發出沙沙聲。

十二月不遠了。

如果我努力把英文學更好、找到推薦人交出申請書，也許我可以得到自由，離開這裡和這裡的所有邪惡。

但，在這大房子的邪惡中，到底有誰能幫我？

29

事實：

奈及利亞境內有超過兩百五十個族群，因此食物種類多元豐富。最受歡迎的包括喬勒夫飯（jollof rice）、辣椒調味的烤肉串（suya）、以及炸豆餅（akara）。

星期天下午，院子裡擠滿了各種車子。

全部都是我從來沒看過的。那些車子，有的形狀像飛機、像直升機、像船、像水桶。有些短短的沒有車頂，有些高高的像大夫人的車。每一臺看起來都太昂貴了。我沒有看到那些女人從車子裡下來，因爲大夫人要我去後院拔雜草。

我問她爲什麼星期天下午要我去拔草，她從後院地上撿起一顆石頭、用力敲我的頭，罵我是白癡，「竟膽敢問她問題」。

我在外頭拔雜草的時候，寇飛喊我進廚房。「我快瘋了，」他說。「去洗手，我需要妳幫忙。」我洗了手，寇飛拿給我一大盤用牙籤把小塊炸肉和青椒洋蔥串在一起的食物。

「這叫肉串，」他說。「端進客廳裡請所有客人吃。」

我看著托盤，寇飛把肉串沿著盤子邊緣排成圓圈，中間放了顆小番茄。

「我就把肉串拿給她們嗎？一個一個給？那顆番茄要怎麼辦？」

「那不是番茄，」寇飛說，嘆氣。「那是櫻桃，裝飾擺盤用的，妳不必管它。阿度妮，我拜託妳，千萬不要用手碰食物。讓客人自己拿，妳不要幫她們拿。因爲要是妳碰了食物，大夫人一定會全部倒進垃圾桶裡要我重做一盤。要是這樣，帕里，我一定活剝妳一層皮。好了。妳嘴巴閉緊頭放低，托盤端好，然後像這樣行屈膝禮，」寇飛很快彎了一下膝蓋又站直。「我再說一次，絕對不要跟任何人說話。送上食物，然後回到這裡。這樣夠清楚了吧？這下好了，我到底把那盆喬勒夫飯放到哪裡去了？」

我捧著托盤走進客廳，轉向站在我前面的第一個女人。她的膚色深得很好看，亮亮的，聞起來像苦橙和柴火，這奇怪而強烈味道鑽進我鼻孔裡、又刺又癢。她穿了一件緊身綠洋裝，短短的只蓋到膝蓋，她光滑的胸部從領口露出圓圓的上半。她的頭髮是貼腦門的短髮，樹皮一樣的棕色，側邊有一條分線，從耳朵到頭頂。她臉上的妝都是綠色的，除了血紅色的口紅。連她的眼珠都是很鮮豔的綠色。我眼睛看地上，托盤遞向她。

「這又是哪個？」她問，聲音高而沙啞，是抽過很多菸的聲音。「佛羅倫絲，這就是妳跟我說過的新來的女傭嗎？」

「沒見過這麼沒用的東西，」大夫人從客廳一角回答，電視附近傳來笑聲。

「妳都是在哪找人的？」一個女人問。我的眼睛轉向她。她穿了件藍色和白色的安卡拉洋裝，胸部那裡有亮晶晶的石頭。她頭上戴著又大又圓的假髮，像是把頭髮黏在一顆足球上再放到她頭上。她臉上的粉是夕陽一樣的橘色，嘴唇是和她腳上高跟鞋一樣的棕色。「從妳的仲介寇剌先生？我叫妳不要再用這種地方的仲介，妳就是不聽。我用的仲介，女傭顧問中心，介紹來的個個好用，全都是國外來的。」

「我跟妳們說過很多次了，」大夫人說，「寇剌先生便宜又可靠。芮貝卡跑了沒多久，他就給我找了這個來。我不需要外國女傭來幫我打掃房子。我孩子都長大了在國外，所以我不怕她對他們不利。妳們這些人，花大錢請來菲律賓保母照顧妳們的孩子，妳們自己說說看，眞的有比較好嗎？反正全都一樣是沒用的東西。膚色白加上奇怪口音並不會讓人把工作做得更好。我聽說妳們有人甚至用美金付薪水？我爲什麼要在自己的國家裡付美金給我的女傭？尤其以現在的匯率？」

綠眼女人拿了一串肉，長長的綠指甲搭配眼睛顏色，尖端往內捲。我不知道她上完廁所要怎麼用那麼長的指甲洗屁股。

「她叫什麼名字？」她問。「別害羞，女孩。抬起頭來。妳叫什麼名字？」

我抬頭。寇飛說我不可以說話，但這女人用她的綠眼睛看我，眨呀眨的，在等我回答。她讓我想到一隻貓，有綠眼珠和長指甲的棕毛黑貓。

「我是阿度妮，夫人，」我說。

「喏，這個至少會說英文。妳們還記得之前那個女孩，佛羅倫絲大概才用了一星期吧，就偷光廚房一半的食物。叫什麼名字來著？」

「奇奇，」大夫人說。「魔鬼附身的女孩。我逮到她在我早上那杯茶裡撒尿後就送她回她地獄的老家了。」

「芮貝卡還是妳用過最好的一個。說話得體又不亂來。她幾歲？二十？」

我聽到芮貝卡的名字，身子一僵。也許這些女人有人知道。也許大夫人會說什麼。

「誰管她？」大夫人說。「還有人要來點雞尾酒嗎？我烤了蝸牛，也有烤肉串，新鮮勁辣。」

「佛羅倫絲，妳搞清楚芮貝卡到底怎麼了嗎？」足球頭問。「我一直蠻喜歡那女孩的，」她說。「她跑掉了嗎？佛羅倫絲？妳去她老家找過人嗎？」

大夫人說：「我發誓剛剛有人跟我要自製鳳梨可樂達。」

「她們遲早都會跑掉，不是嗎？」另一個女人說。我也偷看了她一眼。她整個身體是一條直線。胸部跟地板一樣平，長長的直頭髮披在背後，顏色像黑炭。她的睫毛從她臉上突出來，像短掃帚掃過她臉頰上的紅粉。「佛羅倫絲爲什麼要花這功夫跑去天知道哪裡把芮貝卡找回來？我們都知道，這些女傭一天到晚被附近的白癡搞大肚子然後人就不見了。嘿，妳，把托盤送過來。」

「是的夫人，」我說，手裡捧著托盤、眼睛看著地上的金色磁磚走過去。「來了，夫人。」

她拿了兩根肉串，手指像火柴棒。「拿去女孩兒那邊繞一繞，」她說。

我抬頭。「哪些女孩？」我問。「您是說女人嗎？」

這女人的瘦頭猛的往後甩，我好怕她的頭會折斷、掉到地上滾進院子裡。

「她剛剛眞的喊我們女人嗎？」她說，笑了，眼睛裡水汪汪的。「我的天。這太好笑了。琦琦、卡洛琳、莎黛，她剛剛喊我們女人。」

我的四周都是笑聲，像某種瘋狂合唱。

「對不起，夫人，」我說。「我頭腦不清楚。」

「妳們是哪根筋不對？」有人說，聲音蓋過笑聲。她聽起來很遠，在我很遠的背後。她的聲音聽起來像她開口前舔了很多蜂蜜。我想看她，但我轉不了頭，所以我專心記住她的聲音鎖進心裡面。

「我們是女人，」她說。「有錯嗎？沒必要搞得女孩不知所措。這一點也不好笑。一點也不。」

「娣亞又在抱怨什麼了？」綠眼睛跟足球頭說。

足球頭皺鼻子、好像聞到自己的口臭。「她一天到晚只會說臭氧層怎樣又怎樣。別理她了。」

「她需要打個炮、生個寶寶，」綠眼睛說，冷笑一聲。瘦女人又拿了一根肉串。

「阿度妮，妳知道妳應該要在後院，」我轉身的時候聽到大夫人說。她的紅色咘咘袍拖到地板上，肩膀上的黃色蝴蝶結上下跳動。她手裡拿著紅酒杯，她邊走邊說話，杯子裡的紅色飲料也跟著轉圈圈。「肉串上完就給我走。再讓我聽到妳的聲音，我就把酒杯砸在妳頭上。」

「是的夫人。」

「我聽說阿布杜爾參議員表示支持強納生的提案，」綠眼睛說，我正從大夫人面前轉身要走。

「他本來是最大力出聲反對他的。我猜是錢送出去了吧。」

「我老公明天要去阿蘇岩，」瘦女人邊說邊又從托盤裡拿了兩根肉串，狠狠咬下去好像跟肉串有仇。她好瘦。她吃下去的東西到底去哪了？

「他每次被召去總統別墅討論石油收益什麼的，回家時總是拎個裝滿美金的手提箱，」她邊說邊嚼。「選舉快到了，我看他大概又要帶一卡車現金回家了。我一定是個乖女孩，因爲他答應下週末帶我去倫敦逛哈洛德。古馳鱷魚皮包在叫喚我了。」

「五千那個嗎？有竹節手柄的？」綠眼睛問。

「五千什麼？美元嗎？」足球頭問。

「英鎊，寶貝，」瘦女人回答。「我打算拎去拉頓參議員的五十歲生日派對上招搖一下。上個月在哈維・尼克斯買了雙鞋，六吋高的紅底（buttoms）鞋。完美搭配。」

我老實說，這些有錢人腦袋眞的有病。誰會把紅屁股（buttocks）穿在腳上啊？這紅屁股又是誰的紅屁股？也許我今晚可以去查一下《奈及利亞事實錄》，看它能不能告訴我爲什麼奈及利亞的有錢人喜歡把紅屁股當鞋子穿。

「古馳不是我的風格，」綠眼睛說。「妳們知道我等我的愛馬仕柏金包等多久了嗎？整整八個月！我發誓，拉哥斯沒人有那個包。噢對了，我聽說珞拉的老公把小三肚子搞大了，懷的還是雙胞胎。」

「拜託，我們可以來討論一下爲伊格邑孤兒院募款的事嗎？」有人問，但我還來不及轉頭看是誰，瘦女人就開口了：「我就知道這一定會發生！我就知道！我警告過珞拉，有沒有？我要她找人去把那婊子打到脫掉一層皮，但她光跟我講聖經，說什麼上帝會爲她打贏這一戰。」

我拿著托盤在她們之間走來走去，聽她們講購物、講用美金英鎊買很貴的包包和鞋子、講某人的老公讓小三懷孕。

我走向站最遠的女人。她一個人站在角落裡，看起來像迷路意外發現自己來到這裡。她穿了一件粉紅色T恤和牛仔褲，腳上是一雙白布鞋。她看起來比其他女人年輕，瘦瘦的鵝蛋臉，皮膚是烤腰果的顏色。她的頭上有好多小捲捲，看起來像有幾百萬個，有些小捲捲垂到她臉上、末梢在她圓圓的鼻頭上面彈彈跳跳，其他的頭髮則用橡皮筋綁在頭頂上。她臉上沒有化妝——只塗了口紅，讓她的嘴唇看起來像托盤中間的櫻桃。她的鼻子裡面戴了耳環，一個金色圓點在她的左邊鼻孔上。

我把托盤送到她面前，她微笑，露出圈著鐵絲的白牙。「我們是女人沒錯，」她用她的蜂蜜聲音說。她說得很小聲，剛剛好可以讓我聽到。「別理她們。」

老實話，她的聲音聽在我的耳朵裡好像音樂，我的肚子裡有種感覺，好像我好想唱歌，好想笑。我眼光離開她的臉，低頭看著她的白布鞋和她包在牛仔褲裡瘦瘦短短的腿。她拿起一根肉串，手指小小的，指甲剪得短短的很整齊。「謝謝妳，」她說。

謝謝妳。

這是我在這房子裡從來沒聽過的三個字。我看著她的臉，眨眨眼睛。她爲什麼謝謝我？因爲我拿托盤？不爲什麼？

「謝謝妳，」她用她音樂一樣的聲音又說一次。「希望妳服務妳的佛羅倫絲夫人還算順心。」

「您眞好，」我說。「對我說謝謝。我離開伊卡提之後就沒人跟我說過謝謝了。」

「沒事，」她輕輕的碰碰我的肩膀。「去忙吧。」

她碰我感覺像觸電。我嚇一跳，手一鬆，托盤掉到地上、肉串在我腳邊散了一地。

「妳還好吧？」女人問我。

我看著剩下的六個肉串全掉在地上，滿心只想要我的媽媽。我想要她活起來，兩三分鐘就好，讓她可以來到這裡，跟大夫人說不要打我，或是變魔術把我藏起來、直到地上的肉都不見了。或者她可以——

「別哭，」女人說。「來，我來幫妳撿。妳退一點讓我——」

「不、不，」我說，擦掉眼淚。「我自己來就好，夫人。」

我彎腰撿起第一根肉串，突然感覺一陣涼風，什麼東西重重的打在我頭上、而蜂蜜聲音女人同時大叫：「佛羅倫絲！妳瘋了嗎？」我想告訴她，是啊我的頭好痛好痛，好像整顆頭被放到火裡，燒啊燒啊燒啊，然後我覺得天花板垮下來壓在我頭上，但我抬頭只看到大夫人。她手裡抓著她紅鞋的鞋跟，我還來不及發出聲音，她就把鞋子直直敲在我腦門上。

30

事實：

位於奈及利亞北部的贊法拉州（Zamfara）率先於二〇〇〇年合法化多妻制。

「妳聽得到我說話嗎？」

她的聲音讓我的身體暖暖的，但我的頭還是好熱，我的腦袋在我的頭殼底下砰砰砰的上下亂撞。我的四周一片黑暗。我感覺什麼溼溼的東西蓋在我臉上、眼睛上。涼涼的，軟軟的，是一塊布嗎？

「睜開妳的眼睛。」

我聞到她的氣味，有椰子油、奶油、還有白色百合花。

「阿度妮，」她又說一次。「睜開妳的眼睛。」

我們在外頭，在後院裡。我的背靠在水龍頭旁邊的牆壁上，她在我面前彎著身子、單腳跪在地上。在她後面，太陽高高掛在天空裡，對再過去的一大片草地發送陽光。她對我微笑，她牙齒上的鐵絲被太陽照得閃閃發亮。我想對她微笑，但我的頭好痛，把微笑從我的嘴角收走壓碎。

「一定很痛吧，」她說。

「好熱，」我說。

她點點頭。「我去看看能不能請廚子給妳一顆普拿疼。」

什麼熱熱的東西從我臉上流下來，我還來不及伸手去摸，她就用布幫我擦掉了。那是條從廚房拿來的灰色抹布，擦過我的臉後變成了紅色。

「我在流血嗎？」我問。「大夫人把我打傷了嗎？」

「看起來比實際上嚴重，」她說。「妳覺得怎麼樣？」

「我的腦袋感覺像被博科聖地轟炸過。」

她微笑。「妳家夫人很生氣。她說她交代了一些外頭的工作要妳做。妳怎麼會跑進來服務客人呢？」

「寇飛要我幫他，」我說。

她回頭看了房子一眼，房子裡不停傳來說話聲笑聲和音樂聲。「我看我還是陪妳在這坐一會吧。」

她坐在我旁邊的地上，好像我們是從小一起長大的最好的朋友。「這是我第二次參加WRWA，」她過了一會說。「我先生希望我多認識一下鄰居。他說我太嚴肅了。妳的頭怎麼樣？好一點了嗎？」

「是的，夫人，」我說。「好一點了。您人眞好。」

「別喊我夫人了，」她說，「叫我娣亞就好。」

「娣亞夫人？」

「娣亞女士。」她說。

「娣亞女士，」我微笑。「妳喜歡我就喜歡。」

「妳今年幾歲？」

「十四歲，夫人。」

「十四？」她表情嚴肅，想了一下。「這是不對的……佛羅倫絲應該知道不該雇用未成年女孩才對。我應該要跟她談——」

「不，」我幾乎大叫出來。她看著我一臉不解和擔心，我趕緊假裝微笑。「我是說，請妳不要去跟大夫人講我的事。讓我留在這裡就好。」我要怎麼告訴這個女人說我申請獎學金之前都得待在這裡？說我除了這裡就沒有地方可以去了？

「好吧，」她拖著長長的尾音說。「我什麼也不提。告訴我，妳是從哪裡來的？妳拿肉串給我的時候有提到一個叫伊卡提的地方。那在哪裡？」

我跟她說我不知道伊卡提在哪裡，只知道應該很遠，因爲我們開了很久的車才來到拉哥斯。

「我想我不必問妳喜不喜歡待在這裡，」她說。「我看得出來妳並不開心。」

我低下頭去，搖了搖。「妳住的地方離這裡遠嗎？」

「我們是去年才搬到這條路上的，」她說。「喏，至少我是。我先生從小就住在這裡。我之前住在英格蘭。妳聽過英格蘭嗎？英國？」

我想起那個有錢人阿德。媽的男的朋友。「我聽過叫做英國的外國，」我說。「我在電視上的ＣＮＮ新聞裡面也看過一點。」

她用指甲搔搔下巴。好像在想什麼很難的事。「妳上過學嗎？」

「我去上過學校。不過沒有讀完，因爲沒有錢也因爲我媽媽死了，但我一直有在想辦法學英文、把英文說得更好，因爲我很快就要參加一個考試。我一直在讀《奈及利亞事實錄》和《柯林斯》。」

「《柯林斯》？噢，妳是說字典？」她轉過頭來看我整張臉，深深看進我眼睛裡，好像她現在才第一次看到我，同時又想在我眼睛的最裡面找到什麼東西。「我很意外佛羅倫絲竟然願意送妳上學。妳其實可以請她給妳買幾本故事書，」她說。「幾本文法書應該也對妳的考試很有幫助。」

「是的夫人，我是說，娣亞女士。」我要怎麼告訴她大夫人根本沒要送我去上學？

「妳認識芮貝卡嗎？」我問，想起她的腰珠還在我枕頭底下。也許娣亞女士可以幫我。

「我聽其他女人提過她，」娣亞女士說。「但我想我並沒有見過她。妳爲什麼問？」

「只是問問，」我說。「她以前在這裡工作，後來就失蹤了。我問過寇飛，他說她可能是跟男朋友跑了。」

「可能就是這樣吧，」娣亞女士說，聳聳肩。「這種事還蠻常發生的。」

跟娣亞女士說話讓我的頭比較不痛了一點點。她的蜂蜜聲音好像藥，她的笑聲像冰涼的水，讓我熱烘烘的腦袋舒服了一點。我不想要她太快離開，所以我問她更多問題，腦子想到什麼就說什麼好讓她留下來。「妳出生以後是住在奈及利亞嗎？妳是什麼時候去外國的？」

「我出生在拉哥斯，小學也是在這裡唸完的，」她說。「說得更準確點是在伊格邑。後來我爸爸在哈科特港的石油公司找到工作，我們全家就一起搬過去了。」

哈科特港幾個字被她說得好像唱歌，她的舌頭繞著字，讓它們跳起舞來。

「我這輩子大部分的時間都是在哈科特港過的，直到我去薩里（Surrey）大學唸書爲止。」

「爲什麼叫嗖哩（sorry）？那是一個很傷心的地方嗎？」

她伸手遮在眼睛上面擋陽光，一邊露出微笑。「不是，那地方很棒。很不一樣。」

「妳有兄弟姐妹嗎？」我問。「妳的媽媽呢？」

「我是獨生女，」她說，聳聳肩，口氣平平的，沒有表情。「我父母還住在哈科特港。我爸爸還在爲石油公司做事。我媽媽是哈科特大學的圖書館員，不過去年生病後就沒再繼續了。」

「妳媽媽生病了？」我說，充滿同情。「生病是所有可以發生在媽媽身上的事裡面最糟糕的一件。我媽生病的時候，我的心裡好亂，我每天哭，哭到她死了。一直到現在，我有時也幾乎每天哭。妳也每天哭嗎？」

她嘆氣，說：「沒有，我沒哭。很遺憾聽到妳媽媽過世了。妳們似乎很親近。」

「我媽？」我柔柔微笑。「她是我的一切。我最要好的朋友。一切的一切。」

「眞棒，」她說。「我……呃，該怎麼說？我去年遷居……搬回來奈及利亞。」

她聽起來對她媽媽好像沒有太多感情，好像也不想談她。

「妳爲什麼搬回來奈及利亞？」我問。「因爲妳媽媽生病了嗎？」

「因爲我想回來，」她說。「我得到很好的機會，受邀加入一間叫做『拉哥斯環境顧問公司』的很棒的小型團隊。我知道我絕對不想錯過。再加上，」她撥開掉在臉上的捲捲頭髮，圈在手指上，「我愛上我先生，嫁給了他。」她講到她丈夫時聲音拉高了、變得很不一樣，眼睛也亮起來。「他叫做肯恩，」她說，「肯恩尼斯・達達。他是醫生，一個好人。他幫助女人懷孕。」

我的眼光移到她肚子上。她T恤底下的肚子平平的。她肚子裡懷著寶寶嗎？

「我沒有孩子，」她說，好像看穿了我的想法。

「妳都沒有孩子嗎？」我問。一隻蜥蜴從花盆後面跑出來，停下來看看我和娣亞女士。牠的眼皮眨得很慢很慢，好像很愛睏；牠上下擺動橘色的頭，然後就溜到院子另一頭去了。

「沒有，」她說，眼睛看著蜥蜴。「一個都不想要。」

「妳不想要孩子？完完全全不想要？」

老實說，我這輩子沒有聽說過有成年女人不想要孩子的。在我的村子裡，所有成年女人都有孩子，沒有的可能是因爲身體生病，如果這樣她們的丈夫就會再娶另一個女人，生下孩子交給她們照顧，不讓她們因爲生不出孩子覺得羞恥。我看她的臉，有些擔心。「妳沒生孩子，妳丈夫會再去娶另一個女人嗎？」

她笑了，笑聲好像鈴聲。「不可能，」她說。「人們爲了各種不同的理由選擇不生孩子。」

我點點頭，覺得有一點點懂她的意思，雖然她是個成年女人。

「沒有很久之前，」我說，想起我在莫魯夫的屋子裡喝藥草茶不讓自己懷孕的事。「我之前很害怕懷上孩子，因爲在我的村子裡，他們都想要我們女孩子很早就懷孕。但是我想要把學校上完。我媽還沒死的時候很努力想辦法讓我留在學校裡。她是全世界最好的媽媽。所以我下定決心，我一定要上學，然後找份工作，然後再找一個好男人結婚。我爸爸有時對我不怎麼好，也不想要女孩子去上學，但我和他不一樣，也不想嫁給和他一樣的人。不。我會努力工作，生自己的孩子，我和我的丈夫會讓孩子上學，就算生的全都是女兒也一樣。然後有一天，我會回去伊卡提，讓我爸爸看看我自己的孩子和我自己的錢，這樣他就會以我爲榮了。」

我想到這裡突然覺得很難過，想到希望也許有一大，爸不會再氣我從伊卡提逃走的事。

「我在村子裡有個老朋友，她的名字叫做卡蒂嘉。她跟我說孩子爲她帶來很多歡樂，」我微笑說。「也許有一天我也會感覺到這種歡樂，再分享給我爸爸，讓他變成一個快樂的老人。」

她慢慢點頭，看我好久好久、久到我開始覺得有點不舒服。

「妳呢？」我脖子彎一邊，問了我自己都沒想到我會問她的問題：「妳學校都上完了，也有很好的工作。妳自己不想要孩子的各種不同的理由又是什麼？」

她的表情變了，我想我可能惹她生氣了。她可能會脫下鞋子敲在我頭上，就像大夫人一樣，這下我腦袋開花完蛋了。但她沒有脫鞋。她只是眼神嚴肅的看著我，眉毛皺起來連成一條線。她從地上站起來，拍掉屁股上的沙。

「我希望妳的頭趕快好起來，」她說。「我和妳聊得很開心。」

她走開的時候我一直在想，我爲什麼一定得張開我的大嘴巴、說出了這麼這麼笨蛋的話呢？

31

事實：

奈及利亞的電影業稱爲奈萊塢（Nollywood）。每週生產超過五十部電影，總值約五十億美元，僅次於印度的寶萊塢。

在差點把我打到腦袋開花的隔天，大夫人把我叫去。

我走進她的客廳。她坐在沙發上，一隻腳跨在扶手上、另一隻腳踩著地上的坐墊。電視正在演一部約路巴語的舊片，開得很大聲。電視裡的男人臉上塗滿黑漆和白點，穿著一件掛滿貨貝的紅衣，手裡抓著一隻白雞。他對白雞說話、要雞把他變有錢。

「夫人？」我說，跪在她面前，一隻眼睛還盯著電視。男人現在單腳跳起舞來，抓著白雞轉呀轉的。

大夫人拿起遙控器暫停電視，男人一隻手和一隻腳抬高高的，好像快要飛起來的雕像。她轉向我。「妳的頭怎樣？」她板著臉，好像想要我告訴她我的腦袋壞掉了。

「我的頭還好，夫人，」我說。

「下一次我保證敲開妳的腦殼，這樣妳才會把我交代的事情乖乖存在正確的地方，」她咬牙說。「妳知道我絕對不容忍亂來。我說家裡有客人時妳就待在外頭。不准進我客廳。不──准──進──我──客──廳！這幾個字妳哪裡沒聽懂？」

「我現在懂了，夫人。」

「算妳好運，娣亞・達達昨天在場，」她說。「不然看我不活活打死妳才怪。我甚至不知道那個細聲細氣的女人是誰邀來的。竟敢阻擋我，我在管教自家女傭她竟說要叫警察來。她倒試試看，奈及利亞哪個警察敢逮補大夫人？她到底知不知道我是誰？全奈及利亞檯面上哪個人物身上穿的不是來自我店裡的布？叫誰來逮補我？哪個警察敢逮補堂堂佛羅倫絲・阿迪歐提夫人？她以爲她是誰？」大夫人拉起她金色咘咘袍的領子，往裡頭吹氣。

「這都得怪肯恩醫生。我們當初要他安頓下來娶莫拉菈，他說不，他要娶個能了解他需要的女人。什麼蠢需要？看看他結果娶了什麼貨色。一個不上道又不會下蛋的母雞。結婚整整一年了還懷不了孕。」

她說起娣亞女士壞話讓我胸口像火在燒。我的心裡有一把火，怒火，讓我想對大夫人大叫、告訴她娣亞女士有蜂蜜一樣的聲音還有善良的心、她沒有懷孕是因爲她有各種不同的理由。但我害怕我要是開口就會被她用刀子割開喉嚨。

「妳有幾隻耳朵？」她說。

「兩隻，夫人。」

「聽好，妳把兩隻耳朵都拉長了。是的，拉長。像這樣。」她用指甲捏住我右邊耳朵、往下拉到我的肩膀。「給我聽好。我下星期要出門。我要去瑞士和杜拜，然後去英國看我的孩子。上帝保佑我兩星期後就會回來。」

「是的夫人。」

「我不在家的時候妳最好安分點。最好不要讓寇飛跟我說妳又做了什麼不該做的事。妳聽到沒？」

「是的夫人。」

「妳這星期的採買單寫好了嗎？」

「這裡一好我就去寫，」我說。「然後拿給阿布。」

「大爹地也不會在家，」她說。「他要去伊哲布見他那些窮鬼家人。他要是比我還早回來妳就躲著他。他在後院妳就回妳房間，他找妳妳就當作沒聽到。只有我在家的時候妳才需要聽大爹地的話。老實說，我一點也不喜歡我出遠門的時候把女傭留在房子裡。」

她搖搖頭。「我伊克賈的妹妹正好也要出門。不然我就把妳送去她家求個心安。」她拿起遙控器讓電影繼續演下去。「我已經吩咐寇飛看著妳。他要妳做什麼妳就做。要是讓我聽到他抱怨妳一個字，我就把妳丟到街上。我甚至不會叫寇刺先生來把妳帶走。妳本來就是垃圾，我只是把垃圾扔了。修提哺（Sho ti gbo）？聽到了沒？」

「是的夫人，」我說。「我可以問您一個問題嗎，夫人？」

「什麼事？」

「是芮貝卡的事。我想不通——」

「滾出去！」她突然大叫，我的心跳幾乎停了。「妳竟然有膽問我芮貝卡的事？她是誰？妳是蠢到什麼程度才會來問我這個問題？」她彎下腰去開始脫鞋子，我馬上跳起來跑開，鞋子砸中門上的玻璃、砰的一聲差點就破了。

我跑進後院，看到阿布在水龍頭旁。他正忙著把長褲捲到膝蓋，藍色的禱告壺放在一旁地上。

「阿布，」我說，喘吁吁的。「午安。」

我和他沒說過太多話，但見到的時候都會互相微笑，有時候他得去做下午禱告的時候我還會幫他洗車子的輪胎。

「午安，阿度妮，」阿布說。他轉開水龍頭、拿起塑膠壺接水。「妳怎麼在跑？有什麼事嗎？」

阿布跟寇飛一樣，也有自己說話的方式。他習慣用F代替P，所以會把 help 說成 helf，他想喝芬達汽水的時候會反過來說成潘達。我一開始聽不懂，後來就沒什麼問題了。這世界上每個人說話都不一樣，大夫人、娣亞女士、寇飛、阿布、甚至是我阿度妮。我們說話的方式不一樣，因爲我們每個人長大的故事也都不一樣，但只要我們願意花時間好好聽，所有人一定都可以聽得懂彼此的話。

「我在躲大夫人，」我說，然後我開始笑，一直笑一直笑，笑到胸口都痛了。「我只是問她一個簡單的問題，她就脫鞋子丟我。老實說，那女人問題不少。總之，她要我給你單子。採買用的。」

「幫我放到車子裡就可以了，」他說，一邊關掉水龍頭。「等禱告完了我就和寇飛一起去市場。」

「好，」我說，然後壓低聲音。「阿布，我一直想問你一件事。你記得芮貝卡嗎？」

阿貝吐了口口水在我左邊的地上，用手背擦擦嘴。「在妳之前幫大夫人做事那個女孩嗎？我跟她還算熟。」

我點點頭。「謝謝你。你知道她怎麼會失蹤了嗎？寇飛說他不知道，他覺得她是跟男朋友跑了。我剛剛問大夫人，結果她用鞋子丟我，所以我就想，那就來問問阿布吧，也許阿布可以告訴我。」

「阿拉爲證，阿度妮，妳小心惹來大麻煩。」阿布抓緊塑膠壺，轉身快步從我面前走開。「如果寇飛說她跑了，那妳就聽他的，別再追問這件事了。」

「阿布！等等！」我大叫，但他在傭人屋旁轉彎、消失在他的祈禱室裡。

32

事實：
馮米拉約·蘭索梅·庫蒂（Funmilayo Ransome-Kuti）是傳奇音樂人費拉·庫蒂（Fela Kuti）的母親，亦是聲譽卓著的女權鬥士，畢生爲女性爭取公平的教育機會。

大夫人去外國之後的第二天，娣亞女士回來了。

我正在打掃樓下廁所、整顆頭伸進馬桶裡，寇飛就在這時跑來說有人要找我。一開始我很害怕，以爲是爸帶全村的人找上門了。但走到門廳，我只看到娣亞女士彎腰在綁她那雙白布鞋的鞋帶。她今天穿了件合身的黑長褲和無袖上衣。她抬頭，對我露出微笑。

「嗨，」她說，

「妳也嗨，」我說。「妳就是要找我的人？」也許她還在爲我上次說的蠢話生我的氣。

「請妳不要爲我上次說的話生氣，」我說。「我有時就是管不住自己的大嘴巴——」

她舉手阻止我說下去。「我其實是來道歉的。我不該因爲妳問我那個很多人都問過我的問題就那樣走掉。是我不對。我很抱歉。」

「妳跟我道歉？」我搖搖頭，完全不懂這個女人。

「那天和妳聊的那些話，有點算是……」她抓抓頭，把垂到臉上的一捲頭髮塞到耳朵後面。「……算是以某種我也解釋不來的方式感動到我了。眞的是很奇妙。」

她到底在說什麼？

她張望門廳。「妳家夫人出門了，對不對？她上次聚會時提過。我希望我來不會……我是說，妳跟我說話不會有問題吧？」

「沒問題的，」我說。

我們兩個好一會都沒說話。然後她開口說：「妳那天說的，問我的理由等等。這挖出了我心裡的一些事。」

「挖出了什麼事？」我問，雙手抱在胸前看著她。

她搓搓手，眼睛找地方可以固定住，地板、我的臉。「兩天以前，我一早去萊基—伊格邑橋慢跑。我狀況很好，速度也很好，然後就在那裡，在橋中間，我突然頓悟了。」

「頓——那個詞怎麼說？」

她揮揮手，眼睛睜大大的閃閃發光。「突然都明白了。我想要小孩種種……全都因爲我們那天的談話。」她開始笑，然後又改變主意不笑了。「我把妳搞糊塗了吧？」

「非常，」我說。還有妳自己，妳也把妳自己搞糊塗了。有錢人腦袋的問題還眞多，老實說。

「我只是有點興奮，沒事的，」她說。「我現在就回家去。妳好好照顧自己，也祝妳考試順利。」她開始轉身，而我知道如果我就這樣讓她走了，我永遠都不會再看到她。於是我還來不及想清楚自己在做什麼就往前一跳、抓住她的手留下她。

她停下腳步看著我，看我的手和我圈住她手臂緊緊捏住的手指。「妳還好嗎？」

「對不起，夫人，」我說。「請不要生氣。」

「怎麼了嗎？」她問。

我等她生氣大叫，但她沒有。她聽起來很平靜。她的眼神軟軟的，臉上有疑問的微笑。我跪在地板上，開始說話。「妳問我考試的事，」我說，一邊把手伸進胸罩、拿出那張報紙，放到她手裡。「我沒有要考試，但我需要妳的幫忙，夫人。我需要有人當我的推薦人。」

「推薦人？推薦什麼？噢，妳先站起來再說，」她說，一邊把我拉起來。「這報紙上有什麼？」她打開報紙，安靜的讀起來，眼光上上下下。「我明白了，」她說，把報紙摺好還給我。

「給家事工作者的獎學金計畫。太棒的創舉了。我猜佛羅倫絲跟這事毫無關係？」

「她知道一定會殺了我，」我說。「但我一定得試試看，提出申請。」

「爲什麼這麼急呢？」她問。

我眼睛充滿淚水、手指抵在嘴唇上。「我這輩子一直想要的就是這個。求求妳……」我停下來，吞下喉嚨裡的眼淚。「能申請的年紀到十五歲爲止。求求妳。」

她換一隻腳站。「我眞的……並沒有了解妳到可以當妳的保證人的程度——」

「大夫人出遠門了，」我說。「所以我跟奈及利亞一樣得到獨立，只不過我的自由只有兩星期而不是永遠。妳可以問我任何問題、叫我做任何事，我都願意。妳可以用這兩星期認識我。我會在接下來兩星期裡讓妳看到眞正的我自己，然後妳就可以寫在表格裡，跟他們說我是個好女孩，隨時都認眞工作。求求妳。」

她開始微笑，然後變成一記笑聲。「妳是我這輩子見過最有趣的女孩。阿度妮，我很想幫妳，可是佛羅倫絲跟我不是那麼合得來，」她說。「她要是發現我當了妳的推薦人或保證人——」

「她永遠都不會發現，」我說，眼睛裡面都是確定。「我會永遠永遠永遠守住這個祕密。在這房子裡她天天打我。這是我得到自由的機會。求求妳，」我再說一次。我只想要她說好，說她會幫我。「妳可以幫我嗎？」

她嘆氣。「我想，爲了回報妳的幫忙，我至少能做到這件事。」我還來不及問她我幫過她什麼，她就繼續說：「妳在接下來幾星期裡得寫出一篇一千字的文章？」

「是的夫人。」我說，心跳得好快。

「我看看，」她看看天花板，然後看看我。「肯恩這星期不在。這個月的文章已經都差不多了。我可以把明晚跟環境局的會議挪開，卡因吉水壩的報告應該也可以遲個一兩天。我眞的可以嗎？」

我不知道她是在跟我還是跟她自己說話、或者她是同時在跟我和她自己說話，但我等、看著她，希望她說好。

「阿度妮，聽好。我這星期可以空出一些時間，下星期應該也可以有幾天。既然妳的夫人不在家，我可以晚上過來，教妳一點英文幫助妳準備那篇文章，口語部分我也可以出點力。這樣我也能多認識妳，足夠我寫出一封很好的推薦信。如果妳晚上能空出一些時間——」她停住。「妳看起來好像快暈倒了。」

我頭暈，很暈。「妳願意幫我，還教我英文？」我把手壓在胸口。「我？」

我想都沒想自己接著要做的事情對或不對，直接就往前跳一步，用我的手圈住她、緊緊抱住她。她身上有有錢人的汗味還有某種薄荷味。我抱著她，而她笑了。她沒有生氣我抱她。我感覺又傷心又開心，因爲這個有錢女人沒有把我推開、甚至像大夫人那樣對我吐口水。

「對不起，我竟然抱妳，」我說。「我眞的好興奮，妳要教我英文還要幫我。妳也會當我的推薦人嗎？」

「應該沒有問題，」她說，聳聳肩。「一點也不麻煩。我明天晚上過來。妳幾點可以？」

「七點、七點半，我那之前會把所有家事都做完。」

她睜大眼睛。「妳從幾點工作到晚上七點？」

「我早上四點半五點起床，」我說。「我開始做事，整理、掃地、清洗、全部家事，一直做到七點、七點半。不過如果大夫人在家，我就得一直做到半夜十一二點。」

「從清晨到半夜？這太瘋狂了。」她低聲對自己說，但我每個字都聽到了。

「那就明天晚上見了，」她揮揮兩隻手指，轉身。

「謝謝妳，夫人，」我說。「明天見。」

那天晚上我睡得很好。我夢見卡蒂嘉和媽。她們兩個都變成了有彩虹翅膀的小鳥，高高飛在沒有雲的天空裡。

33

事實：

奈及利亞有超過五千萬名網路使用者。預計在二〇一八年之前，奈及利亞將有超過八千萬人使用網路，這將使奈國晉身全球前十五大網路用量國。

「妳爲什麼要把牙齒用鐵門鎖起來？」

我這麼問娣亞女士，這是她來教我的第一個晚上。七點十五分，太陽還掛在天空裡，照得到處都發出橘色的亮光。我和她坐在外頭，在靠近廚房外面的手龍頭旁的棕櫚樹下。今天晚上沒有風，空氣黏黏的、飄散著寇飛正在剝洋蔥的味道。

我們兩個一起坐在地上，我穿著我的制服，她穿著她的牛仔褲和T恤。她今天穿的T恤是白色的，上面用黑色原子筆寫著「**女生至上**」。她腳上穿著白布鞋。她好嬌小，坐在我旁邊讓我想起了卡蒂嘉。

「鐵門？」她抬起頭，皺鼻子。「鎖住我的牙齒？」她笑了。「我的牙套？」

「牙道？妳是這麼叫它的嗎？」

「是的，牙套，」她說。「我小時候牙齒很亂，擠來擠去地亂長；我看起來有點像鯊魚寶寶。這牙套再一年就可以拆下來。被妳這一說，還眞是有點像鐵門。」她用舌頭去舔牙套，一顆一顆感覺一下。「嗯，我在想，我們就從簡單的開始，妳的時態。」

她從地上拿起一支鉛筆和一本練習簿，然後用鉛筆在練習簿的封面寫下「阿度妮」。她的字有好多彎彎的線、每個字都連在一起，讓我想到我婚禮前艾妮姐在我手上畫的海娜。「我上網找到一套初學者課綱，」她說。「課綱就是一套學習計畫，讓我知道可以教妳什麼。」

「課——綱，」我說，慢慢把字說出來。

「發音正確。我剛說到哪了。對了。我上網查課綱，在我的手機上查。」她抬高一隻腳，從褲子口袋裡掏出她的手機。她用手指在手機上畫一畫，手機裡面就亮了起來。她舉高給我看，我看到裡頭有好多字像報紙一樣。

「我建議我們從中級開始。」她把手機拿回自己面前，讀了起來。「這網站上有一些蠻有用的課程。BBC的網站。」

我看著她，臉上沒有表情。

「我也找到一些免費的網上課程，」她說。「我不能來教妳的時候會把手機留給妳，讓妳可以自己邊聽邊學。」
「往上？」我問。
「網路，」她說。「我說上網的意思是上網路。」
「網……嚕。」我在《奈及利亞事實錄》裡面讀過，但我只想到一塊有很多洞的布、或是拉芭克頭上的髮網。
「喏，」她把手機拿到我面前。「手機可以連上網路。妳就想像那是一個地方，妳在那裡可以聯絡到世界上任何地方的人，也可以找到幾乎是任何資訊。妳用手機或電腦連上網路，這就叫做上網。妳可以上網購物、交朋友、寄電郵，很多事都可以在網路上做。」
「妳也可以用這個網路去市場嗎？」
她點點頭。「我會上網買很多東西。食物、衣服、基本上所有東西。」
「這樣很貴吧？」我說。「爲什麼不去眞正的市場買呢？」
她笑了。「我沒有時間好好去趟像話的拉哥斯市場。偶爾去了，我破爛的約路巴語也派不太上用場，再加上我完全不會討價還價。討價還價的意思是要賣家用低於要價的價錢把東西賣給你。總之，我在這方面超沒用的，到最後常常無功而返。」
「說不定哪天我可以跟妳去，」我說。「以前在伊卡提，我常常用便宜的價錢幫我媽買到東西，比市場賣東西的女人本來說的價錢還便宜，因爲我們的錢不一定都夠。我可以教妳做這個討價還價，是這樣說嗎？」我微笑。「我想多少幫妳，就像妳現在在幫我一樣。」

「太好了，」她說，也對我微笑。「謝謝妳。」

「妳和妳丈夫是怎麼認識的？」我問。「是在奈及利亞嗎？還是在外國？」

「我其實是在網路上認識我先生的，」她說。「在臉書上。我們遠距交往了一年，很不容易。我們十八個月前在巴貝多舉行婚禮。」

「這個臉書也是在妳說的網路裡面嗎？」

「我直接讓妳看好了。」她在手機上按幾下然後給我看。我看到臉書的白色和藍色，看到小小張娣亞女士的照片，有很多人的很多照片，但是沒有一個人的臉面對著書。「這是一個社群網站，」她說。「世界各地的人只要按幾下按鍵就可以在上面找到彼此。比如說我想找——噢，妳看，凱蒂剛剛送了訊息給我。」她按一下那個女孩的臉的照片。「這就是凱蒂，我的朋友。我們以前同住一間公寓。」

這位凱蒂笑得全部牙齒都露出來了。她的皮膚白得像毛都拔光的雞皮。她的鼻子形狀像問號，長長的、鼻尖突然勾回來。她的頭髮像瀑布，血紅色的，從頭上流到她肩膀上。「她不是奈及利亞人？」

「她是英國人，」娣亞女士說。

我想了一下她說的話。然後我說：「妳的朋友拿走我們的自由。但我們在一九六〇年十月一日把自由拿回來了。」

「是英國政府，」娣亞女士淺淺微笑。「不是凱蒂或任何個人。」

「總有一天，我要把我的自由從大夫人那裡拿回來，」我說。

「妳會的，」娣亞女士說。「總有一天。」

我又看了凱蒂的照片一眼。「我不知道像妳這樣的人也會住在外國，因爲我和大夫人看電視裡的新聞時，我都只有看到長得像凱蒂的人。」

「啊？妳看新聞只看到白人？」她擠出笑容，但沒有發出聲音。「這不是——我是說，英國電視上多的是黑人，在——唉，事實上，」她嘆氣，聲音變低、聽起來不知怎麼有點悲傷，「妳說得沒錯。檯面上的黑人新聞主播確實不夠多……國會也一樣……任何主管職位也是。都不夠多。」

我不是很懂娣亞女士在說什麼，也不明白她爲什麼要把外國的人分成白的和黑的，因爲顏色是蠟筆或鉛筆什麼的才需要分。我知道奈及利亞人皮膚的顏色也不是都是一樣的，就連我和卡育斯和崽仔也都有不同的膚色，但沒有人會說誰是黑人誰是白人，大家都只會喊我們的名字：阿度妮、卡育斯、崽仔。就這樣。

我看著娣亞女士，想問她在英國一個人的顏色是不是很重要，但她牙齒咬住嘴唇、看起來還是有點悲傷，所以我就把問題吞回去，改跟她說另一個事實：「蒙戈・帕克發現了尼日河。」

「什麼？」她說。

「另一個事實，」我說。「《奈及利亞事實錄》說從英國來的蒙戈・帕克先生旅行到奈及利亞發現了尼日河。但他不是奈及利亞人，他要怎發現一條從古早以前就已經在奈及利亞的河？一定有某個奈及利亞人帶這個蒙戈・帕克先生去看河、告訴他要往那裡走。這個人是誰？爲什麼他們沒有把他的名字放進《奈及利亞事實錄》裡？」

「也許是因爲……」娣亞女士又咬嘴唇，想了想。「事實上，我也不知道。這值得好好想想。」

「就像寇飛，」我說。「他在這裡煮飯已經快要五年了，但是大家都好像沒看到他。客人來吃了寇飛做的炒飯，他們總是跟大夫人稱讚說這飯炒得眞好吃、又香又甜，大夫人也總是微笑說謝謝。她爲什麼不說飯是寇飛炒的？她拿走了應該屬於做事的人的謝謝。」

「因爲她根本沒在想，」娣亞女士說。「也許因爲她付了寇飛薪水。這不是說她做的事是對的。先讓我登出臉書。」

「這個臉書，」我說。「我在裡面可以找到任何我想找的人嗎？」

她點點頭。「通常可以。」

我想到巴米德里，想我是不是可以在這個地方找到他。「妳可以幫我找一個叫做巴米德里的人嗎？」

「巴米德里？」她按一下她的手機，搖搖頭。「阿度妮，叫做巴米德里的人太多了。他姓什麼？」

「我不確定（didn't sure），」我說。

「我不確定（am not sure），」她說。

「妳說什麼？」

「我在糾正妳的文法。應該要說 I am not sure，不是 I didn't sure。」

「啊，」我說。

「是的。喏。我們的第一堂課是要弄清楚妳的時態。幸運的是，妳的英文理解力非常好，甚至還能用上一些難字，但妳的時態需要加強。準備好要開始了嗎？」

「準備好了，」我說。「等不及了。」

「很好，」她說，眼睛閃閃發亮。「拿好妳的練習簿和鉛筆。我們開始吧。」

34

事實：

奈及利亞人在一九八四年之前無需簽證即可進入英國。

老實說，英文真是一個很混亂的語言。

有些時候，我根本看不出來娣亞女士教我的和我本來就知道的到底有什麼不一樣。在我的頭腦裡，我覺得我是在說正確的英文，但娣亞女士總是說我說得不對。雖然一開始我很努力才求到她來幫我，但現在看起來她真的好喜歡來教我。每天七點半不到，她總是蹦蹦跳跳的出現、像個開心的孩子，手裡拿著練習簿和鉛筆等不及要開始。她教我、糾正我，有時把我搞得很累，但我知道我學得更好就更有機會可以去上學。

但有時候，我們只是聊天。

昨天，我跟她說了更多我的事。我告訴她我逃家是因爲爸想要把我賣給莫魯夫才有錢付房租，也說了怎麼遇到寇刺先生、被他帶來大夫人家的事。我跟她說到媽，說我有多想她，我說著哭了起來，娣亞女士把手放在我背上，輕輕的繞圈圈，說：「妳會好好的，阿度妮，妳一定會好好的。」但她怎麼能知道我一定會好好的？她只要搭飛機就可以飛去哈科特港看到她媽媽。但我，哪一架飛機可以帶我去天堂？

我的媽媽已經成了充滿希望的甜美回憶或是痛苦哀傷的苦澀回憶，有時變成一朵花、有時又是天空的一道閃光。我沒有告訴她我嫁給莫魯夫、或是他喝了爆竹酒之後在房間裡對我做的事。我也沒有告訴她卡蒂嘉的事。我沒有告訴她是因爲我已經把這些事情全都收進我心裡的盒子裡，鎖起來把鑰匙丟進我靈魂的河裡。也許有一天，我會游進河裡找出鑰匙。

她也跟我說了更多她的事。她告訴我她和她爸爸感情非常好，但她和她媽媽卻是一天到晚吵架，因爲從小她媽媽就對她「要求非常高」。她說小時候她媽媽不讓她有太多朋友，所以她現在也不知道要怎麼交很多朋友。她也說，她爸媽不教他說約路巴語，因爲他們是伊賈人和伊多人；她現在對自己不會說約路巴語感覺有些羞愧，因爲她很想和她丈夫的家人用約路巴語聊天。我跟她說我可以教她，她微笑說：「那就太棒了。」

然後她告訴我她想要孩子。喏，她想要，她丈夫對生寶寶的事不像她這麼認眞，但是他們現在開始要試了。她說這些話的時候眼睛裡面充滿淚水，我感覺她心裡好像有什麼鬆開了、好像她終於放下什麼她已經扛了好久的東西。我問她爲什麼改變主意想要孩子，她拿出手機按出網路，然後把手機交給我。

「妳聽，」她說。「這是一段英文口語練習。妳聽，跟著唸出來。」

我不喜歡這些口語練習課。那些人說話我根本來不及聽。他們說得好快好快、好像有人拿著棍子在後面追他們、不准他們停下來呼吸，但是因爲娣亞女士一直盯著我，我只好強迫自己重複電話說的話。比如說昨天，電話教我講一個字：cutlery（餐具）。

我說：「摳替利爾瑞。」

電話說：「克特勒瑞。」

娣亞女士說：「克特勒瑞。」

我說：「我自己的和妳自己的有不一樣（differenting）嗎？」

娣亞女士說：「我說的和妳說的有不一樣（different）嗎，阿度妮。是 different，不是 differenting。」

然後她教我更多她自己的 different 和我自己的 differenting 有什麼不一樣。

我們就是這樣上課的。我們會開始聊天，然後我說了什麼，她會皺皺鼻子、開始教我英文，完全忘記剛剛聊到哪裡。

但今天晚上，在我們開始上英文課之前，我坐在地上她的旁邊，說：「娣亞女士？我可以問妳一件事嗎？」

「當然，」娣亞女士說。「要問什麼都可以。」

「我可以再問妳一次，妳爲什麼改變主意想要孩子了呢？」我說。

她嘆氣，撿起腳邊一顆小石子丟到草地上，然後牙齒用力咬著下唇，眨眼、眨眼、眨眼。

「我跟妳說過我媽是個非常嚴厲的女人，」她說。「她到現在還是，但生病讓她變弱、也軟化了一點。我母親事事要求完美。每一件小事。我小時候沒有朋友，所有時間都得用來讀書。她想要我當會計師。但是我痛恨數字。她還要我二十二歲就結婚、結婚後馬上生小孩，因爲她想要在某個年紀之前當上祖母。她堅持要我畢業後搬回哈科特港，但我遇見肯恩、來到了拉哥斯。我母親對我的人生有全套的計畫，而我反抗——而且非常固執——每一個她爲我做的決定。她讓我很不快樂，所以我無法想像生孩子、然後對我自己的孩子做她對我做的事。我不認爲我會是個好母親。我根本不想爲這世界增添一個孩子。我的意思是，看看這局勢！我非常樂意自願節育以降低人口拯救地球。在遇到肯恩之前，我花了一整年到處旅行宣傳反人口成長的理念。」

她停下來，穩住自己的聲音。「去年我媽病了，醫生診斷是末期，意思是說她永遠不會好起來了，我才開始用不一樣的角度看去看她、看我和她之間的事情。我每次去看她，我母親都會哭著握住我的手，彷彿想要道歉自己竟讓我們的關係成了這副模樣。我往返哈科特港看她，尤其是最近這幾個月，我開始希望自己有寶寶可以帶著一起去看她，讓她有活下去的動力。但我得承認，這一直只是個一閃而過的想法，我從來沒有認眞到想去跟肯恩討論、或是眞正改變我的想法。但我們第一次見面那個晚上，」她看我一眼，微笑，「妳說了一些事，說妳父親有時對妳並不好，但妳並不會因此不愛他。妳說妳要花時間在對的時機找個好男人，讓妳的孩子享受到妳不曾享受過的一切。妳讓我了解到我可以是個好母親。我可以選擇不要像我母親一樣。妳或許不知道，但妳那天說的話擊中了我的心弦。喚醒了我埋藏已久的想望。」

她面向我，眼睛裡的淚水閃閃發亮。「現在我知道了，這就是我想要的。我無法停止想像，想像有個小男孩或小女孩，一個就好，因爲我依然相信我對環境的理念。」她輕笑。「我會在一個有愛而健康的家庭裡養育我的孩子，並且期望她能成爲一個機智聰明而有趣的女孩，就像妳一樣。」

「妳一定會是個好媽媽，總有一天，」我說，把我自己的淚水眨回眼睛裡，「像我媽媽一樣。娣亞女士，妳並不像妳媽媽。妳是個好人。」

她拉起我的手緊緊握住，一句話也沒說。

「醫生覺得怎樣？」我問。「關於妳改變主意的事？」自從她跟我說過她丈夫的事後，我就自己決定稱呼他爲醫生，她似乎並不介意。

「他一開始挺無感的，」她說。「甚至有點生氣，說我怎麼反悔了。但我們從來也沒有眞的講定不要孩子。我們交往的時候聊過一次，他說他不想要孩子而我也不反對，然後我們就結婚了。」她害羞微笑，繼續說：「他現在也改變想法，我們已經開始試了。我知道應該是遲早的事。」

「很快的，」我說。

她點點頭，把練習簿和原子筆遞給我。「現在我們可以開始今天的課程了吧？」

六個晚上過去了，我現在在我的房間裡，讀娣亞女士給我的紙。

她在紙上寫了十個句子，要我挑出哪些是正確的英文句子、哪些是不正確的。我坐在床上，手裡拿著鉛筆盯著紙看。我突然聽到櫃子後面有聲音。像是老鼠用爪子在抓門。

我爬下床，撿起一隻鞋子握在手裡。如果老鼠探頭，我就用鞋子打爛它。我等著，呼吸很快很安靜。聲音又來了，這次是嘎吱聲。聲音是從外面來的，在我的房間門外。我轉向門，一把拉開。

大爹地站在那裡，好像嚇了一跳。他穿著長褲和白色無袖上衣，腳上穿著拖鞋。他身上有味道，喝太多酒的味道。

他跑到傭人屋來做什麼？

「阿度妮。」他的眼光落在我睡衣的胸前。「妳好嗎？」

「大人？」我說，跪下來迎接他，手抓著睡衣拉緊了，蓋住我的胸部。「我很好，大人。晚安大人。」我想起大夫人說的，她警告我不要理會大爹地，所以我站起來，轉身要回到房間。

「回來，」大爹地說，他用舌頭舔舔自己的上唇，我心裡有什麼充滿希望的東西就這麼死了。

「過來，」他說。「不要害怕。」

我看看我的左邊和右邊。這時候寇飛應該已經睡熟了，正在打呼。

「妳是個非常漂亮的女孩，」大爹地說。他把鼻子上的眼睛往下推。「也很聰明。」

「謝謝大人。」

「我太太不在家，」他說。

「是的大人。」

「她覺得受到威脅。我太太。我身邊所有女人對她來說都是威脅。很煩很沒力，我跟妳說，眞的很沒力。」

「是的大人。」

「她沒什麼好擔心的，」他說，搖頭晃腳。「我是說我太太。她沒什麼好擔心的。」

我不打算再回答他「是的大人」了。我只是站在那裡，背靠牆，兩手交叉抱住胸口保護睡衣。

「我有個提議，阿度妮，」他說。「提議。這不是一個人的名字，知道嗎。」

「您想要什麼，老爺？」我拍掉手臂上的蚊子，打哈欠。「我很想睡了。」

「妳不必急著躲我，阿度妮。我是個紳士，懂嗎。」

我什麼也不懂，所以我沒回答他。

「我只是想告訴妳，」他清清喉嚨。「我想幫妳。給妳錢零用。」他搖搖晃晃，肩膀撞上牆壁。「妳懂嗎？」

中間。

「我不需要，謝謝大人。」我退後一步，推開房門。他往我靠近一步，伸出一隻腳頂在門

「求求您大人，您再不走我要叫了，」我小聲說，但我的心跳砰砰砰好大聲。如果這個男人眞的想對我怎樣，我能喊誰？我在這裡大叫，寇飛聽得到嗎？

他推推眼鏡，兩隻手舉高。「嘿，沒必要這麼大驚小怪，沒必要搞——」

「晚安大人。」寇飛不知從哪裡突然出現在走廊裡。他沒戴他的廚師帽，圓圓的光頭好像一顆球。他腰上綁了條白布，肉乎乎的上身沒有穿襯衫。我一輩子不曾這麼高興看到一個半裸的男人。

「我聽到聲音，」寇飛說。「把我吵醒了。大人，您需要什麼嗎？要不要來點宵夜？」

大爹地搖搖頭。「不了，是阿度妮在，呃，在叫救命。我以爲她，不知道，可能被什麼聲音嚇到了。我，對，我正要走。謝謝你。」

我和寇飛還來不及說什麼，大爹地就轉身走進漆黑的夜裡。一會後傳來關門聲。

「算妳運氣好，我還沒睡著，」寇飛說。

一股冰冷的感覺流過我的身體、刺痛我的皮膚。「謝謝你，寇飛。」

「大夫人下星期回來，」寇飛說。「妳開始寫文章了嗎？妳和那女人，那個醫生的太太，整星期就是在忙這個是吧？」

「她在教我更好的英文，我才能寫文章，」我說，這個感覺讓我全身充滿亮光，伴隨來的

溫暖希望趕走了我身體裡的冰冷感覺。

25

事實：

奈及利亞政府於二〇〇三年將童婚非法化。然而據估計，奈及利亞每年依然有百分之十七的少女未滿十五歲即成婚，這情況在奈國北部地區尤其嚴重。

那晚之後我就又睡不好了。

有時候，我會坐在床上，手裡抓著芮貝卡的腰珠，一邊讀媽的聖經或是娣亞女士給我的英文書。有時候我只是盯著天花的的燈泡，聆聽外頭發電機的嗡嗡聲，確定大爹地留在主屋裡。不過看來大爹地學乖了，他昨晚還有前晚都沒有回來，但我知道他一定在想要怎麼趁寇飛不在的時候再跑來。在那之前，我得想出辦法不讓他靠近我。我想了很久想不到方法，最後決定把事情告訴娣亞女士。

今天晚上，我們待在廚房後面，我坐在矮木椅上，娣亞女士站在放在廚房高凳上的黑板前面（她昨天跑去買了黑板搬回家。黑板是方形的，跟我們伊卡提家裡客廳那臺電視差不多大小），用粉紅色粉筆在上頭寫字。

「大爹地三天前的晚上跑來找我，」她用布擦黑版時我說。「他跑進我房間裡。」

她轉身，用她褲子後面口袋裡的衛生紙擦手。「發生什麼事？他爲什麼跑去妳房間裡？」

「我不知道，」我說。「但我知道他不是來說晚安的。他在找東西，我害怕不是什麼好事。」

「他有跟妳說什麼嗎？」她問，回頭看一眼。「他在家嗎？」

「他出門去了，」我說。「他都很晚才回來。」

「他出門去了，」她說。「他跟妳說什麼？」

「他說一些我聽不懂的話，」我說。「但是我擔心他想對我亂來。」

她抬頭，好像我剛剛說的字出現在空中、撞在她頭上。

「『亂來』？妳的意思是像亂摸妳、做不對的事？」

「對，」我說，聲音低到像在說悄悄話。「後來是寇飛出現阻止了他。」我想到就全身發冷。「我很害怕，娣亞女士，這就是我想離開這裡的原因。離開這裡去上學。」

「聽好，阿度妮，」她說，朝我走近兩步、蹲下來好讓她的眼珠正對我的眼珠。「妳得非常小心提防。妳的房間有鎖嗎？」

我搖搖頭。「我房間沒有（don't have）鎖。」

「我房間沒有（doesn't have）鎖，」她說，我抽動眼睛，她忍不住對我微笑。「很亂，我知道。我們待會會講到。妳家夫人在兩天就回來了，是嗎？」

「她星期六回來，」我說。「明天的明天。」

「後天，」她說。

「那之後我們就不能這麼常見面了，」她說，聲音很感傷。「佛羅倫絲不會答應的。」

「她不會，」我說，也感傷了起來。

「除非我們能想到理由，讓她同意我們見面。」

「比如說像什麼？」

「如果我可以想辦法……我不知道……找個藉口，一個我們必須見面的理由？我也許可以拜託肯恩去跟她說。她還算敬重肯恩，他可以跟她說我們需要妳陪我上市場什麼的？我們絕對還需要時間來弄妳的申請文。」

「妳覺得她會同意？」

「我們只能問問看了，」娣亞女士說，「但妳要我跟她說妳和她先生的事嗎？」

我睜大眼睛，用力搖頭。「跟她說？她只會狠狠捧我一頓，說不定還會把我送走。我不要她把我送走，還不要。」

「好。那我暫時什麼都不說，但妳一定得跟她要個鎖。跟她說妳房間想要裝個鎖。這妳做得到吧，阿度妮？請她做這件事不會害妳挨揍吧？」

「我不知道，」我說。「我可以試試看。」

「妳一定要，」她說。她站起來、甩甩腿，好像腿剛剛死掉了、她想要它們活過來。「妳要非常小心提防妳夫人的先生。如果他又跑去妳房間，妳一定要跟我說，好嗎？」

她很專心的看著我，我心裡有很多感覺。「妳今天要教我什麼？」我問。

「現在進行式，」她說。她的聲音怪怪的，嘴巴繃緊緊的。她走到黑板前面，寫下：動詞：Be+V-ing。她轉向我。「我知道這乍看之下一點道理也沒有，但我會解釋。」

我咬著鉛筆屁股，眼睛盯著黑板。

「基本上，我們使用現在進行式來指稱現在正在發生的事。比如說，我現在正站在妳面前。『這裡的『standing』就是現在進行狀態，動詞後面加上 ing。妳知道什麼是動詞吧？」

「動作的字。做事的字，」我說。伊卡提的老師教過，我從來沒忘記。

「很好。妳可以用現在進行式造個句嗎？」

「我正坐在椅子的上面，」我說。

「太棒了！」她說，拍拍手。「不過講『我正坐在椅子上』就可以了，不需要用 top 這個字。」她面向黑板，開始寫下：**SITTIN**……然後停下來，連 **G** 字都來不及寫完。

她的手在發抖。她轉向我，說：「我覺得我需要坐下。」她搖搖晃晃，坐在我旁邊的地上，把頭埋在抬高的膝蓋中間。

「妳還好嗎？」我問，看著她的捲捲頭散落在她的膝蓋上。「要不要喝點冰水？」

她抬頭，對我虛弱的微笑。「我好累。我好希望……妳知道的，我會不會是懷孕了……」

「妳覺得是嗎？」我睜大眼睛、遮住嘴巴。「妳怎麼知道？」

她笑了，挑開一捲掉在鼻子上的頭髮。「我只是隨便說說。還太早了。」

「妳上次月經是什麼時候？」我問。

「應該再幾天會來，」她說。

「不會來的，」我說，點點頭。「很久都不會來了。」

「妳眞好，」她說。「嗯，其實是肯恩的媽媽，她盯我盯得很緊。」

「醫生的媽媽？怎麼說？」

她對著我的臉嘆了口氣，我聞到牙膏的味道。「她今天早上來過我們家，」她說。「她差不多一個月會來一次。」

「做什麼？」我問。「所以妳剛剛才會心情不好？她有說什麼嗎？」

「她是來問我有沒有懷孕的，」她說。「妳能想像嗎？過去六個月，她每個月都會跑來問我：『我的孫子呢？我什麼時候才能抱到孫子、和他們一起跳舞？』好像我把他們藏在閣樓裡似的。她要是想跳舞，那就去該死的（blocdy）夜店跳啊！」我想問她是誰在流血（blood），但她馬上又接下去說：「我只是覺得面對肯恩的家人給我很多壓力，尤其是我們之前這麼久都沒讓他們知道我們不想生孩子的事。」

我慢慢說，仔細想要用哪個字才是正確的英文：「所以她不……不知道醫生本來不想要孩子的事？」

娣亞女士點點頭。

我趕走鼻子上的蒼蠅。「那就跟她說你們需要時間、說醫生是最近才開始想要孩子。如果她等不及，那就讓她自己去她兒子講，看她要怎麼煩他。」

娣亞女士聳聳肩。「哼，她才不會相信我。她只會說她等太久等到很煩了。」

「很快了，」我說，「寶寶很快就會來，然後她就不會再來找妳麻煩了。」

娣亞女士看我一眼，嘆口氣，然後站起來、拿起粉筆。「我們來把這一課上完，」她說。

「我今晚會跟肯恩說我們要一起去市場的事。」

36

事實：

奈及利亞參議員是世界上薪水最高的國會議員之一。每名參議員年薪加上雜支費用高達兩億四千萬奈拉（約一千七百萬美金）。

大夫人回來時心情很好，身上飄著新衣服的味道。

她下車後直接進房子，開始打開所有房門，到處檢查乾淨還是髒。她似乎對全部房間都很滿意，看到馬桶沖水壓頭也擦得亮晶晶時甚至拍了我的頭兩下。我還想辦法和她說話，問她她的孩子們怎麼樣、倫敦有沒有太冷。她跟我說她兒子「在資訊業」，女兒凱菈要訂婚了。

「和一個銀行家，」她笑著說，一邊打開第二道門檢查馬桶。「他們明年結婚。他是參議員庫提的兒子，他叫做康洛，是個帥小子。倫敦政經學院的一級畢業生。我把我女兒教得很好。她放眼市場，帶回一顆鑽石。有錢又長得帥。」她又笑了。「這間廁所非常乾淨，」她說。「阿度妮，妳把我的房子維持得很好。非常好。妳做得很好。」

我謝謝她，跟在她後面，手上提著大包小包她在外國買的東西。

「把我的行李箱放在這裡，」我們走到樓上她的房間門口時她說。她一屁股坐在廊廳的沙發上，用手搧風。「出個遠門都忘了這國家有多熱了。這麼熱是中了什麼詛咒？阿度妮，去把冷氣和電扇都開了。開到最強。」

我打開牆上的冷氣和地上的立扇開關，一股冷氣立刻吹了進來。我跪在她面前，等她命令我去做別的她想要我去做的事。

她的手機響了，她接起來：「是啊，我剛從機場到家。妳聽說啦？好消息傳得眞是快。謝謝妳。謝謝上帝。他是庫提參議員的兒子。」她頭往後大笑。「是上帝安排囉，是祂牽的線，讓我的凱菈遇上這康洛小子。婚禮？明年十二月。是啊，我們只有一年多一點的時間可以籌畫。明年夏天會先有個訂婚儀式，當然會很盛大。所有布料當然都由我供應。明天來我店裡找我吧，我們再好好聊聊。先讓我休息一下。我晚點打給妳。」

她結束電話。「我一下飛機電話就響個不停。契夫呢？」

「他出去了，」我說。

她咬牙呼氣。「哪次不是。這沒用的男人。我在國外的時候他沒去騷擾妳吧？」

我想到娣亞女士說的要在我房間裝鎖的事。「沒有，夫人。」我說。

「妳可以走了，」她說。「晚點回來幫我抓抓頭，還有我的腳可想死妳的按摩了。」

「是的夫人。」我站起來，馬上又跪下。「我有事求您，夫人。」

她拿出她的盒子，拉開拉鍊。「什麼事？」

「我想要一個……」我抓抓頭，想要把話說好。「可以鎖上我房間門的鎖。」

她轉頭，看著我，眼神嚴厲。「爲什麼？」

「沒什麼，夫人。只是，有時候。因爲我算是女人了，我想……」我咬著嘴唇、想不清楚，娣亞女士教我講的話全都變成小鳥、拍拍翅膀從我腦袋裡飛走了。

「大爹地去過傭人屋了？」她身體往前，看著我的眼睛。「阿度妮，跟我說實話。我先生是不是去過妳房間？」

我搖搖頭又點點頭。「沒有，夫人。我是說，不是他。是一隻大老鼠。老鼠發出聲音，所以我想鎖門，這樣老鼠才進不來。」

「老鼠進不來，是吧？」她瞇起眼睛。「我明白了。妳走吧，我會找木匠幫妳裝鎖。」

「謝謝夫人，」我說，站起來。「我晚上再回來，幫您抓頭。」

我走掉之前並沒有聽到她的回答。

那晚我回到樓上要幫她抓頭。

我正準備敲大夫人的房門，突然聽到門後傳來很多聲音。我停住敲門的手站在門外等，雖然我知道偷聽是不對的，但聽起來是兩個人正在大吵。我歪著頭，專心聽。

有人啪啪拍打什麼東西，然後是大夫人大叫：「契夫，你到底什麼時候才要停止作賤自己名聲？老天，阿度妮甚至還不滿十五歲。你去她房間是要找什麼？」

大爹地回答的尾音拖得長長的，應該是喝了很多酒。「阿度妮跟妳說我去她房間？」

「那女孩跟我要一個鎖。要不是你這廢物跑去找她，她何必跟我要鎖？這你無話可說了吧？沒用的男人。」

「妳嘴巴放乾淨點，女人，」大爹地說。「小心我修理妳。」

「你能拿我怎麼樣，」大夫人吼回去。「是我把我的錢放進你口袋裡，才讓你的頭抬得起來，才讓你還像個男人。你以爲我不知道拉哥斯大學的阿瑪卡的事？你上星期才轉了二十萬奈拉進她的戶頭，不是嗎？那全都是我的錢！還有塔悠，伊菲大學那個一雙鳥仔腳的小馬子？你上個月才送她去桑吉巴島，不是嗎？我全部都知道。但又一次搞到登堂入室？在我的屋簷底下？上帝會懲罰你的。你怎麼可以搞上家裡的女傭追求廉價性愛？一個下女？你打算墮落到什麼地步，契夫？」大夫人開始大聲哭嚎，說道：「你爲什麼不愛我？我已經爲你做了這麼多，到底還要我怎樣你才會看到我、一個值得被愛的女人？一個爲你犧牲這麼多的女人？你的孩子們拒絕回家過耶誕節，因爲他們看不慣你是怎麼對待我的，但我還是留在這個婚姻裡，因爲我愛你啊！」

「所以凱菈兩個月沒打電話給我就是爲了這理由？」大爹地吼出這個問題，大夫人一下子停止哭泣安靜下來。「妳跟我的孩子們說了什麼？！」

「我什麼也不必跟他們說，」她說，聲音弱了下來。「他們又不瞎。他們是在這屋子裡長大的，看過你是怎麼對待我的！你爲什麼要我對我們的家做這種事？」

她開始問大爹地到底要墮落到什麼程度、追著像我這樣一個無名小卒跑，然後我突然聽到一個聲音。像有人在打枕頭。啪的一聲。兩聲。三聲。我的手壓在胸口，感覺心跳得好快。是因爲我跟大夫人要鎖，才害他們吵成這樣嗎？我是他們兩個爭吵的原因嗎？啊！我爲什麼就是學不會閉上我的大嘴巴！

大夫人會把我送走嗎？如果她要把我送走，我能去哪？大夫人開始咒罵大爹地和她的家人，我往後退一步，再一步，然後我跑下樓梯、穿過廚房、回到傭人屋的房間裡。

37

我在房間門口遇到寇飛，他站在那裡、一臉不高興。

「我都快忙死了，從一早煮到現在，」他說，用圍裙擦掉額頭的汗。「門鈴響了，我跟個瘋子似的在主屋裡拚命大叫妳的名字，因爲據我所知妳還是這家的女傭沒錯。我不知道原來妳躲回（retreat）傭人屋了。」

「誰在治療（treat）誰？」我問。「大夫人需要醫生嗎？她死了嗎？」

「我是說妳躲回去。跟我來。我們有客人。」

「什麼客人？」我跟在他後面一邊問。「大夫人在哪裡？她還好嗎？」

「大夫人沒事，」寇飛說。他走得很快，我得小跑步才聽得到他在說什麼。

「他們吵架了，帕里，妳這張嘴巴遲早給妳惹來殺身之禍。妳幹嘛跟大夫人要門鎖？我不是要妳小心嗎？妳根本不必跟她要鎖；妳應該要先來問我。比如說，妳可以把妳房間裡的櫃子推到門後面擋住，或是在進門的地方放老鼠夾，那沒用的男人一進房被夾到腳、妳就在旁邊看。那一幕會有多精彩！想像大爹地單腳跳來跳去哀哀慘叫，但又不能跟她太太說是怎麼一回事。哈！」

「我不知道這樣會害他們吵架，」我說，擦掉剛又掉下來的眼淚。「等等我，你走太快了。」

「我正在炸雞腿，」他說。「我沒空陪妳散步聊天。」

「但娣亞女士說我可以跟大夫人要鎖，」我說。「我問了，結果現在麻煩大了。大夫人會不會把我送走？」

「我不知道，」寇飛說。「娣亞女士嫁了個有錢得要命的醫生，日子過得無憂無慮。她根本不該給一個IQ跟炸魚差不多的半文盲瞎出主意。」

「IQ魚？」我問。「你跟雞腿一起炸的嗎？」

寇飛停下飛快的腳步，一臉心煩的看了我長長一眼，然後又開始走。「妳最好禱告在獎學金的事有著落之前，大夫人忙婚禮忙到忘了要把妳換掉，」他說。「不過那也是她從跟大爹地吵的這一架恢復之後的事。」

「大爹地爲什麼打大夫人？」我問。

我們走進廚房後門，寇飛趕緊去檢查廚房桌上的炸鍋、把整籃雞腿從油鍋裡撈出來。雞腿炸得金黃漂亮，香味讓我嘴裡都是口水、肚子餓得一直絞。大夫人回家後我就沒早餐吃了。

「客人還在門廳，」寇飛說，從籃子裡拿起一根雞腿一口咬開。「這調味眞是調得太好了。鹽味與香料味完美平衡。妳還在看什麼？趕快去招呼客人，然後上樓去跟大夫人說她有訪客。我會禱告妳能活著下樓。」

娣亞女士和醫生一起坐在訪客客廳的沙發上。我跪下去迎接她，她對我微笑，但不是那種她認識我或是跟我說過話的微笑。她笑得有點僵，嘴唇繃緊緊的，好像我是某種陌生人、她很久以前見過一面的陌生人。

「阿度妮，對不對？妳好嗎？很高興再見到妳，」她說。把她的手放在醫生的大腿上。「這位是我的先生，肯恩醫生。我們是來恭喜佛羅倫絲夫人伉儷愛女訂婚的。寇飛說他們在樓上，妳可以去跟他們說我們來了嗎？」

她面向醫生。「我跟你說過我在WRWA聚會上見過阿度妮。她就是我說最適合陪我上市場的人選，教我怎麼討價還價等等必要的技巧。不過當然，這也要她家夫人同意才行。」

醫生很高，眼睛顏色讓我想起放久了變成棕色的水。他眉毛很濃，鬍子從鼻孔下面一路長到下巴中間為止，他穿著白襯衫，扣子扣到正好可以看到掛在長而光滑的脖子上的金鏈和金十字架。他穿了件短褲，棕色的、長到膝蓋上，露出的腿毛又濃又捲。他腳上的棕色拖鞋發出濃濃塑膠味。

他點點頭，上下上下打量我。「我聽過妳一些滿不一樣的事，」他說。他的聲音很圓順、很滑溜，好像每個字眼從他嘴巴裡滑出來之前都先裹了油。他和娣亞女士好相配。蜂蜜聲音和油滑聲音。可惜在孩子的事上遇了點小麻煩。

「是的大人，」我說。「晚安大人。我會去請大夫人和大爹地下樓。您要來杯冰水嗎？冰箱裡還有芬達、新鮮果汁、葡萄酒。您要哪一種?」

他揮揮手。「水就可以了,謝謝。」

我站起來,醫生轉頭對他妻子說悄悄話:「妳應該知道威靈頓路上還有很多成熟世故、談吐得體的女士很樂意陪妳去市場吧?」

而娣亞女士,她笑了,發出鈴鐺一樣的笑聲,說:「寶貝,相信我,我知道自己想要什麼。她是最完美的人選。」

38

事實：許多奈及利亞人抱持關於懷孕的迷信。其中一件是他們相信在孕婦的衣服上別別針可以驅趕惡靈。

「娣亞的每週專欄進行得很順利，」我端著一托盤的玻璃水杯走進用餐室，醫生正好說道。「部落格訂閱人數剛剛破五千。妳讀過了嗎？」

「誰有時間讀什麼環保意識，賺錢都來不及了！」大夫人笑說。

她坐在餐椅上，旁邊是大爹地、娣亞女士和醫生。大夫人臉上塗了各種化妝品，好像是把彩虹融化了抹在臉上。金紅色口紅底下是白亮的牙齒，嘴角發腫。她和大爹地都在微笑，一點也看不出來剛剛還恨不得殺了對方。

怨。」

「杯子放在這裡，」大夫人對我說。「放在餐桌正中央。對了，就是那裡。」

「但她還是抱怨無聊，」醫生說。我把托盤上的杯子一個一個放到桌上。「我要她多多和妳這樣的人物來往，佛羅倫絲夫人。或是我們這條路上的其他高雅女士。但她寧可宅在家裡抱怨。」

「她眞正需要的是孩子。」大夫人拿起一個杯子，仔細打量，用手擦一擦然後放下。「達太太，等妳開始追著孩子樓上樓下跑就想都不會想到要抱怨了。屋子裡有孩子就絕對不會無聊。這是不可能的事。阿度妮，把一杯水端去契夫面前的桌上。你們到底還在等什麼？都結婚一年多了。我家契夫新婚夜第一次碰我就讓我懷孕了。」大夫人害羞笑了。「你們不會是想趁有孩子之前什麼發掘生活環遊世界之類的吧？再拖下去，小心子宮就過了有效期。」她又笑了，但是沒人跟她一起笑。「記得，等妳終於懷上孩子，一開始可別聲張。等藏不住肚子了就在衣服上別根安全別針，這可以保護妳的寶寶不被邪惡之眼傷害導致流產。」

娣亞女士坐得筆直，好像全身上了漿。

「我們什麼可以聽到好消息啊？」大夫人講個不停，好像嘴巴中了咒。「我們什麼時候可以去你們家吃雞飯？」

「我們才剛開始——」娣亞女士剛開口，醫生就把一隻手壓在他太太的手上，說道：「我們會繼續試。上帝自有安排。我只想要娣亞快樂。我最不想看到的就是她受到任何壓力。」醫生用充滿愛意的眼睛看他的妻子，然後點點頭，好像在回答問題。

「是的，」娣亞女士說，聲音好像嘴巴裡有一根銳利的別針。「繼續試，不要有壓力。」

我咳嗽，把杯子放在大爹地面前桌上，感覺他眼光熱熱的落在我手上。

「要我去請寇飛開始上食物了嗎？」我問。「還有柳橙汁？」

「這種事最好就是聽上帝的安排，」大爹地說。「寶寶是禮物。是奇蹟。」

「沒錯，」醫生說。

「要柳橙汁嗎？」我再問一次，但沒人回答我，所以我就退一步，把托盤抱在胸前。娣亞女士頭低低的，好像她可以在玻璃桌面上看到自己、對自己感到很難過。醫生把她的手拉到桌面下握緊。

「有件事倒是可以幫忙她轉移注意，減輕嘗試懷孕的壓力，」醫生說，「就是多出門。娣亞喜歡發掘風俗文化之類的事。她打算重新裝飾家裡，她在想也許妳家的幫手，」──醫生對我點頭輕笑──「可以找一天陪她上市場。教教她，呃，討價還價。」

「哪個幫手？」大夫人說。「阿度妮嗎？她懂什麼？她根本沒來過拉哥斯。一個沒用的文盲。她能陪什麼人上市場？達達太太為什麼自己不會討價還價？她不是奈及利亞人嗎？她要阿度妮做什麼？」

「我會討價還價。」娣亞女士抬起頭來。「至少我努力過了。但上市場身邊有個幫手總是好。阿度妮的約路巴語說得很好。而且她很聰明，我和她相處很自在──比跟大部分的人在一起都自在。我覺得我們可以一起去發掘事物。」

「一起發掘事物，是嗎？」大夫人笑了，搖搖頭。「我家女傭是搜尋引擎嗎？不不，拜託。我不想讓阿度妮去——」

大爹地舉起手。「其實，佛羅倫絲。這是個好主意，」他說。「這樣吧，我讓阿度妮一星期過去幫妳一晚。」

大夫人看起來像是想用眼珠當成子彈射穿大爹地，爲他這句蠢話殺了他。

「你確定嗎？」娣亞女士說。「我是說，如果可以的話，就那太好了。」

「當然可以，沒問題的，」大爹地說。「我堅持。肯恩醫生是我們最親愛的朋友，他的太太需要我們幫點小忙，我們要是拒絕像話嗎？」

娣亞女士對醫生微笑。「寶貝，你聽到了嗎？」

醫生看起來有點糊塗了。「可我以爲佛羅倫絲夫人不覺得這是個好主意——」

「可以的，」大夫人說，嚇了大家一跳。「她可以每星期陪妳去一趟市場，不過不能長久。就幾次。家裡很多事還等她做，所以不好意思，如果妳覺得妳會常需要她，那我可以推薦妳去找寇剌先生，我的仲介。他可以用很合理的價錢幫妳找到幫傭。」

「妳人眞好，」娣亞女士說。「我感激不盡。謝謝妳。」

大夫人咕噥了一些沒人聽得到的話。

我的心開始蹦跳。這代表我和娣亞女士一星期可以見一次面了嗎？我可以在開始寫申請文之前學更多英文了嗎？這是我來到拉哥斯後聽過最棒的好消息了。

大夫人轉頭看我。「妳還在這裡做什麼？還不快去端果汁來，不要等我一巴掌打到妳再也笑不出來。」

39

那晚，我在睡前禱告裡謝謝上帝進入大夫人心裡，讓她答應我和娣亞女士一星期出去一次。

我也謝謝上帝，雖然寇剌先生沒有還我錢，但至少我的人不是被埋在地底的棺材裡、用泥土當被子和枕頭。我還爲快要來的二〇一五年祈禱，希望新的一年會是個開心的好年、是我能進學校的一年。我想到卡蒂嘉，拜託上帝讓她在天堂好好過，給她一張大床和很多食物，我也拜託上帝要照顧我媽。

我也想到娣亞女士，希望她能趕快懷孕明年生一個寶寶；因爲她只想要一個，不是兩個或三個，也希望這不會讓醫生媽媽找她麻煩。還有爸，我拜託上帝給他一顆仁慈的心，讓他的心得到平靜。

我沒有爲卡育斯禱告。因爲想到卡育斯我的心就會充滿悲傷。今天是美好的一天，我不想要悲傷。禱告完了後，我感覺到很久沒有感覺過的自由；我微笑，感覺微笑是從我的肚子裡面往上爬、最後才散開在我的牙齒上。

我決定解開辮子。我的頭髮是很深的黑色，密得像海綿，從我小時候就常常梳壞我媽的木梳子。頭髮已經發臭了，除了油臭還有漂白水味。我花了一小時才把辮子全部解開，然後我照照鏡子，看到頭髮像雲朵一樣圍住我的脖子，暖暖的，油油的。我搖搖頭，看頭髮在我肩膀上彈彈跳跳，忍不住笑出來，一邊脫掉全身衣服，用纏裙布包裹住身體，走出房間。

外頭黑漆漆的，月亮看起來像上帝把一顆亮晶晶的蛋放在黑色石板上，旁邊散佈了好多星星，有些一下暗一下亮、有些靜靜的不動，在天空裡排列出奇怪的形狀。我走得很快，穿過草地，被從草叢裡跳出來唧唧叫的蟋蟀逗笑了。我走到屋子旁邊掛曬衣繩的地方，突然看到一個男人的影子從黑暗中走過來，走路的樣子好像只有半條腿：大爹地。我停下腳步，手壓胸口呆看著他。他在跟某個人講電話，小小聲的，但我都聽得到：

「親親寶貝，我都說對不起了，」他說。「我一定會補償妳，我保證。明晚在聯邦皇宮酒店見個面如何？還是要去哪個特別的——阿度妮！」

他看到我，整個人好像變成雕像。他把手機壓在耳朵上，眼睛睜得好大、大到好像他的額頭是一顆大眼珠。電話裡的女人還在說話，聽起來好像吞了一隻蜜蜂嗡嗡嗡的，但我的耳朵聽得出來她是在說「親愛的，你還在嗎？」

「晚安大人，」我說，大爹地慢慢從雕像又變回人，手機也離開耳朵。我沒看他用過這支手機，黑色的、很薄，看起來很貴，只有火柴盒大小。他按一下手機，上頭的數字亮起來，讓他的臉變成奇怪的綠色。他把手機收進他安卡拉長褲的口袋裡。他從早上就穿著同一件褲子。

「妳在這裡做什麼？」他問。「等等，妳是不是在偷聽我說話？」

「我要去曬衣服的地方，」我說。我才不在乎大爹地是不是趁妻子睡著後跟外頭的女人講電話。「我什麼也沒聽到，大人。」

大爹地點點頭。「很好。因爲我在跟我的牧師，我是說，牧師的太太說話。我們討論明天要在酒店舉辦的特別禮拜。今晚夜色眞漂亮啊！」

「晚安大人，」我說。

「等等，妳過來。妳不覺得妳該爲昨天的事對我表示一點感激嗎？」

「一點感什麼？」我問，抓緊胸前的裹布。

「如果妳不知道這個字的意思——」

「我知道這個字的意思，」我說。「我要謝謝您什麼？」

「爲了今晚晚餐時我的及時介入，」他說，壓低聲音。「達達夫妻的事。少來了，別跟我裝傻，」他說，回頭看一眼。樓上一扇窗戶的燈暗了，窗簾也拉上。「我知道妳和娣亞・達達一直在上家教課什麼的。佛羅倫絲不在的期間我遇過她，兩次。她和妳一起坐在房子那，在廚房後面。我喜歡她想要教妳。」他舔舔嘴唇。「我很支持。百分之百。所以我在用餐室才會那麼提議。順便一提，我太太本來絕對不會同意。她可不像我這麼大方。」

「謝謝大人，」我說。

「妳的夫人只差這麼一點就要把妳踢到街上。」他伸出兩根手指、舉高到眼睛前面。「就差這麼一點點，是我阻止了她。我可以允許妳和娣亞・達達每星期見一次面，要持續多久都沒問題，但我有一個條件。」

「一個什麼條件？」我拍掉肩膀上的蚊子，看看手。上頭有血。「拜託您說快一點，大人，我想走了，蚊子在咬我。」

「妳以前村子裡的蚊子難道就不會拿妳當大餐？瞧瞧這女孩，竟抱怨起蚊子來了。這些沒用的女傭。見識過好日子後竟也挑三揀四起來。聽好。我要的只是要妳讓我幫助妳。讓我對妳好。妳懂了嗎？」

我看著這個男人，看他這副模樣，灰色鬍子好像一顆一顆的銀色棉球黏在他下巴上。我咬牙，無聲的吐氣。「如果您想幫我，」我說，突然有個主意。「就請幫我找到寇刺先生，大人。請他把我八月來到這裡之後的薪水都帶來給我。現在已經是十二月的第一個星期了，大人，我已經工作五個月沒領過薪水了。」

「寇刺先生？他是誰？仲介嗎？」大爹地不屑的笑了。「我爲什麼要浪費我的時間和資源去找這個寇刺先生？對我有什麼好處？妳薪水多少？我付兩倍，不，三倍給妳。聽好，只要妳願意讓我幫妳，錢絕對多到讓妳花不完。」

「我只想要我自己工作賺的，大人。」我說，開始走開。「晚安。」

「阿度妮，」他叫出來，但不敢太大聲，我知道他怕大夫人聽到。

「阿度妮，妳給我回來，」他用氣聲說。「回來。」

上。

我手伸向洗衣繩——一條綁在傭人屋後面兩棵樹之間的鐵線——抓下我的洋裝，披在肩膀上。

大爹地和莫魯夫有什麼不同？一個英文說得很好、一個說不好，但兩個人的心都生了同樣可怕的病。

一種永遠治不好的病。

40

事實：

截至二〇一二年，奈及利亞自獨立以來已經因貪腐而損失超過四千億美元。

電視裡的男人講選舉已經講一小時了。

我坐在地板上按摩大夫人的腳，一隻眼睛瞄著電視。他拿著麥克風講話，長長的脖子從他身上的灰色英國西裝裡伸出來。「在二〇一四年終了前夕，所有人心裡共同的問題是：非洲巨人將會在這個戴著費多拉帽、小時候連鞋都沒得穿的男人領導下，繼續陷入更多動盪、血戰與經濟困境，或者奈及利亞民眾決定選擇改變，將國家未來交給一度曾是國家領導人的退役陸軍少將穆罕默度・布哈里？距離投票還有四個月的時間。在那之前，敬請繼續支持您最喜愛的電視頻道！」

「布哈里別想再一次上臺，」大夫人說，腳在我手裡扭動。「阿度妮幫我抓一下那裡，對，就是腳跟旁邊那裡。對了。完美。上帝保佑那個布哈里永遠當不上總統。」

她不是在跟我說話，不過她看著我，看我的手捏住她的腳上上下下。「布哈里打算對付所有喬納森時期的既得利益者。哼，我的上帝不會讓他贏的。布哈里是進步之敵。他信誓旦旦說要打擊貪腐，什麼貪腐？一派胡言！奈及利亞人全被這些什麼矢言改變的鬼話矇騙了。他們還以爲這男人是下一個歐巴馬。我同情他們。那男人根本沒有心。他會用他那套軍事統治毀了這個國家。」

敲門聲傳來，娣亞女士走了進來。她穿著她的T恤和牛仔褲，今天的T恤上有亮晶晶字母寫著「奈國女孩」。她朝我微笑加眨眼，然後對大夫人點點頭。

「早安，佛羅倫絲夫人，」她說。「希望妳正在享受愉快的週六早晨。」

大夫人下巴抬得高高的，好像聞到什麼味道。「達達太太。」

娣亞女士維持微笑。「是這樣的，我想說現在是星期六早上，而我們，呃，上星期說好可以讓阿度妮陪我去市場……我只是想來問問看，嗯，今天下午兩點左右方便嗎？」

「阿度妮很忙，」大夫人說。「繼續按摩，幫我的大拇指好好揉一下。」她對我說。

娣亞女士發出笑聲，聽起來好像這一笑讓她很痛苦。「嗯哼。我以爲我們說好了——」

「我們什麼都沒說好，」大夫人說。她收回她的腳，坐直在沙發上。「我把我的傭人借給妳是幫妳，我可不欠妳什麼。她今天沒空。星期一等我去店裡妳再來。」

娣亞女士嘆氣。「那我下星期再來。」

我的心好沉重。娣亞女士轉身正要走，大夫人突然舉起手。「等一下，達達太太。我上星期跟妳提過，我的仲介叫做寇刺先生。他是個很可靠的仲介，要價也合理。我可以給妳他的電話，不過我知道像妳這種人就愛追求時髦，所以如果妳不想用寇刺先生，也可以試試琦琦上次在WRWA聚會上提過的仲介公司。她說是叫做什麼？女傭顧問什麼的？」

「女傭顧問中心，」娣亞女士說。「我星期一再過來。」她一手放在門把上。「星期一幾點？」

「中午之前，」大夫人說。

「沒問題，」娣亞女士說。

「去雇個自己的女傭吧，」大夫人說。娣亞女士正要走出客廳。「我可不是女傭慈善中心。祝妳下午愉快，達達太太。」

娣亞女士點點頭，嘴巴緊閉成一條線。「祝妳週末愉快。」

在星期一到來之前，我用我全部的頭腦學英文。

我讀《柯林斯》，努力學習更多難字。

我翻開《柯林斯》、挑了三個難字背起來，等不及要在娣亞女士面前用這些字。我學了：

一，Assimilate（消化吸收）

二，Communicate（溝通）

三，Extermination（消滅）

我還努力練習她教我的現在式時態。她星期一早上過來的時候太陽好大，我站在鐵門旁邊等她，腋下又熱又痛、好像我在手臂底下放了一百根別針。我看到她沿著馬路跑過來，馬上舉起我的手、給她一個大大的微笑。她沒有開車過來，她說她家在過去一點的轉角、我們跑過去就好，因爲汽車的煙會在臭氧層製造某種問題。

「妳週末過得好嗎？」她問我，我們正沿著威靈頓路走。路上沒車很安靜，沿路高高的圍牆後面看得到一點點紅色綠色或咖啡色的大房子屋頂。

「我消化我所有的工作，」我告訴她，她停下來看我，好像我說了什麼很傻的話。

「妳在讀字典？」

「我跟《柯林斯》溝通，」我說，她頭往後仰笑得好大聲，回音包圍我們、還讓前面一棵棕櫚樹上的小鳥飛走了。她笑到不得不又停下來、兩手撐在膝蓋上才不會跌倒。

「阿度妮，妳實在太奇葩了！聽好，光靠字典不能幫妳把英文說寫得更好，」她說，用手指擦掉眼睛下面的淚水。「妳照我的進度走，自然就能進步。現在離截止日還有兩個星期，所以不必太緊張，好嗎？」

我想回答她說「但是我想消滅我的壞英文」，但我決定不說，因爲我不知道這個字用在這個句子裡對不對。所以我只是說：「好。」

「妳夫人對我星期六的到訪似乎很不以為然，」她說。我們已經差不多走到威靈頓路的盡頭了。「我在想，我們今天眞的去趟市場好了，這或許是個不錯的主意。我覺得她不會讓我們繼續見面，當然，除非她先生能說服她。」

「太可惜了，」她說。「我們只能盡量利用僅有的時間。就這樣。」我們經過一支路燈，路燈後面是草地和一道灰色鐵門。她停下腳步。「我家到了。從密文頓路轉進威靈頓路的第一棟房子。要進去了嗎？」

我點點頭，感覺身體裡面有什麼在顫抖。

娣亞女士不像大夫人雇了人看守鐵門。她自己推開鐵門，我們走進她的院子裡。房子像女王穩坐在一片草地後面。這片草地的綠色不像大夫人家院子那種沒精神的綠，這裡的綠色感覺有生命會呼吸。房子是白色的，配上藍窗戶和紅屋頂。屋頂上有一塊塊方形的藍色玻璃，差不多三十個，全部都用白色的線和點點連接起來，在一大早的陽光下閃閃發亮。地上的灰色石頭上排著花盆、石頭一直鋪到房子的前門。前門上面掛著一個草做的圓圈，上頭裝飾了紅色蝴蝶結和小金鐘。

「沒有妳夫人家的大，」娣亞女士說。「肯恩本來想要一棟很大的房子——五間臥房、五間浴室、游泳池等等。我無法想像自己住在那樣的房子裡。更別提維持那樣的房子的花費、還得使用可續性能源？根本難以想樣。」

「屋頂的玻璃是什麼？」我問。

「太陽能板，」她說。「可以把太陽光變成電力。我受不了發電機的噪音，更不能接受廢氣對環境造成的破壞。」

「有一天，我會想辦法讓伊卡提所有房子都能裝上那個太陽什麼的，」我說，抬頭看屋頂。「村子裡很多人家都沒有電燈，娣亞女士，如果我們可以裝這個太陽什麼的、可以收集太陽光放進所有屋子裡，那整個村子就會變得更好。我們就不必靠誰來給我們光或是花很多錢買發電機。我們直接跟太陽要光就可以了。」

「這眞是太棒的主意了，阿度妮。」娣亞女士說，滿臉驚奇的看著我。「下次公司開會我一定要提出來。我們一定可以找到合作廠商，用低一點的價格爲一些村子裝設太陽能板。也許伊卡提可以是最早安裝的村子之一。跟我來，阿度妮，小心那盆天竺葵。麻煩妳脫鞋子。」

我脫掉鞋子，感覺心暖暖的充滿驕傲：娣亞女士說要在伊卡提裝太陽板。我甚至不能想像伊卡提會變得多漂亮，如果所有房子、街道、商店全都亮起來的話。

她踢掉自己的鞋子，放在廚房門外的一張矮木桌上。我們走進廚房。這廚房感覺像從來沒有人進去過。

「妳在這裡做菜嗎？」我問，看著廚房桌上的機器：一臺咖啡機和一個電壺，亮晶晶的好像剛剛才從包裝箱子裡拿出來。所有東西都是白的，太白也太乾淨了，全都是漂白水味。我在想娣亞女士很怕髒，還很怕擁有太多東西。地上的磁磚、牆上的櫥櫃、角落電鍋旁的烤麵包機、再過去的濾水器，全都白得刺眼。

「怎麼了？」她說。「怎麼這種表情？菜都是肯恩做的，我只負責餐後清理乾淨。想吃點什麼嗎？」

我搖搖頭，雖然我其實很餓。在這個空空的廚房裡她要去哪變出吃的？

她從一個抽屜裡拿出一條白色抹布，攤開來擦擦本來就很乾淨的桌子。「我今天眞的很想出門，透透氣換個心情。」

「爲什麼要換心情？」我問。

「我月經又來了，」她說，聳聳肩。「眞不知道我這次幹嘛抱這麼高的希望。害我整個星期心情七上八下。更糟的是我婆婆又來亂，這回是要我跟她一起去見一個先知。她要我洗血浴。」

「血浴？爲什麼？」

「抱歉免談。血浴？開什麼玩笑。她要我去某一條河裡洗澡。她說她知道有個先知神人可以爲我洗去不育。她之前跟我提過幾次，但我以爲我會很快懷孕就不必去了。這回她非常堅持。」

「我們在伊卡提常常做這件事，」我說。我想起卡蒂嘉因爲沒有洗浴結果死了。「這說不定眞的有幫助，讓事情快一點發生，讓妳一年之內就生寶寶。就一個寶寶。」

娣亞女士挑高眉毛。「那唬爛不會眞的有用吧，阿度妮？不會吧？」

我聳聳肩。「那唬爛在伊卡提有時還眞的有用。說不定可以幫妳的寶寶早一點來。」

「不過……」她把手裡的抹布扭成一團。「一想到讓個糟老頭的手以洗浴之名在我身上摸來摸去，我就……噁。極度反感。」

「試試看吧，」我說。「至少可以讓醫生的媽媽開心，讓妳的婚姻少一點問題。洗浴開始的時候妳就閉上眼睛，像這樣，把所有的噁都擋在外面。」我緊緊閉上眼睛。「他們幫妳洗澡的時候妳就在頭腦裡面想一些好的事情。比如說寶寶的名字或寶寶的衣服。或者想妳的朋友卡蒂。」

「是凱蒂。」娣亞女士笑了，而我睜開眼睛。「我想要爲我的寶寶取名阿度妮，」她說。「如果是女孩的話。阿度妮的意思是甜蜜，對不對？」

「是的，」我說，感覺我的心漲得滿滿的。「我可以幫妳一起照顧寶寶。」

「像一個小阿姨，」她說。「我會考慮洗浴的事。」

我看著她煩惱的臉。「也許我可以跟妳一起去？」這句話在我想到卡蒂嘉在河邊發生的事之前就從我嘴巴裡溜出來。

「事實上，」我還來不及改變主意她就接口說：「這會對我有天一樣大的幫助，如果妳可以來的話。我們可以拜託妳的大人再讓我們出來一次，我們就利用那次機會洗浴？」

「妳覺得可以嗎？」我問。

「我覺得可以，」她說，對我眨眼。「這應該是新年之後的事了，不過我們可以跟佛羅倫絲說那是我們最後一次一起出去。希望到時獎學金的結果已經出來。我會跟我婆婆約好日子，再去把妳找出來。」

「那醫生呢？」我問。「他知道洗浴的事嗎？」

「知道，」她說，一邊摺好抹布。她打開洗衣機，把抹布丟進去。「他說這反正沒壞處，又可以讓他母親開心，我或許可以考慮配合換得清靜。他送了一大把玫瑰花到辦公室給我，應該是在為他母親帶給我的壓力道歉。總而言之，跟我來吧，」她說，「我有個驚喜要給妳。」

事實：

世界上最早的雕塑藝術品不少來自奈及利亞。其中最知名的〈伊菲的青銅頭像〉一九三八年出土之後一年即被送往大英博物館。

我們走進一條走廊，白色牆壁上掛著娣亞女士和醫生的照片。照片上的他們歡笑親吻，是眞的愛、眞的婚姻。我感到有些難過，想到莫魯夫和我、卡蒂嘉還有拉芭克的婚姻，那些冰冷尖酸和痛苦。我有一天也能找到眞愛嗎？和一個和善的好男人，就像醫生那樣？

「往這邊走，」娣亞女士說，打開走廊底的門。「這裡是客廳。」

娣亞女士沒有電視。客廳裡沒有需要用電的東西。這裡頭的空氣聞起來像肥皂和檸檬草。

客廳裡有一張圓形的白色沙發——我從來沒看過這樣的沙發——有好多墊子，全部都是白色、全部都是圓形。角落牆邊站著一棵樹，差不多和小孩子一樣高，枝葉上刷了很多銀粉，上頭裝飾著好多星星、玻璃天使還有金色燈泡。耶誕樹，我想。大夫人上星期才要阿布去市場買了一棵，只不過娣亞女士的樹是白的不是綠的。客廳裡還有好幾個插了花的透明玻璃瓶，總共四個，全都附了小卡片。我瞄一眼，看到是醫生送給娣亞女士的。看來他每星期都會送給她愛的花束。

牆壁上掛了兩幅圖畫。一幅畫的是穿著安卡拉洋裝的女人，另一幅畫的是一個黏土頭像。頭像沒有眼睛，只有幾個代表眼睛鼻子嘴巴的小洞。頭像臉上有好多線條，細細長長的線條從額頭畫到眼睛下面再到下巴，好像有人心情不好、用指甲抓花了頭像的臉。

「我在尼珂藝廊買的。很棒的地方，在萊基，」她說，指指那幅黏土頭像。「那幅有疤的是我的最愛，畫的是〈伊菲的青銅頭像〉。了不起的傑作。妳喜歡藝術嗎？」

「我在《奈及利亞事實錄》裡有讀到英國偷走了我們的藝術品，」我說。「妳說的驚喜在哪裡？」

「妳先坐下，放輕鬆，我一下就回來。」

我坐在沙發上。她回來的時候手裡拿著一個牛仔布袋子。

「喏，」她說，眼睛睜得又大又亮、一邊從袋子裡拿出三本書。「我提早送妳耶誕禮物，幾本最好的文法書，」她說。「尤其是這本《優化英文》。我很快從頭翻過一次，眞的寫得很好。非常適合妳。另外兩本也一樣好，不過妳還是從《優化英文》開始。」

我接過書，感覺眼淚刺痛我的眼睛。「謝謝妳，」我說。「妳對我太好了，太多了。」

「還有喔，」她手伸進口袋裡，拿出一個手機。很薄，黑色的，差不多跟小孩的手一樣大。「這是最簡單的機型。非常好藏，不怕被妳夫人發現。我預付了通話費——」

我沒等她把話說完就往前跳，三本書從我的大腿啪的掉到地板上。我伸長手臂抱住她。

「謝謝妳，娣亞女士！」我說，緊緊抱住輕笑的她。「謝謝妳！」

「這真的沒什麼，阿度妮，」我終於放開她的時候她說。「我真的很擔心妳說的和妳夫人先生的事。妳說他……嗯，去妳的房間。鎖的事解決了嗎？」

我點點頭。「大夫人找木匠幫我裝了鎖。」

「現在妳還有了手機。」她按一下手機，手機發出鈴鈴聲，好像在搔我癢。我笑了，她也笑了。「我會教妳怎麼傳簡訊。我已經把我的號碼輸進去了。我只存了這個號碼。如果妳又遇上麻煩，直接傳簡訊給我，寫「HELP」我就懂了。我會盡快趕去妳那。我還存了幾段錄音，是我唸幾個特定字的正確發音。妳聽一下。」

我接過電話，在手裡翻看，眼睛還是不敢相信，我，阿度妮，一個從伊卡提村來的小女孩竟然也有了自己的手機。連我爸爸都還沒有。我的心漲滿了好多感謝。

「絕對不能讓妳的夫人發現，好嗎？」

「妳就算不提醒我，常識也會告訴我。這裡面也有臉書嗎？」我問，低頭再看看手機，好像那是剛剛從天堂掉到我手裡的禮物。

「沒有，」她說。「我不能讓妳什麼都不知道就上網。還有」——她咬嘴唇，想了一下——「如果妳夫人的先生又試圖碰妳，妳一定要反抗，知道嗎？不顧一切拳打腳踢反抗他。還要尖叫。反抗和尖叫。記得這幾個字，知道嗎？答應我，一定要這麼做好嗎？」

我點點頭。「從那次之後他就沒再接近過我了。」我知道我說了一個小謊，但我不想要娣亞女士來找大夫人引起爭吵。我很擔心那一鬧之後我會發生什麼事。

「萬一眞的又發生——老天，最好是不要——但如果那個王八蛋眞的又去找妳，我一定報警逮補這個該死的男人，不計一切代價。」她鼻子嘴巴同時呼氣，眼睛眨得好快。我感覺我的胸口裡面有什麼東西在動。爲什麼這個女人要對我這麼好？她在我身上看到了什麼？因爲連我自己有時候都看不到自己到底有什麼。我努力想要忍住刺痛眼睛的淚水，但這又傻又固執的眼淚還是流了下來。

「唉呀，我不是故意要惹妳哭，」娣亞女士說，用手指爲我擦掉左邊眼睛的淚水。

「妳在我身上看到什麼，娣亞女士？」

她搖搖頭，握住我兩隻手，抬高高的好像兩根欄杆，她就這樣看著我的臉，欄杆後的眞正的我。感覺好像她從她自己的身體裡爬出來，進入我的靈魂、我的心。

「告訴我，妳這輩子最想要的是什麼？」她問。

「我要我媽媽不要死，」我說，幾乎說不下去。「我要她回來，讓一切都變好。」

「我知道，」她說，臉上帶著溫柔又悲傷的微笑。「我知道，但妳還想得到其他想要的嗎？」

「我想上學，」我說。「現在是最想贏到獎學金。」

「這對妳爲什麼這麼重要？」

「我媽媽告訴我，上學受教育可以給我聲音。我想要的不只是有我自己的聲音，娣亞女士。我想要很大聲的聲音，」我說。「我想要我走進一個房間裡還不用張開嘴巴開始說話，人們就已經聽到我的聲音。我想要在活著的時候幫助很多很多人，所以等我老了死了之後，我還能活在我幫助過的人身上。妳想想，娣亞女士，如果我能上學當上老師，那我就會有自己的薪水，甚至可以在伊卡提蓋我自己的學校，教那些女孩。我村子裡的女孩沒什麼機會上學。我想要改變這件事，娣亞女士，因爲這些女孩會長大，她們會生下更多很棒的孩子，讓奈及利亞變成一個比現在更好的地方。」

我說話的時候娣亞女士不停點頭。「妳做得到的，」她說。「上帝已經給了妳需要的一切，這一切都已經在妳裡面。」她放下我的手，用一根手指指著我的胸口。「就在妳的頭腦裡，在妳的心裡。妳相信是這樣，我知道妳相信。妳只需緊緊抓住這個信念，永遠不放手。妳每天醒來的時候，我要妳提醒自己，明天一定會比今天更好。提醒自己妳是個有價值的人。提醒自己妳是重要的。妳一定要相信，不管獎學金申請的結果如何。知道嗎？」

我深深看進娣亞女士的眼睛，看著她棕色眼珠裡的金點，我的心融化了。我知道她說的一切都是出自她善良的靈魂，但對一個沒得選擇、生來就只有貧窮和受苦的人來說，相信並不是一件容易的事。有時候我會希望只要我相信日子會變好，那好日子就會像魔術一樣發生在我身上，就這麼簡單。但也許，相信只是開始，所以我點點頭，慢慢的往上抬再慢慢的往下點，一邊說：「明天會比今天更好。我是有價值的人。」

「太美了，阿度妮。太美了。」娣亞女士又哭又笑。「來吧，」她說，拉起我的手。「車在外面等了。我們上市場去吧。」

一臺娣亞女士喊做「優步」的黑色豐田汽車在她家鐵門外等我們。

開車的人叫做麥可，他看到娣亞女士時點點頭，把襯衫領子拉到下巴。然後他脖子歪到一邊，我在想他今天早上出門前說不定吃到什麼有毒的東西，因爲他的樣子很像是生病了。啟動車子之前，他抬頭從鏡子看看娣亞女士，舔舔嘴唇。

「呦，小姐，」他說，「挺正的嘛！」

我看看娣亞女士。她有歪過嗎？

但她只是翻白眼說：「你可不可以放 Wizkid（歌手名）或是轉到 Cool FM 電臺？」因爲她「今天沒心情聊天」。

「好滴，」男人說。「沒必要用那雙漂亮的棕眼翻白眼給我看嘛。」

然後他就放音樂開始開車。車子開了足足一小時，開到那條往上的路，然後再往下，路上一排一排的車子每分鐘都在按喇叭，最後終於轉進一條塞得滿滿有幾千幾萬人的街上。麥可把車子停在一間紅色的餐廳——法蘭基速食店——前面，外頭有三個粉紅色蛋糕和小孩吃冰淇淋的照片。

「好啦，小姐們，」麥可說。「車子只能開到這裡。」

我們下車，麥可又點一下頭，把車開走了。

「他爲什麼一直點頭歪脖子的？他沒事吧？」我問娣亞女士。她抓著我的手，開始擠進好多好多人的市場裡。

「我很確定他沒事，」娣亞小姐說，四下張望。「喏，天知道我們要從哪裡逛起！」

我也四下張望，感覺頭好暈。

巴羅根市場是一條長長的街道，塞滿好多人好多聲音。我在想，上帝是把整個城市塞進一個行李箱裡，然後來到這條街上打開行李箱，把整個城市倒出來。全世界的各種聲音差不多全都到齊了，而且還是全部同時響起：我聽到汽車的叭叭聲、羊叫的咩咩聲，「眞主至大」和「讚美主」從兩間站在一起的清眞寺和教堂上的擴音器裡大聲放送。

小吃販子的鈴聲，炸得油亮亮的豆餅和炸麵糰裝在玻璃盒子裡被他們頂在頭上；販賣各種想得到可以拿來賣的東西的男人女人和小孩的聲音：內褲胸罩鞋子冰淇淋、裝在塑膠袋裡的水、包著蝦乾的麵包捲、假髮等等什麼都有。從我們站的地方看去，人就像一片人頭地毯漂浮在水上，像幾百萬隻的小螞蟻沿著路線移動。

我低頭想看自己的腳，卻只看到黑漆漆一片，我和娣亞女士還有我另一邊那個人之間沒有任何距離。男人不停擠我，一邊對手機大聲講話，什麼「中國來的貨櫃」絕對不可以搞丟什麼的。

「抓緊我的手，」我猜娣亞女士這麼說，因為我頭頂的擴音器把她的聲音都吞掉了，用約路巴語吵轟轟的說有一種很厲害的草藥可以解決男性的問題。路中間也有車，拉哥斯的黃黑色計程車，全都停在路上不會動、只是拚命按喇叭。一個男人猛敲一臺車的擋風玻璃，對裡頭的司機大叫要他「快把這東西弄走，王八蛋！」

我們其他人繼續往前走，慢慢的，人擠著人，從不同人身上聞到各種不同的氣味：女人月經的悶臭味、汗臭、強烈的花香香水、焚香、炸麵包、香菸、髒腳丫。有些女人坐在彩色陽傘下——粉紅色、紅色、黃色、白色——在路邊對著路過的人大叫，要他們「來買新鮮的魚和椰子糖果」和「百分之百人類真髮」。也有一些人把東西用托盤頂在頭上，跟著我們往前走。

「我們要去哪？」我對娣亞女士大叫，一個男人不知從哪裡冒出來，突然把我的手從娣亞女士手裡拔出來，對著我的耳朵大叫：「好女孩，跟我來，來買金色緊身褲，保證原廠。」我抽走我的手，另一個穿著有粉紅色洞洞背心、戴著太陽眼鏡的男人突然把一個小小的白色扇子推到我胸前，「買新鮮微風。吹走妳所有煩惱的原廠微風。五分鐘一百奈拉！」我搖搖頭說不要，緊緊拉住娣亞女士的手，我的心對著所有東西和所有人砰砰跳。

我們經過一個賣皮鞋膠鞋和各種鞋子的攤子，裡頭的鞋子從地板往上一直堆到攤子的最上面；一個女人頭上頂著水盆、水盆裡塞滿瓶子罐子，她把一個冰冰的東西貼到我臉頰上、嚇了我一跳，「冰水。很冰，保證純水。」她一手往上伸，從頭頂的水盆裡抽出一瓶可樂，、推到我胸前。「還是妳要可樂？我也有美年達和七喜。要哪一種？」

我們的左邊和右邊都有房子，不過全都被掛在窗子上的東西遮住了：長褲、襯衫、西裝；灰色的電話線橫在我們頭頂上面，從一間房子連到下一間房子，和教堂清眞寺還有草藥店的看板纏在一起。

娣亞女士一直往前走，緊緊抓住我的手。「我們走到魚攤的左邊就轉彎，」她大叫。「這裡眞的是瘋狂世界！」

我覺得我們好像沒有在動。

我感覺人群好像是某種移動機，我就這樣跟人群往前漂浮，直到我們往左轉，人總算少了一點。這條街上到處都是賣珠子和安卡拉布料的攤販，我還來不及問娣亞女士我們走這條路對不對，一個穿著寫了「普拉打」黑T恤的男人就對著娣亞女士微笑，拉拉掛在脖子上的巨大紅色珠子，說：「夫人，我這應有盡有。想要哪一個？」

「老天！」娣亞女士說，用手擦額頭。「我只是想買幾塊布。」

「我們也有名牌T恤喔，」男人說，彎腰從他腳邊的盆子裡拿出一件白T恤。「保證原廠，全新。」他打開T恤，娣亞女士看了一眼上頭的字——「咕七」——搖搖頭繼續往前走。

「我需要眞正的安卡拉布，」她說。「我是爲這來的。」

「可是我們店裡有香奈呃喔，」他說，用他又熱又溼的手拉住我的手。

「妳爲什麼不去大夫人的店？」我對娣亞女士說，一邊把手從男人手裡搶回來。「我這輩子沒看過這樣的地方。這裡是拉哥斯嗎？」

伊卡提的市場比這裡小多了，而且大家都很安靜、也都互相認識，有話都是好好的說。

「這裡是拉哥斯，」娣亞女士笑得有點累。「佛羅倫絲的布都貴得要命。我們往這走。」

我們跳過一條臭水溝，黑色的水裡面有蝌蚪在菸蒂、衛生紙和報紙之間游來游去。我們走到路的另一邊，那裡有另一排賣布的店。

「終於，」娣亞女士說。我們走進一個跟廁所差不多大的攤子裡，攤子整面牆從地板到天花板堆滿各種顏色的安卡拉布。一個身材圓滾滾得像鼓的女人站在攤子前面正在摺一塊安卡拉布。她一看到我們立刻放下手裡的事，對我們指指她背後的布牆。

「歡迎，夫人，」她對娣亞女士說。「我們有賣伍汀、ABC威克斯、新緞，要什麼都有。全部都是原廠。洗再多次都不會褪色。看看這塊，最新款。」她拉出一塊摺起來的黃綠色安卡拉布，放到娣亞女士手裡。

「好美，」娣亞女士用她清楚漂亮的英文說。「摸起來好軟。好精美。我可以剪三塊這個花色的布嗎？每塊六碼。我想做成客房的床單和枕頭套。」

「倫敦夫人，」女人對娣亞女士說，「算妳特價，六碼六千奈拉。妳要三塊是嗎？沒問題。請坐請坐，我幫妳用倫敦塑膠袋包起來。」

看著娣亞女士的眼睛看到布料眼睛亮起來的樣子，我突然好想我的朋友艾妮妲。她在市場上看到新顏色的眼線筆或唇膏時、眼睛也會這樣亮起來。只不過，大部分的時候艾妮姐都沒有錢可以買任何東西，所以我們就只是看，然後笑笑繼續往前走。娣亞女士有好多錢可以買她甚至不需要的東西，有時候，比如說今天，我會把艾妮姐和娣亞女士放在一起，想想她們兩個有多不一樣，而我和娣亞女士是朋友，卻又不像我跟艾妮姐。

「阿度妮！」娣亞女士對我眨眨眼。我點點頭，回憶媽媽教我怎麼跟伊卡提市場的女人殺價的事。

「不可能，」我用約路巴語對女人說。「六碼要六千？哪有可能。太貴了。全部三千。」

「四千五。底價，」女人說，一邊把布料從娣亞女士手裡收回去。「這是原廠。最新款。」

我對她微笑，說：「阿姨妳就把我當作女兒嘛。三千賣我們，我下星期再跟她一起來。我們會跟妳買很多布。我們可是冒著大太陽走了這麼遠的路來的。喏，三千就好。拜託嘛。」

女人嘆氣，說：「錢拿來吧。」

我轉向娣亞女士。「她總共收三千。付錢吧。」

娣亞女士笑了，說：「阿度妮，這就是我帶妳來的原因。」

兩小時後，我的兩條腿都腫了。

我的頭感覺像一顆燒起來的足球。我的喉嚨好乾，舌頭打結。娣亞女士不停逛不停買，好像中了咒一樣，買這買那，我殺價殺到嘴巴乾到快要說不出話。她好興奮，很高興我幫她省了錢；我每回跟一個攤販講完價，她都會拍拍手說：「妳真是天才！我們繼續！」

我們買到太陽快下山才離開市場，那時天空正開始變橘。我們走得很慢，娣亞女士拖著腳步、手裡提著一大堆塑膠袋（她不讓我幫她提，說她又不是缺手缺腳）。我們終於走到法蘭基速食店，麥可讓我們下車的地方。

「要吃點東西嗎？」娣亞女士問。

「要，夫人，」我說，舔舔嘴唇。「我好餓好餓。」

「好餓可以說 starving，阿度妮，STAR-VING。」

太陽這麼大又走了這麼多路之後，她怎麼還有力氣糾正我的英文？

我們走進開著冷氣的涼爽速食店。我選了門旁邊的第三張桌子，坐在看起來很像有錢人家凳子的紅色皮椅墊上，中間是高高的木桌，左邊牆上貼著好大張的照片，上頭有巨大的肉派、香腸捲和切開的水煮蛋。

「我去幫我們點餐，」娣亞女士說，放下大包小包走開了。

她回來的時候捧著滿托盤的食物：肉派、香腸捲、小黃蛋糕、柳橙汁。

「今天實在太好玩了，」她說，坐到我旁邊來。「我們一定要再來。至少再一次，也許在洗浴之後。我來拜託肯恩去跟佛羅倫絲說。來吧，吃點東西。」

我看著食物，吞口水。我這輩子還沒有吃過這樣的東西，好希望卡育斯和艾妮姐可以也一起來，邊吃邊笑邊聊天。這感覺來得突然，我一下子心情往下沉。

「好多東西，」我說，擠出微笑想讓自己心情好起來。「這麼多食物。」

「喏，妳不是好餓嗎？來吧，開動囉！」

我先嚐肉派，閉上眼睛讓牙齒咬進餅皮裡，感覺派皮被我咬破，濃濃的溫暖肉汁和馬鈴薯從餅皮裡流出來、融化在我的舌頭上。

我睜開眼睛，看到娣亞女士微笑看著我。

「妳今天表現得太好了，」她說。「那麼有自信的和那些女人討價還價。」

我聳聳肩，拿起香腸捲一口咬下。

「我媽有狀況了，」她說，拿起刀叉把蛋糕切成小塊。她用叉子叉起一塊，送進嘴裡。「我下星期去哈科特。耶誕節和新年都會在那裡過。我們已經把申請書都填好了，我也已經幫妳寫好推薦信，擔任保證人需要的文件也都印好了。現在就只缺那篇文章。阿度妮，妳得盡快寫好。妳可不可以這兩天寫好送來我家？」

「我盡量，」我說。事實是，我一直在等待對的時機拿起我的原子筆開始寫。我一直遲遲沒有開始，害怕自己會寫下什麼、害怕要怎麼寫得最好。

「記得筆跡要整齊清楚，用好筆寫。寫完就摺好放進信封裡、塞到我家鐵門底下。我會在我出發去哈科特港之前親自送去海洋油業辦公室，確保申請書安全送出。妳兩天內可以完成吧？」

我沒有回答，她於是拉起我的手緊緊握住。「妳害怕了嗎？」

「有一點，」我說，用手擦掉嘴邊的麵包屑。「我不知道要寫什麼。」

「從妳的靈魂裡找，」她說，「寫出妳的事實。從——」她住嘴，放下我的手。她盯著速食店大門，一臉驚訝。我順著她的眼光，看到她看到的：WRWA聚會上那個瘦女人。她穿著黑色英國西裝，不過下面是裙子，西裝的領子好像她快要飛起來一樣。

「該死，」娣亞女士小聲說。「是緹緹・班森。她往這邊來了。躲起來，阿度妮。快。躲起來（duck）。」

「鴨子（duck）？我說，四下張望。「在這餐館裡？」

「躲到桌子下面去，」她咬牙用氣音說。「快！」

我爬到桌子下面，躲在那堆大包小包後面，心跳得好快。

那個瘦女人的腿細得像繩子，朝我們桌子走來，我眞不懂她那雙腿踩著高跟鞋又走那麼快、怎麼都不會斷掉。

「娣亞・達達，」她說，站在我們桌子旁邊，身上的昂貴香水味蓋過了我的肉派和香腸的味道。

「妳怎麼會來巴羅根市場？」她說。「讓我猜猜——妳在調查這一區的污染狀況？」

「緹緹，」娣亞女士說，感覺那小塊蛋糕像磚頭卡在她的喉嚨。「眞高興遇到妳。妳好嗎？」

「我很好，」緹緹說。「好多食物啊。妳在等人嗎？」

行。」

「嗯哼，」娣亞女士說，笑得很勉強。「也沒有，這些都是我要吃的。我餓壞了。餓到不了嗎？幾個月——」

「餓壞了是吧，」緹緹說，聲音突然好像唱歌。「妳是不是有什麼事想跟我們說？妳有喜

「我好喜歡妳的包，」娣亞女士打斷她的話。「好高雅。」

「有沒有，」緹緹說，一手輕拍那個連著金鍊子掛在她肩膀上的藍色方盒。方盒前面有兩個交叉的金色字母「C」。看起來很貴，她腳上的黑鞋也是。

「妳知道我這小香已經跟了我三年了嗎？」她說。我聽得出她臉上有微笑。好像她很以她的小香為榮。「最高級的小牛皮。妳的包也挺可愛的。義大利貨？」

娣亞女士的袋子形狀是半個三角形，黑色和粉紅色的牛皮，上頭有顆金釦。「我的包是奈及利亞貨，」娣亞女士說。「我幾乎只穿戴奈及利亞品牌。」

「喏，選香奈兒絕對錯不了。先不聊了，我要去博德街的第一銀行開董事會議已經快遲到了。我只是忍不住法蘭基肉派的誘惑。絕對比銀行總裁給董事會議訂來的尼斯沙拉好吃多了。看了就倒胃口。得走了。幫我跟肯恩尼斯打聲招呼。記得要好好照顧自己和肚子裡的小麵團哦！我先走了！」

瘦女人踩著高跟鞋喀喀喀的走開了。

我又等了六七分鐘，娣亞女士才伸手到桌子底下告訴我可以出來了。

「我爲什麼要躲？」我說，一邊爬出來、伸展一下身體。「大夫人知道我要跟妳來市場。那個女人說妳有小麵團是什麼意思？她滿腦子都是吃的！」

「佛羅倫絲知道我們要來市場，」娣亞女士說，聽起來很累。「不過她不知道我會帶妳來吃東西。她不知道我們有這麼親近、也不知道我一直在幫妳。如果緹緹看到妳坐在我旁邊吃東西，一定會問東問西。爲了妳好，最好不要有人知道我們有多熟。還不能。妳了解嗎？」

「我了解，」我說，拿起我的肉派，在心裡偷偷咒罵瘦女人害我的肉派變冷變硬了。

那天晚上，我走進房子裡發現大夫人還沒從店裡回來，趕緊快快把家事做完、回到我自己房間裡。雖然我的身體很累，眼睛也一直要我去睡覺，我還是拿起紙筆，開始寫我的申請文章。

一開始我想到什麼就寫：我叫什麼名字、我媽媽是在哪裡生我的、我的爸爸和哥哥弟弟住在伊卡提。我說了一個沒有錢卻有很多快樂日子的故事。我編了一堆我的腦袋編得出來的美好回憶，但我寫完後讀一遍卻只覺得噁心。都是謊話，寫滿字的紙好像不停漲大、就快炸開了。

寫出妳的事實，娣亞女士說。妳的事實。

我撕掉那張紙，丟到地上。然後我深深游進我靈魂的河理，在河底找到那把生鏽的鑰匙，開了鎖。我跪在我的床旁邊，閉上眼睛，把自己變成一個杯子，倒出所有回憶。

我寫莫魯夫，寫他喝了爆竹酒之後對我做的事。寫卡蒂嘉，寫她的死和我的逃跑。寫爸，寫媽，寫卡育斯和崽仔。我告訴學校，這個獎學金是我的生命。我需要它才能活下去，才能成爲一個有價值的人。我告訴他們我需要獎學金讓我可以改變事情、可以幫助其他像我這樣的女孩。在文章的最後，我告訴他們我深愛奈及利亞，雖然我在這個國家的日子充滿很多苦難，然後我加上三條我覺得最有趣的奈及利亞事實。終於寫完的時候，我感覺好虛弱，好像我剛剛只靠半個身體游過整片海洋：一隻手、一條腿、一個鼻孔。

我想給文章取個搶眼的好標題，但我的腦袋裡面已經沒有字了。我已經沒有力氣可以想。於是我寫下我累壞的腦袋唯一想得到的：

我自己的真實故事，作者：大聲女孩阿度妮

天亮後的第一件事——在害怕讓我改變主意重寫文章、在任何人起床之前——我跑去娣亞女士家，把我寫好的文章摺好塞進她的鐵門底下。

42

事實：

穆罕默度．布哈里爲一九八三至一九八五年間的奈及利亞領導人。他於一九八四年發起「消滅無紀律之戰」，一般視此舉侵害人權、限制新聞自由甚鉅。

耶誕節像一陣激烈但無聲的風，颳過來又吹走了。

大夫人和大爹地到新年之前都天天出門，到處拜訪人很晚才回家，而且回家的時候通常又累又醉，渾身飄著喬勒夫飯、炸肉和各種飲料的味道。寇飛回迦納和妻子小孩共度耶誕，只有我留在房子裡，打掃洗衣，有機會就去藏書室讀書，帶著夾帶悲傷的心情回想在伊卡提度過的耶誕節。我想起大家都會聚集在村子廣場，點爆竹放煙火、分享洛神花飲和巧克力糖一直到深夜。

今天是二〇一五年開工第一天，大夫人要我跟她去店裡，因爲店裡有個女孩回自己村子去了，我得去幫忙。我們一起坐她的車去店裡。我坐在前面，阿布開車，一邊對著很小聲的豪薩語電臺新聞點頭。

大夫人坐在後座，跟她的朋友卡洛琳講電話。「那就糟了，」她說。「如果布哈里贏了選舉，奈及利亞人連自己怎麼死的都不會知道。想都想不到！那男人心懷不軌。妳記得八〇年代那些可怕的事嗎？多少人因爲消滅無紀律之戰丟了飯碗？我一九八四年在奧巴蘭德等公車時就被他的惡魔軍伕抓去抽了一頓鞭子。天知道他這回要是贏了會做出什麼事。我至少有三個客戶發誓要離開這個國家，自我流放海外。是啊，難道要等到悲劇眞的降臨？眞是一場惡夢。沒救了。我們得號召拉哥斯布商公會開個會，確保我們這地區的女人能說服大家不要把票投給他。

我轉頭看她、聽她說布哈里的事，因爲只要是新事物我都想學。她一邊說頭一邊上下點個不停。「我懂妳的意思，卡洛琳，我懂。但我就是不明白這對我們來說怎麼會是好事。那男人隨便立個法，我的生意就會大受影響。我的生意九成來自婚喪喜慶的服裝用布……哈。要是人們開始減少布料花費我就玩完了。眞的是玩完了。」她對到我的眼睛，說，「妳等等，先不要掛斷。」

我還來不及把頭轉回來，她就用她戴著金色寶石戒指的手指狠狠敲我的頭。我的頭一陣痛。

「妳眼睛看前面的路、不要偷聽我跟朋友說話可以嗎？白癡。」

我聽到她從袋子裡拿出什麼叮叮噹噹的東西、很像是一串鑰匙。她把東西往前座丟。東西沒打到我，只是掉到阿布腳邊、在車子的踏板那裡。阿布瞄我一眼，然後就好像什麼事都沒發生的轉頭看路開他的車。

大夫人繼續講電話。「抱歉，卡洛琳。阿度妮在偷聽我說話。妳能想像那個連上帝都想遺棄她的白癡嗎？沒，她要跟我去店裡。葛蘿莉回家過耶誕節然後就拒絕回來了。阿度妮今天去店裡幫我，等新店員來了再說。總之呢，我找到一個很棒的郵輪假期，妳一定會喜歡。我家老公當然會幫我出錢。不，不是皇家加勒比海——我們待會再說這。妳還有多遠？嗯，好，不遠了。阿沃洛歐路沒塞車，妳應該很快就會到了。一會見。」

我揉揉頭，感覺眼睛裡有熱熱的眼淚。我知道「遺棄」是什麼意思。我知道那個字是說有人丟下你，因爲你對那個人沒有任何用處。一個被丟掉的廢物。

我不是被丟掉的廢物；我是阿度妮，一個重要的人，因爲明天會比今天還好。我對自己說，自從娣亞女士教我之後我天天都這麼對自己說。阿布把車開進大夫人的店的鐵門內。

大夫人的店的階梯是白色大理石做的，每一層階梯裡都有發出白光的燈泡，照亮我們的腳。

頂樓有一個和大夫人的客廳一樣大小的房間，我四下張望，被眼前明亮時髦的一切刺激得不停眨眼。空氣因爲開了冷氣而涼涼的，聞起來有香水和錢的味道。

這裡沒有汽車或市場女人的噪音。沒有飄著各種味道的人。只有玻璃架子，從地板到天花板都是，整個房間好像被玻璃牆包圍住了。每個玻璃裡面都有一個小小的梯子，梯子上面有圓形燈泡發出明亮的白光。布料，我這輩子看過最美麗的布料，就掛在每一層梯子上。布料上有花，好多布料好多花，看起來像是大夫人把整座花園搬到店裡當作布料賣。有的布料上頭則是有寶石，亮晶晶的什麼顏色都有，紫色粉紅色紅色藍色白色黑色、還有更多連名字都喊不出來的顏色。我還看到像網子的，有像窗簾布一樣重的，也有像海綿一樣又厚又飽滿的。我數了埋在天花板裡面的燈泡，總共有十六個，圓圓的好像眼珠，全都包在銀色的金屬裡面。

我還看到兩個寇刺先生之前指店給我時看過的假人模特兒，都沒穿衣服，也都還站在店前面的窗子裡。它們腳邊堆了一大圈白色蕾絲，兩個用編籃子的方法編成的花瓶插滿黃色乾燥花、各放在一個假人旁邊。

店中央放了一張有金色的腳的紫色沙發，沙發的椅背有點往中間彎。沙發旁邊的玻璃桌上放了幾本雜誌，排成打開的扇子形狀，我看到最上頭一本的名字：《珍妮薇》。雜誌封面是三個奈萊塢的女明星，看起來有錢又快樂。

「把我的包包放在櫃檯上，」大夫人說，指著我左邊的玻璃架子，上頭有一臺小電腦、旁邊還有紙和筆。架子後面有一張椅子，高高的，坐墊是圓的。牆壁上有電視，跟大夫人客廳裡那臺一樣很薄。

我放下她的包包，等她要我做下一件事。

「儲藏室在那個門後面，」大夫人說，一邊坐在紫沙發上、踢掉她腳上的紫色鞋子。「應該沒有鎖。打開門，妳會看到地上有一袋布料。把那個袋子拿來給我。」

我再回到外面時，卡洛琳已經來了。她穿著看起來太緊的牛仔褲，金色的T恤幾乎蓋不到肚子。她腳上是一雙粉紅色高跟鞋，鞋頭又尖又利。她今天的眼珠不是綠色的，而是蜂蜜一樣的金棕色。她爲什麼可以一直改變眼珠的顏色？她會不會是在眼睛裡面戴了某種特別的眼鏡？

她頭上包著一條金色絲巾，對我點頭微笑時耳朵上兩個大大的金耳環上下跳動像在跳舞。

「這就是我訂的貼花蕾絲布嗎？」她說，接過我手裡的袋子打開往裡面看。「佛羅倫絲，妳給我的是妳店裡最上等的貨色沒錯吧？我想用這塊布做一件束腰洋裝給一個特別的人看。」

大夫人笑得像匹馬。「這特別的人又是哪一位？欸，妳這女人，哪天被妳老公逮到了，可別想我會爲妳求情。」

「他老是不在家又不是我的錯，」她邊說邊把布料攤開來，蕾絲布垂到地板上好像紅色的海浪，布料上的寶石被店裡的燈光照得閃閃發亮。「他今天在沙烏地，明天在科威特，追著錢跑。女人需要男人暖床啊。」

「我懂，」大夫人說。「誰要幫妳做這件衣服？」

「紡克，」卡洛琳說。「佛羅倫絲，這塊貼花蕾絲眞是美極了。這酒紅色多鮮活啊！看這邊邊的花紋，老天。妳要算我多少錢？」

「十五萬，」大夫人說，拿起桌上的雜誌搧風。「算給妳跟算給大家的都一樣。這五碼妳都包了嗎？」

「我在想做成到小腿肚的長度就好，」卡洛琳對著布料說。「所以三碼應該就夠了。我等不及要看紡克會在衣領的設計上變什麼魔術了。我可能會讓他再多加點寶石，因爲我要這件洋裝閃到人眼睛瞎掉！」

「妳這新男人一定很特別，」大夫人說，打了個哈欠。「瞧妳笑的。」

卡洛琳說：「佛羅倫絲，十五萬也太貴了。妳就少個五萬給我，好嘛。我現在就讓阿度妮去我車上拿錢來。」

「少個什麼？」大夫人啪的放下雜誌，坐正了。「這可是瑞士進口的蕾絲，卡洛。妳這個新男人不值這嗎？說到這，我剛進了一塊浮花錦緞。刺繡極盡奢華精美。妳一定會愛死了。我可以想像妳用它做成連身褲裝，給妳和這新男人另一次約會穿。錦緞是很漂亮的香檳金，我有條絲絨頭巾搭它正好。州長夫人剛跟我掛電話，她跟我要了三碼做洋裝好穿去美國大使館的午餐會。要我去拿來給妳看嗎？」

我看著大夫人，心想她剛剛哪有跟州長夫人通電話，但她一臉認眞。

「佛羅倫絲！」卡洛琳笑著搖頭。「我會被妳搞到破產，我發誓。兩塊各三碼要多少錢？妳說的頭巾現在在店裡嗎？」她轉向我。「阿度妮，妳幫我跑一趟樓下。我的車停在停車場裡。我的女傭坐在前座。她的名字叫做綺珊，要她把我的皮包拿給妳。」

我轉身離開時大夫人正在說：「差點忘了，我還有一塊藍綠色絹紗，妳一定會喜歡……」

卡洛琳的黑色吉普車的四個門都開著。

一個女孩坐在前座，用耳朵和肩膀夾著手機在說話。她對著手機點頭笑，一邊拿湯匙從她放在大腿上的盒子裡舀了喬勒夫飯在吃。

司機的臉讓一頂黑帽子遮住了，躺在放平了的駕駛座上睡覺。他的兩條腿翹高高的，放在方向盤和打開的車門中間。我走近車子的時候他動都沒動。

「哈囉，」我說，看著女孩，一手壓在咕嚕叫的肚子上。「請問妳是卡洛琳夫人的女傭嗎？」

她看起來一點也不像女傭。她的頭髮編成漂亮的粗辮子垂到她背上。她的洋裝是鮮豔的黃色和粉紅色，有樹上鳥兒的印花圖案，和我身上的完全不一樣。我看不到她的腳，不過她握著湯匙的手指甲顏色是和她洋裝一樣的粉紅色。

「我等一下再打給你，」她對手機說。

「或者妳是卡洛琳夫人的女兒？」我問。她說不定是卡洛琳的女兒。她看起來像女兒、打扮也像女兒、說話也像女兒。

「哈囉，」她對我說。

「我在找綺珊，」我說。「卡洛琳夫人的女傭。她要我幫她把皮包拿去樓上。」

「我就是綺珊，」她說，上下打量我。「妳是大夫人的女傭？」

「是的，」我說。「她要我來拿她的皮包。」

「沒問題，」女孩說，轉身向後座、拿來一個上頭印了滿滿L和V字母的黑色皮包交給我。「妳叫什麼名字？」我接過包包的時候她問我。

「阿度妮。」我看著她，吞下嘴巴裡熱熱的口水。她拿起那盒喬勒夫飯的蓋子，蓋住裡頭的米飯和炸肉。

「喏，阿度妮，妳怎麼會瘦成這樣子？」她看看我，然後看看那盒飯，笑了。「妳要不要我剩下的飯？」

我把眼光從那飯盒上移開。我不能拿，因爲大夫人會揍我一頓。但我說不定可以找個角落趕緊吃掉它？

「芮貝卡老是餓著肚子，」綺珊說。她用手把蓋子壓緊了，然後把整盒飯送到我面前。「收下吧。我家夫人會再給我買一盒。」

「妳認識芮貝卡？」我睜大眼睛，完全忘了肚子餓和那盒飯。「怎麼認識的？妳知道她到底出了什麼事嗎？她是從阿岡村來的嗎？」

綺珊聳聳肩。「她常常提到阿岡，」她說。「我和她不熟，不知道她是不是從那裡來的，不過我每次在這裡遇到她都會給她食物。然後有一天，她突然就不來了。」

「她從什麼時候開始不來的？」我問。

綺珊想了一下。「差不多就是她開始變胖的時候。她本來超瘦的，跟妳一樣。」

「她變胖了？」我的心愈跳愈快，想起我枕頭下面的腰珠。也許她脫下腰珠是因爲變胖了，只不過腰珠是用鬆緊帶串起來的，可以撐得很大很大，她其實不一定得脫下來。我嘆氣。

「綺珊，她有跟妳說——」

「阿度妮！」大夫人在樓上大叫。「卡洛琳的皮包是在沙烏地阿拉伯嗎？要不要先幫妳辦個簽證再去拿包啊？要是讓我下樓去找妳，絕對讓妳——」

「馬上來了，夫人，」我沒讓大夫人吼完就趕緊回答。

我很快轉身，往樓梯跑的時候還差點跌倒。上樓前我回頭，看到綺珊看著我邊搖頭邊笑。

「妳的店好棒，夫人，」我對大夫人說。阿布正要把車開上一座短短的橋。

「好大，好漂亮。」我肚子好餓，不說話會讓我嘴巴愈來愈臭，於是我一直說，雖然大夫人坐在後座大聲呼吸，並沒有回答我。

「好像天堂一樣，」我說。「那些燈光，亮晶晶的好漂亮。整間店裡聞起來都香香的。更不用說布料，全都好高貴，好美。」

阿布瞄我一眼，好像在問我腦袋是不是有問題，但我還是繼續說：「還有那些進到妳店裡和打電話來訂貨的人，全部都是奈及利亞的重要人物。妳的孩子們一定很以他們的母親爲榮。」說完我就安靜下來。

阿布把車轉進大夫人家的那條街時，她終於開口：「妳這麼覺得？」

一開始我並不確定她是在跟我說話，所以我只是用氣音小小聲說：「我覺得是。」

大夫人笑了。眞正的笑。我轉頭看後座。她在微笑。對著我微笑。和我一起微笑。

「妳好會賣東西給每個人，」我說，完全忘了肚子餓、忘了綺珊和所有煩惱的事。「今天進到店裡的客人全都跟妳買了東西，讓妳賺了好多錢。看妳做生意感覺好容易。老實說，夫人，如果我將來想要賣布，夫人，我一定要像妳一樣。」

「像我一樣？」大夫人一隻她戴滿金戒指的手壓在胸口又笑了，而她本來又紅又累的眼睛這時閃閃發光、照亮整臺車子。「阿度妮，我是白手起家的，」她說，坐正了身體往前靠。「十五年前，我還只是用車子載了滿後車廂的便宜佈料到處兜售。我不是生來就有錢。我的成功都是努力工作換來的。我拚命打拼。這並不容易，尤其我先生沒有工作。如果妳想像我這樣做生意，阿度妮，妳必須非常努力。不能讓任何事打倒妳。還有，永遠永遠不要放棄妳的夢想。妳聽懂了嗎？」

我點點頭。眼睛一直看著她。我感覺我和她之間分享了一點什麼。某種溫暖濃厚的東西，像老朋友的擁抱。

阿布按喇叭，大夫人眨眼，往窗外看。「啊？已經到家了嗎？阿度妮，妳盯著我看做什麼？還不趕快滾下車進屋去，再拖拉看我把妳的頭切下來！白癡！」

我下車，拋開我們剛剛分享的那點什麼——溫暖的一眼、短短的微笑、想她說不定能對我好一點的希望——快步跑進主屋裡。

43

事實：

奈及利亞的基督教徒人數爲非洲第一。一場教堂禮拜甚至可以有多達二十萬信衆參與。

布哈里贏了選舉。

寇飛開心得跳舞，好像他和布哈里同父同母一樣。「改變來了！」上星期電視宣布選舉結果時他說，然後摘下頭上的白帽子往上丟再笑著接住。「改變來了！奈及利亞將邁向繁榮！我們一直在等待的就是這一刻！」

爸一直都很關心選舉，所以我心裡帶著傷感忍不住想，不知道他有沒有開心得跳舞，不知道他還會不會想到我。

但大夫人氣壞了。她不停詛咒布哈里，害我擔心他會不會眞的突然死掉。她說他是巫醫。

說他連英文都不會。這倒讓我想起，如果布哈里不會說英文還當上總統，那阿度妮將來說不定也有機會變成總統？

今天是四月的第一個星期天，我們要去人夫人的教會參加女性企業家的特別感恩禮拜。她要我跟她一起去，幫忙拿那一大袋她要送給其他女性企業家的布料禮物。我來到拉哥斯後就沒去過教堂了，所以很興奮的上車坐在阿布旁邊。

大夫人和大爹地坐在後座。大夫人穿著她的咘咘袍，不過這件是厚重的金色布料，厚重到我得爲她提起衣擺幫助她爬上車。咘咘袍肩膀和袖子都裝飾著白色的閃亮寶石，領口則有一圈很寬的銀色蕾絲。她的金色蓋麗頭巾好像一艘停在她頭頂的小船，耳環是一串五顆的紅色珠子、垂到她肩膀上。

我還穿著芮貝卡的鞋子。鞋子邊邊已經裂開了，我昨天才剛用針線縫起來。我喜歡這雙鞋，它讓我覺得我好像認識芮貝卡，好像我用我的腳帶著她到處去、和她分享她的生活和祕密。我知道我很快就會知道她發生了什麼事，知道她爲什麼失蹤、爲什麼這房子裡沒人要講她的事。

娣亞女士還在哈科特港，她今天早上才送簡訊給我。她說她媽媽新年之後就住院到現在，不過現在事情「終於穩定下來，預計將搭下一班飛機飛回拉哥斯。」她也說到她先生，「感謝有他，每星期五都飛來哈科特港陪伴我。」

我把她的簡訊讀了三次之後才回她：**好的。很快再見了**。

「等會到教會你有錢奉獻嗎？」大夫人問大爹地說。車子爬上那座看起來像是用很多條線吊起來的橋，兩邊都是細細的白色手指。我猜這裡就是娣亞女士早上跑步的萊基—伊格邑橋。

「妳這是什麼蠢問題，佛羅倫絲？」大爹地說。「妳有把奉獻的錢給我了嗎？」

大夫人嘴裡嘀咕，打開她的羽毛包，拿出好幾捆用棕色橡皮筋綁起來的錢。「這裡有五萬奈拉，」她抽出一捆錢對大爹地說。「一萬是今天的奉獻金，剩下四萬是你下週末出席好男人會談的捐款。契夫，拜託你錢要捐出去，我上次給你二十萬捐給半百男子避靜會，教會祕書一直沒收到錢。」

大爹地一把抓下錢，塞進他身上那件綠色阿格巴達衫的口袋裡。「妳怎麼不乾脆等我們到教會再拿麥克風對會眾公佈說妳給了妳丈夫、堂堂一家之主男子漢二十萬奈拉參加避靜會，結果他卻把錢拿去花掉了呢？沒用的女人。」

大夫人點點頭，但她的下巴在發抖、因爲忍哭而發抖，我對她感到同情。她轉頭面對車窗抽鼻子吸氣，阿布把廣播開得更大聲，讓週日新聞的聲音塞滿車子裡面。

我們就這樣一路安靜，只有廣播說個不停。阿布把車開下橋，在一個路口左轉。

阿布把車停好，大夫人下車，但大爹地留在車上。他說他等一下再進去、說想先抽根菸才能打開胸懷接受來自天堂的聲音。

教堂是一棟帽子形狀的圓頂建築，屋頂最上面有一個很大的金色十字架。我數了數總共有五十面窗子，全都是畫了鴿子和天使的彩色玻璃。停在院子裡的車很多都是跟大夫人一樣的吉普車，從車上下來的人全都打扮得好像要去參加生日派對還是婚禮，金色高跟鞋、彩虹一樣各種顏色的蓋麗頭巾、昂貴的蕾絲、女人臉上厚厚的化妝。

在伊卡提，我們的教堂只有屋頂、板凳、一個唱歌用的鼓，而且大家穿得像是在守喪，唱歌也像在哀悼。但這個教堂，還在外頭我就已經聽到音樂、讓我想要跳舞。

我們走上樓梯，走進一個像是客廳但沒有沙發的地方。裡頭涼涼的，好多人在說話、互相微笑、說週日快樂。我們前面就是教堂大門，兩道玻璃門前面鋪著紅地毯。

一個女人好像守門人一樣站在其中一道玻璃門前面，她穿著緊到好像會害她呼吸困難的黑色裙子，紅色襯衫像是跟兩歲小孩借來穿的、把她的胸部擠到她脖子上。她臉上厚厚一層妝底下到處都是青春痘，讓她看起來好像是長麻疹還沒有全好。

「早安，歡迎來到歡慶會場，」她說，送給大夫人大大的微笑，拉開的嘴角害得嘴巴旁邊的痘痘擠成一團。

「我想這應該是您的女傭吧？」她說，看我的樣子好像我衣服前後穿反了。

我跪下迎接她。「早安。」

「阿度妮，起來，把我的皮包拿來，」大夫人說。「是的，她是我的女傭，」她對女人說。「我沒記錯的話，她不能進去教堂會場是吧？禮拜結束後我需要她去車上把布料拿過來。」

女人點點頭。「她不能進去。她得去後面參加女傭禮拜。我現在帶她過去，結束後再帶她來找您。夫人您請進。上帝保佑您。」

我站在那裡，看著大夫人走進玻璃門，一股很強的冷氣和歌聲從裡頭飄出來。

「我爲什麼不能跟我家夫人一起進去？」門把大夫人吞進去後，我問女人。「她做完禮拜後我要怎麼找到她？我不認識拉哥斯。我不想迷路。」

女人拉開嘴角很快微笑一下。「不要擔心，妳不會有事的。跟我來，往這走。」

我們走到教堂遠遠的後面。她踩著紅色高跟鞋，走路樣子好像是走在一根拉緊的繩子上。我們走過一條兩邊都是樹叢的小路，小路好像是一顆長著濃密短髮的扁頭上的分線。我們走到一棟小屋前面。這是我第一次在拉哥斯看到會讓我想起伊卡提的灰色小屋。沒有門、沒有窗、沒有塗油漆。小屋旁邊還有一間更小的房子，一樣也沒有門。我還沒看到裡頭的白色馬桶和地上破掉的棕色磁磚之前就先聞到了尿騷味。小屋感覺是胡亂蓋起來然後被扔到教堂後面的，因爲蓋前面的漂亮教堂已經把錢都花光光了。

「女傭的禮拜在這做，」她說，一邊用手遮住鼻子，尖尖的紅指甲刺進臉頰裡。「馬桶壞了不能沖水，已經請人來修了。希望下星期天之前可以修好。總之呢，妳就進去和其他人一起坐著吧，牧師再一下就來了。結束後我們會來接妳，懂嗎？」

我走進小屋，看到五個女孩坐在地上。她們看起來年紀都和我差不多：十四，十五，全都穿著髒兮兮的安卡拉或素色洋裝，鞋子跟溼掉的衛生紙一樣到處破洞。頭髮沒整理，或是剪短到貼頭皮。她們身上都有汗臭，感覺都很需要好好洗個澡。她們看起來很悲傷、迷失、害怕。

和我一樣。

「大家早安，」我微笑說，看能不能和哪個女孩說上話交朋友。

但沒人回答我。

「早安，」我又說一次。「我是阿度妮。」

一個女孩抬頭，眼睛盯著我看。她眼睛裡沒有善意。什麼都沒有，只有害怕。冷冰冰的害怕。她沒說話，但她的眼睛似乎在說：妳是我。我是妳。我們的夫人不同，但我們都是一樣的。

我到處打量，看到綺珊坐在最右邊的角落裡正在玩手機。我忘了其他女孩，快步走向她。她的耳朵裡有白色的線，跟著我聽不到的音樂點頭一邊咬口香糖。她看起來很開心，穿著她的藍色教堂洋裝、黑皮鞋、乾淨的白襪子。我在她前面蹲下來，心裡想，她眞的和我還有這裡其他的女孩一樣都是女傭嗎，或者是卡洛琳對待她女傭的方式和其他人都不一樣？

「綺珊，」我說。

她用口香糖吹了一個泡泡，用舌頭戳破。然後她拍拍她旁邊的地上要我坐下，拉出耳朵裡的耳機。「瘦皮猴！」她說。「妳好嗎？」

「我叫阿度妮。我很好，謝謝妳問，」我說。「這是妳的教堂嗎？」

「不，」她說。「我家夫人通常去別的教堂，今天是爲女企業家聚會來的。我們爲什麼得來這裡？坐在地上？我問那個痘痘女，她只說『這是協定』。我夫人要我跟她走，說禮拜結束後她會提出抗議。『協定』到底是什麼?」

「我也不知道。」我坐下，把腳收靠近身體，跟其他女孩一樣。「妳夫人對妳很好，」我說。「爲什麼?」

「因爲她是個好女人，」綺珊說，「也因爲我和她，我們了解對方。我照顧她，她照顧我。」

「怎麼照顧?」我問。如果她能告訴我，那我也可以照顧大夫人、讓她對我好一點。

「我知道我夫人的一些事，」綺珊說。「一些沒有人知道的事。她全部的祕密，所有一切，我全爲她守密守得好好的。我和她不只是夫人和女傭。我們更像姊妹。但妳和這裡其女孩?妳們做什麼都沒辦法讓妳們的夫人對妳們好一點。不可能。那些夫人心地大多不好。」綺珊把耳機塞回耳朵裡，開始搖頭晃腦彈手指。

我等了一下，然後用手肘推推她。「綺珊?」

她拿出耳機，沒好氣看著我。「幹嘛?」

「在店裡那天，」我輕輕說，「妳說芮貝卡本來很瘦，後來開始變胖。妳知道她變胖之後怎麼了嗎?她爲什麼會變胖?她是跑掉的嗎?」

「我不知道，」綺珊說。「我和她沒聊過幾次，但我看到她的時候，她變胖好多。之後我又看到她一次，她甚至變得更胖了。然後我就懂了。」

「我愈聽愈糊塗了，綺珊，」我說。一個男人走進小屋裡。他穿著像工人的衣服，腋下夾著厚厚的黑色聖經。「哈囉，大家好，」他說，對著坐在地上的我們微笑。「我是克里斯牧師。我們今天要——」

「妳懂了什麼？」我問綺珊。我的心跳得好大聲，蓋住了牧師說話的聲音。「告訴我，妳懂了什麼？」

「芮貝卡跟我說她要結婚了，」綺珊低聲說。「她很開心，但似乎也很害怕。我不久就聽說她有天下午去市場之後就沒回來了。不過——」

「我說可以請大家都站起來嗎？」牧師拍手說。「角落那兩位，不要聊天了。站起來！」

「等等，」我對綺珊說，完全沒理會牧師。「芮貝卡要嫁給誰？」

「我不知道，不過我覺得——」她遮嘴。「噓！牧師走過來了。」

那之後我就沒能再跟綺珊說到話了。

我們的禮拜做到一半，她的夫人卡洛琳就來把她接去前面那間漂亮的大教堂。禮拜結束後，我站在教堂大門外想找到她，我看著那些穿著體面衣服的男人女人，吃肉派談笑、聊剛剛的禮拜，就是沒看到綺珊或卡洛琳。我想過要進去教堂裡面找，但大夫人扯住我的頭髮把我拉上車。

我們在車子裡，安靜的開在回家的路上。

大爹地在後座大聲打呼，大夫人對著手機在講「爲兩百名婚禮賓客提供烏干紗」的事。

然後我們就到家了，大夫人和大爹地下車，但我沒有。我不想進去房子裡。我想留在這裡，在這臺車子裡，永遠躲起來。

綺珊說的芮貝卡那些事一點也說不通。如果她要結婚了，寇飛怎麼會不知道？怎麼會沒人知道？我嘆氣。我好累，好餓，好想不通。我也對自己生氣，氣自己以爲芮貝卡出了什麼不好的事，但她其實很開心而且就要嫁人了；她說不定是因爲不想要大夫人阻止她的結婚計畫所以才跑掉。

就像我也不想要大夫人阻止我的獎學金計畫那樣。

不過她如果只是要結婚，爲什麼要脫下腰珠？

我再次嘆氣。

大夫人在教堂拉我頭髮，我的頭皮到現在還在痛。我的身體愈來愈像地圖，到處都是大夫人每次打我的不同痕跡。我背後的傷口是她用鞋跟打出來的，還沒好就又被打一次，快乾掉又裂開的傷口發臭了一星期。我耳朵後面也有，額頭左邊也有。

我要怎麼才能離開這裡得到自由？四月底感覺好遙遠，雖然也只剩幾個星期而已。到時我不知道會不會贏得獎學金，就算贏了，大夫人會放我走嗎？我好想念伊卡提，想念我以前的生活。我的心一陣絞痛、忍不住哭了出來。

「阿度妮，」阿布說。我抬頭，忘了他還在車裡。「怎麼哭了呢？」

我擦擦臉。「因爲所有事情，阿布，」我說。「我的人生、芮貝卡、全部。我眞的好累。」

我的手放在門把上，正要推開車門。

「等等，」阿布說。「爲什麼芮貝卡害妳哭？她又不在這裡。」

「是，」我說，然後告訴他腰珠和綺珊說的話。

阿布邊聽我說邊點頭，我說完了之後，他嘆口氣說：「願阿拉與她同在。」

「阿門，」我說。「我不知道爲什麼一直覺得她遇上不好的事、覺得她遇上的事我也會遇上。我感覺跟她很親近。她是阿岡村來的，跟我的村子很近。但現在，我想她應該是沒事。她只是逃走去結婚了。我一直都在擔心沒有的事。」

「阿度妮，」阿布說，然後回頭看看離這裡很遠的主屋。「我想讓妳看一個東西。一個我在車子裡面撿到的東西……在芮貝卡失蹤之後。」

「什麼東西？你看到什麼？」

「現在不方便，」他說，又回頭看了一眼。「東西在我房間裡。等晚上大爹地也睡了或是他不在家的時候我再拿去給妳，這樣好嗎？」他的表情好嚴肅，眼睛睜大大的充滿恐懼，我感覺我的心跳也變快了。

「好，」我說。「你來的時候敲三下門，這樣我就知道是你。我晚上不想隨便開房間門。」

「嗯，」他說，點點頭。「我會敲三下，然後在妳房間外面等妳。」

「那就到時候再聊了，」我說，胸口的手機突然震動了一下。我下車，走離開阿布，然後躲在一個花盆後面把手機拿出來。

是娣亞女士送來的簡訊：

正要登機回拉哥斯。明天下午洗浴時見。

妳夫人答應讓妳跟我去「市場」。不必回覆。ｘｘ

我微笑，猜想那兩個ｘｘ是什麼意思。我把手機藏回胸罩裡面，跑回主屋裡開始做下午的家事。

44

事實：
約路巴族人認爲雙胞胎是來自上天強大而神奇的賜福，相信他們會爲誕生的家庭帶來財富與保護。

「嘿，」娣亞女士對我說。我們星期一下午終於在大大人家的院子裡見到面。

她坐在椰子樹下，看到我來馬上站起來、拍掉屁股的沙土。「老天爺，看看妳！怎麼瘦成這樣！我們眞的有將近四個月沒見面了嗎？」

「是的，」我說。「從耶誕節前到現在。」

她很快的抱我一下。「我中間其實從拉哥斯飛回來過好幾次，不過都只是匆匆進辦公室處理一些事情。我應該要來看妳，但眞的抽不出空。妳有收到我的簡訊嗎？」

「有，」我說。「妳媽媽怎麼樣了？有沒有好一點？妳和她有沒有比以前更親近了？」

我拉起鐵門的掛鎖、推開門，和她一起走到外頭路上，往她家去。我們前面的黑色路面被太陽曬得好像到處都是油，最上層還有淺淺起伏的波浪。

她點點頭。「她胸腔嚴重感染，差點就走了，還好她設法撐了過來。我和她之間好多了……謝謝妳的關心。妳的耶誕節和新年過得怎麼樣？妳的大夫人呢？她還會打妳嗎？妳眞的又瘦了好多。」

她總是問我大夫人還打我嗎，但我的答案從來沒變過。「昨天從教堂回來後，她朝我頭上潑水，」我說。「有人用了樓下廁所沒沖乾淨。馬桶裡有大便。她說一定就是我。她打我，說我是惡魔轉世，還說我是油滋滋的大騙子。她從來也沒讓我吃飽過，怎麼說我油滋滋？她要我伸手進去馬桶裡面把大便一塊一塊撈出來，帶回我們自己的廁所。」

娣亞女士看起來快吐了。「這實在……」她搖搖頭，之後就沒再說話，直到我們走到她家，看到好大一臺車子停在鐵門前面。

娣亞女士慢下腳步。「那是我婆婆的車，」她小聲說。「我跟她說妳要跟我去。肯恩說服她讓妳一起來。我簡直不敢相信我竟然同意做這個儀式，可誰知道呢？也許洗浴眞的有效，可以讓這些……這些來自她、來自所有人的壓力都停下來。」她搖搖頭，然後放低聲音像在對自己說話。「我去年底就把避孕藥停了。我們該做的都做了，就是沒消息。這實在太叫人洩氣了。」

避孕藥就是藥，草藥也是藥。像卡蒂嘉在莫魯夫家幫我做的讓我不會懷孕的草藥。如果娣亞女士已經沒吃讓寶寶不要來的藥，然後他們又已經試了好幾個月，那寶寶爲什麼還不來？

我把手放在娣亞女士肩膀上，跟她說沒事的，就像她常常對我說的那樣。

她給我一個帶淚的微笑，拉起我的手。「來吧，我們可以的。」

娣亞女士的婆婆很瘦，鼻子形狀很像茶壺。

她看起來就像是下巴少了鬍子的肯恩醫生，頭上再戴頂短短的黑色假髮。她穿著一件上頭有寶石、看起來很貴的紅色蕾絲洋裝，我跟她問好時她只是用她的茶壺鼻子吸了口氣。

娣亞女士上車，坐在她婆婆旁邊，而我和司機坐在前座。

「莫斯科，」醫生媽媽對司機說。「我們要去伊克賈的奇蹟中心。就是在超市路口附近那家。記得嗎？」

莫斯科的腦袋裡好像裝了乾掉的水泥、重到頭都抬不起來。他回答說是的、他記得那個地方，然後開始開車。他轉開廣播，而我坐在那裡，被冷氣吹得好冷，聽廣播裡的女人講美國話、說新總統布哈里還有奈及利亞將會因爲他而變好。

娣亞女士和醫生媽媽坐在後座沒有說話。車子裡面唯一的聲音來自廣播裡那個講美國話的女人。她說得好快，整整一小時裡面我只聽懂了三個字：「歐巴馬」。

這一路上塞車是我遇到過最嚴重的一次。外頭每輛車裡的人都跟瘋子一樣拚命按喇叭、罵髒話。三小時之後，司機終於轉進一道鐵門裡面、停車熄火。

醫師媽媽對娣亞女士說：「我們到了。用這條絲巾把妳的頭包起來。這裡是聖地。報紙拿去給前座那個。她也得把頭髮蓋住。我眞搞不懂妳爲什麼非得帶個陌生人，還是鄰居的女傭，一起來這麼神聖私密的場合。我完全想不通。」

「她就是得跟我來，」娣亞女士說。「這是我們的協議。如果她不能一起進去，那我馬上離開。絲巾給她用，我用報紙就可以。」

「然後把自己搞得像個什麼？窮酸鬼？娣亞，我拜託妳，像樣一點。」她說得好像她對娣亞女士和她搞出來的麻煩已經感到很厭煩了。

「是我邀請她來的，」娣亞女士說。「她又不是自己想來，這樣還讓她用報紙包頭未免太不公平。」

「我不准妳頭上包報紙走進去裡面，」醫生媽媽說。

「不進去正好，」娣亞女士說，兩隻手叉在胸前、上唇翹得高高的像個鬧脾氣的孩子。「除非阿度妮包絲巾，否則我一寸都不會離開這輛車子。」

醫生媽媽用約路巴語低聲咕噥。我知道娣亞女士聽不懂，不過醫生媽媽問說娣亞女士是不是腦袋有問題、還問肯恩醫生是去哪找到這個外國來的哈科特港瘋女人娶回家。

我不想她們爲了我吵架，所以我轉頭面向後座。「我可以用報紙，」我說。「我甚至可以把報紙穿成洋裝妳信不信。報紙呢？」

我看著娣亞女士，用眼神求她把報紙給我。

娣亞女士點點頭，從座位上拿起報紙交給我。我用報紙圍住頭，這裡壓壓那裡摺摺還撕破不少地方，最後終於看起來有那麼一點點帽子樣。

「看到沒？不錯吧，」我說，咧開嘴對她們大大微笑。

醫生媽媽咬牙吐氣，推開車門下車。「我先進去，」她說，用力甩上門走了。

我和娣亞女士我看妳妳看我，爆出大笑。

奇蹟中心的先知是個O型腿的矮男人。他的腿是兩個面對面的字母C，走起路來不像走路更像在彈跳。

他有一雙瞇瞇眼，就算醒著也讓人很想拍拍他要他醒來。他穿著一件紅色長袍，肚子綁著白色腰帶；他的白色帽子中間有個歪歪的紫色十字架。他手上還拿著一個小金鐘。我和娣亞女士走進教堂時，他跳起來把金鐘搖得哐噹哐噹響、對我們說：「歡迎來到聖域。請坐下。」

這裡頭擺了差不多三十張木頭長凳，很像我在伊卡提的教室。醫生媽媽坐在一張長凳的一端，我和娣亞女士於是也坐到同一張長凳上。

教堂最前面有一座畫著長長棕色十字架的木祭臺，後面掛著一張男人的畫像。我想那應該是耶穌，但這個耶穌看起來好餓，臭著一張臉；他的樣子有點像倫敦的凱蒂，有一頭棕色的長髮。

為什麼耶穌看起來這麼像外國的人？也許耶穌是外國來的？

空氣裡面有一股很強烈的味道，我的鼻子找到地上的三捲綠色蚊香正在冒出波浪形的灰煙。地上也有紅色蠟燭，我數了數，祭壇附近總共有十五根。

「阿拉費亞，」先知說。

「他說平安，」我對娣亞女士小聲說。「『阿拉費亞』是約路巴語平安的意思。」

娣亞女士也對先知說「阿拉費亞」。

我呢，我對男人說午安。

「阿拉費亞，」他對我說，又搖了一下鐘。

醫生媽媽開始用流利的約路巴語跟先知說話。她說娣亞女士嫁給他兒子整整一年了還生不出寶寶。她說她已經禱告到煩也唸到煩了，她覺得娣亞女士身上有惡靈把寶寶吞掉了。她說娣亞女士一定是從外國把惡靈帶回來，他們必須把惡靈趕回外國去。她轉頭看我一眼，因爲她知道她說的我全部聽得懂。

我呢，我的眼睛看著先知的腳。他沒穿鞋子，腳趾頭看起來像燒焦了。

「所以妳才帶她來做這個強大的洗浴儀式，」先知用英文說。「這裡是解決疑難雜症之地，阿門。奇蹟之地。二十四小時的奇蹟。」他咳嗽。「她有沒有多帶一套衣服？她穿來的衣服待會都要丟掉。她來時帶著憂傷和不孕，回去時將會帶著一對雙胞胎。阿門！」

「一個寶寶就夠了，」我低聲說。

「雙胞胎，」醫生媽媽說，瞪我一眼。「阿門。兩個男孩。」

「我在後車廂裡放了一件牛仔褲和乾淨的T恤，」娣亞女士說。

「很好，」先知說。「年輕女人，跪下，讓我先為妳禱告。」

娣亞女士從木凳上站起來、跪在地上。我和醫生媽媽也跟著跪下。先知開始搖搖晃晃繞著娣亞女士走。他繞完一圈搖一下鐘，紅色長袍張開來好像老鷹的翅膀。然後他連著繞兩圈再搖兩下鐘。他就這樣重複七次，繞到他自己看起來都暈了。他停止搖鐘後兩分鐘我都還能在腦袋裡聽到鐘響。

接著他開始跳上跳下、一邊拍手說：「以利……亞……寶寶……」醫生媽媽的頭點、點、點個不停，說：「男寶寶、男寶寶。」

娣亞女士偷偷睜開一隻眼睛，看起來好像快要笑出來、趕緊又閉眼。

我們就這樣跪著，直到先知停止跳動，宣布說可以開始做助孕洗浴了。

45

事實：

奈及利亞有不少世界上最富有的牧師，身家甚至高達一億五千萬美元。

先知走在我們前面，帶我們走過紅土小路。小路兩邊的花盆裡種著長滿尖刺的綠色植物，樹枝形狀像手、只是手指全都斷掉了。一個女人站在小路盡頭，她穿著和先知一樣的長袍，臉上掛著上下顛倒的微笑迎接我們。她的模樣讓我想起蒼蠅。女人身體和四肢瘦瘦乾乾的，深色皮膚上長滿體毛，兩個眼睛大到幾乎撐到頭的兩邊，裹住身體的紫色長袍像輕薄的翅膀。她頭上戴著和先知一樣的白帽子，不過她的帽子撐得鼓鼓的。我瞄到她在帽子底下戴了紅色假髮，假髮看起來像被車子壓過很多次。

她跪在男人面前。「阿拉費亞。」

男人點點頭，手按在她的帽子上。「妳也平安，耶路撒冷之母。」

他轉向我們。「這位是耶路撒冷之母蒂努，」他說。「她是我們的首席女性助孕士。她是助孕奇蹟部門法力強大的一員。妳們可以叫她蒂努媽媽，她不會介意的。她會帶我們這位姊妹去河邊。那裡男人止步，所以我會在這邊等候各位。」

娣亞女士發出好像被捏了一把的聲音。「現在？我們可不可以，呃，再等一下？我需要時間想一下。把事情搞清楚。」

「你剛剛用金鐘繞她七圈了嗎？」蒂努媽媽問先知。「因爲祈禱儀式之後一定得洗浴。回不去了。」她微笑。「花不了多少時間的。」

「阿度妮可以跟我一起來嗎？」娣亞女士問。

「蠢，」醫生媽媽說。「愚蠢至極。」

「阿度妮，妳可以跟來，」蒂努媽媽說。「不過儀式進行的時候妳得閉上眼睛。這裡不是電影院。」

「是的夫人，」我說。

「去吧，」先知說。「洗浴之後來教堂找我，我再給妳擦身體用的特製乳膏。」

「還有乳膏？」娣亞女士說。「喏，那要不要再加碼麗池酒店套房和豪華禮車送我們回家？妳不是說就是一個簡單的洗浴而已嗎？」

「這我們待會再討論，」醫生媽媽咬牙說。「眼前妳就行行好，配合一下。」

「跟我來，」蒂努媽媽說。

我們跟在她後面，左轉走到另一條小路上。我腳下的紅土溼溼冷冷的，石子刺進我的鞋子裡。

我們一直走，終於看到一個棕色石頭堆起來的圓形山洞。空氣中有聲音，遠方有一群女人在哼唱著沒有歌詞的歌、一首憂傷的歌。

娣亞女士緊緊捏住我的手、緊到我感覺要破皮流血了。

「這是什麼鬼地方？」她用氣音在我耳邊說。

「這不是鬼地方，」我也用氣音回答她。「這裡是聖地。」我喜歡娣亞女士，但她不時會問一些奇怪的問題。

「那些女人靈魂出竅了，在爲妳的洗浴做準備，」蒂努媽媽說。「穿過這個洞穴就是聖河，洗浴儀式進行的地方。妳帶了衣服來換吧？」

「我已經跟剛剛那個男人說過衣服在車上，」娣亞女士說。

「我想妳們應該已經付清費用了吧？」蒂努媽媽的眼睛從娣亞女士看到醫生媽媽。「我們這裡規定很嚴格。洗浴之前要先結帳。」

「結帳？」娣亞女士說。「做這要付錢？」

「我都處理好了，」醫生媽媽用硬梆梆的聲音說。

「那好，我們走吧，」蒂努媽媽說。「儀式一結束，阿度妮，妳就跑去車上拿衣服。」

「跟我來，」她對娣亞女士說。「頭要低一下才進得去。裡面都是石頭，可別撞到頭了。妳們是來解決問題，不是製造頭痛的。」她說完自己笑起來。

我們低著頭，像老人一樣走進洞穴。地方很小，所以我們排成直線：蒂努媽媽在最前面、然後是我、然後是娣亞女士、最後才是醫生媽媽。洞裡很暗很窄，全部都是石頭。我的頭撞了幾下，只好彎得更低，幾乎是用爬的才終於走出洞穴。我們面前就是河床，三根大樹枝垂得低低的，好像在禮拜河邊這片泥巴地。河水是深綠色的，波浪像舌頭，舔上卡在河岸灰色石頭之間的金棕色樹葉。這地方帶我回到好久以前那個地方，那裡的我看著天空，看著烏雲漸漸蓋過橘色的天空、太陽被雨逼得躲起來，我回到那個時候，看著卡蒂嘉為自己的靈魂和上帝爭戰。這裡也很暗，好像雨就要來了，但這回遮住天空的只是茂密的樹葉。

四個女人跪在河邊。她們胸口綁了白布，頭上包了白色頭巾，脖子上掛著貝殼項鍊。她們的身體不停擺動，好像有風在吹動她們、也好像是低垂的樹枝在她們耳朵邊低唱一首輕柔的悲歌。

「嗚，」她們嘴巴發出聲音。「嗚。」

「我不喜歡這個場面，」娣亞女士低聲說，把我的手捏得更緊了。「我一點也不喜歡。」

「我也不喜歡，」我說。

「我們可以想辦法拖延一下嗎？」她對著我耳朵說，依然緊捏我的手。

「肅靜！」蒂努媽媽在我們前面大叫，娣亞女士嚇得跳起來。

「在助孕士面前不准說悄悄話，」蒂努媽媽說。「在這裡等一下。一步都不准往前跨。我去把聖布和聖帚拿來。」

蒂努媽媽走開後，娣亞女士說：「掃帚？做什麼用？」

我在伊卡提從來沒聽過有人用掃帚洗身體。我知道可以用海綿，也聽過黑肥皂。但沒有掃帚，也不是在教堂。掃帚的事讓我很不舒服。「我不知道，」我說。「也許我們得先掃一下地？」

「阿度妮，妳聽到那女人剛說的，」醫生媽媽說。「閉上妳的嘴。」

蒂努媽媽朝我們走來。她手裡拿著一塊摺起來的白布，還有看起來很像是幾支長掃帚的東西。她走到我們面前，我才看清楚那是四支掃帚。掃帚是用又長又細的樹枝做的，一整把用紅繩子從一頭綁起來。我們在伊卡提都是用這種掃帚掃地。她們拿來這裡是打算怎麼用？

「這給妳，」蒂努媽媽說，把白布拿給娣亞女士。「衣服脫在地上。大條白布給妳包身體，小條的包頭。」

娣亞女士接過白布，慢慢的脫掉她的牛仔褲和T恤。她身上只剩下粉紅蕾絲胸罩和內褲。她的肚子和地板一樣平，皮膚光滑。她肚臍左邊有一個記號，顏色比她的膚色深，形狀很像倒過來的非洲。她把摺成方形的白布壓在胸前，沒說話。一個字都沒說。她的嘴唇抖個不停，好像想要爆出憤怒的話語，但有什麼東西阻擋了她，壓制了她。

「來吧，娣亞，」醫生媽媽說。「我們得快點。脫掉妳的胸罩和內褲，把布綁在身上。內衣內褲都要脫掉。這樣沒錯吧，蒂努媽媽？」

「是的，穿來的所有衣服都要脫掉。請妳快一點。」

「讓她慢慢來，」我大聲說。

「閉上妳的狗嘴，」醫生媽媽說。

娣亞女士把白布綁在身上和頭上。然後她脫下內褲，抽掉胸罩，全部丟在地上。

「好的，」蒂努媽媽對我們說。「妳們兩位麻煩往後退幾步可以嗎？」

我和醫生媽媽各自往後退兩步，兩個人離得遠遠的，好像戰場上的敵人。

我看著蒂努媽媽帶著娣亞女士走到河邊。

我看著四個女人停止呻吟，同時站起來、同時伸手跟蒂努媽媽領掃帚，好像已經練習這個動作好幾個星期了。

我看著其中一個女人拉掉娣亞女士身上的白布，要她赤裸著身體，然後開始用掃帚鞭打她。娣亞女士看起來好震驚。她站在那裡，嘴巴張成O字型。她終於漸漸明白過來，這些女人打算抽她鞭子，原來等著她的不是肥皂水的洗浴而是一頓鞭打。她開始反抗。她拚命踢腳、放聲尖叫這個法克那個地獄的，但其他三個女人抓住她的手和腿、遮住她的嘴巴，臉上完全沒有表情。沒有皺眉沒有微笑，什麼都沒有。她們掙扎著把娣亞女士壓倒在溼滓的泥巴地上。一個女人站在娣亞女士的頭旁邊，拿出我剛剛沒注意到的棕色粗繩，把她的兩隻手扭到背後綁起來。其他人則用繩子捆住她的腿、牢牢打一個大結。

她們往後一步，重新拿起掃帚，開始抽打。

我想要跳出來，拚上我的命阻止她們、不准她們碰我的娣亞女士，但什麼東西把我的腳黏在地上、手黏在身體上。我全身不能動。

於是我只能眼睜睜看著她們鞭打、鞭打、鞭打，而娣亞女士在地上滾動尖叫，身上光滑的皮膚被沙子磨破了、全身漸漸變成了和泥土一樣的紅色。

46

女人終於停止鞭打，但在那之前娣亞女士早已不再尖叫反抗。

她只是躺在地上，渾身流血，背上滿滿傷痕。蒂努媽媽從女人手中收走掃帚，全部丟進河裡，然後抬起頭來大吼：**「邪惡不孕已遭驅趕。讚美萬能天主！」**四個女人拍手一起說：「以利—亞！」

她們把娣亞女士拉起來，從河邊舀水過來倒在娣亞女士身上，動作很溫柔，好像在說對不起，對不起我們剛剛鞭打了妳。

娣亞女士終於翻過身來。我看到她的臉，腿當下變成橡皮、好像被人抽走了全部的骨頭。我跌在地上，死命壓下一記哭嚎。娣亞女士的臉上都是鞭痕，就像掛在她客廳裡的那幅畫，那個沒有眼睛沒有嘴巴的黏土頭像。只不過我面前的是娣亞女士。而且她有眼睛有嘴巴有耳朵，可以感受所有痛苦。而她的眼睛，她的眼睛裡有一種神情，像野生動物，像一個充滿殺意的獵人。

我的身體裡面有一記哭嚎在沸騰，我很想把它釋放出來，但我突然感覺一隻溫暖的手放在我肩膀上：醫生媽媽。

「我並不知道，」她低聲說。她的眼睛裡有眼淚，她的聲音在發抖、放在我肩膀上的手指也在發抖。「我不知道他們會對她做這種事。我不知道會這麼殘忍、這麼可怕。他們跟我說只是洗浴，很平常很無害的洗浴。如果我事先知道，我絕對不會……我應該要阻止他們。我兒子一定會……」她嘆氣，收回放在我肩膀上的手。「去車上把她的衣服拿來吧。」

我站起來，拖著腳步離開河邊。我的肚子絞痛，我昨天晚上吃的豆子好像想要從我的喉嚨爬出來。我停下腳步，在一個矮樹叢旁蹲了下去。我咳嗽，手壓著肚子卻吐不出東西。我用洋裝擦擦嘴，要自己繼續往前走。

在教堂後面，我從一扇打開的窗子看到裡頭有個女人跪在地上，手裡拿著一根紅蠟燭，不停點頭大叫「**阿門**」，而先知彈彈跳跳繞著女人走，大叫「**以利……以利**」。

照片裡的耶穌也不再臭著一張臉了。

現在，他看起來只是很累，很悲傷。

49

回家的車子上，我們像棺材裡的屍體。沒人說話沒人動。車子感覺好小，像棺材，冷氣好冷好乾，我的嘴唇變成了魚鱗。但我們還是得呼吸。用力而快速的呼吸。慢慢而沉重的呼吸。我們用呼吸訴說了很多事情。我們只是不開口，一個字都不說。

但我的腦中有有好多字，有好多話想說。我想跟娣亞女士說我好抱歉勸她來。我想問爲什麼醫生沒有一起來？爲什麼他沒也來挨一頓打、和他的妻子一樣？如果生寶寶是兩個人的事，爲什麼寶寶不來受苦的卻只有女人？是因爲女人有胸脯和可以懷孕的肚子嗎？還是因爲什麼？我想問、想尖叫，爲什麼奈及利亞女人不論什麼事都得比男人多受那麼多苦？

但我的嘴巴並沒有從我的腦子接收到這些問題，於是它們就只是留在那裡。留在我腦子裡不上不下、翻來轉去，讓我的頭好痛好痛。

醫生媽媽努力想跟娣亞女士說上話：「我對妳發誓我事前不知道會是這樣——至少不知道會做到這個程度，」她說。「我有想阻止她們，但我一個人怎麼對付得了這麼多人呢？而且我想到妳即將換來的奇蹟，妳的寶寶……妳覺得有沒有可能，我們不要把這件事情傳出去？我們可以想辦法跟肯恩交代，但他絕對不能知道我坐視這麼可怕的事……想想九個月後，娣亞。」

娣亞女士看著窗外。她沒有回答醫生媽媽。沒跟任何人說一個字。她只是坐在那裡，呼吸很急很用力，放在大腿上的兩隻手緊緊捏在一起、緊到皮膚都要裂開了。

我們開了十五分鐘後在一條路上遇到塞車。一個賣冰淇淋的男人站在我們車子前面舉起一盒冰淇淋，鼻子貼到車窗玻璃上。

「買冰淇淋！」他說，關起來的車窗讓他聽起來好像嘴巴裡塞了布在說話。

然後他看到娣亞女士臉上一條一條的鞭痕。他僵住了，看了娣亞女士長長的一眼，臉上滿是擔憂和關心，直到司機按喇叭要他閃開。

我走進主屋，屋裡一片安靜。

大夫人的車不在院子裡。她去哪了？都八點，很晚了，這時候她通常已經坐在她的客廳裡喝柳橙汁、看天空電視和CNN新聞一邊罵奈及利亞。我踩在乾掉的草地上，快步走向廚房後門。我從廚房窗戶看到寇飛的屁股翹高高的，上半身鑽進烤箱裡。我敲敲窗子，他的頭從烤箱裡伸出來，點頭要我進去。

我走進廚房，跟他說了晚安。廚房裡滿滿都是甜甜的蛋糕味。我的肚子一陣翻攪，很想爬到某個地方、抱著已經沒有東西可以吐的肚子空嘔。

「妳去哪了？」他問，兩隻手往身上的圍裙抹。

「我跟娣亞女士出去了，」我說。「大夫人有找我嗎？」

「她不在家，」他說。「她妹妹凱咪出了車禍，她從店裡直接趕去醫院，不知道什麼時候才會回來。大爹地在客廳看電視。徹底沒用的男人。小姨子人在醫院裡，他卻要我烤杯子蛋糕讓他配咖啡。」他搓搓手。「噢，不過我一定要讓妳看我庫馬西新家工程的最新照片。屋頂已經差不多好了，地板磁磚我還得特地從——帢里，妳怎麼這表情？發生什麼事了？妳被學校拒絕了嗎？妳收到什麼消息了嗎？」

「我沒有收到學校的任何消息，」我說。「今天晚上還有事要我做嗎？」我好累，但我想要洗澡，想把今天下午的事從我的心裡刷掉洗掉。全部用漂白水漂掉。把我的心漂成白的，漂成空的。

「喏，樓上是有些衣服得熨。不過妳臉色太差了，先回去休息吧。有人問起我會幫妳擋著。」

「謝謝你，」我說。

我轉身。

「阿度妮，」寇飛喊我。

我停住，看他。

「妳餓嗎？」他問。「我可以給妳幾個杯子蛋糕。妳喜歡杯子蛋糕吧？」

「不用了，謝謝你，」我說。「晚安。」

他看了我長長一眼，嘆口氣。「不論什麼事，有一天妳都會想通的，」他說。「總有一天，事情會好轉的。」

「我知道，」我用很累很弱的聲音說。「明天會比今天好。」

「阿布在找妳，」寇飛說，「要我讓他去妳房間找妳嗎？」

「今晚先不要，」我說。我想知道阿布要跟我說的芮貝卡的事，但我今晚不想聽。今天晚上我只想爬到床上閉上眼睛，什麼事什麼人都不想。

「沒問題，」寇飛說。「去睡吧。」

48

睡神就是不來。

我找到它、拜託它來，但它就是不來。我的眼皮好像裝滿溼掉的沙子，好像我在自己的眼睛中間放了一顆石子，每次我想閉上眼睛就會刮到，最後只能卡在中間、半開半合。我的胸口也很痛，爲了今天看到的所有事情而疼痛、爲了強烈想念媽媽而疼痛。我好想要她在我身邊，一分鐘就好，這樣我就可以告訴她娣亞女士，告訴她今天發生的所有事情，告訴她教堂那些女人在做什麼樣邪惡的事、那些傷了上帝和我和娣亞女士的心的事。

聲音打斷了我的思緒，來自樹上貓頭鷹的兩記呼嚕叫聲。我坐起來，從窗縫往外看，看到天空中的滿月照得整片草地微微發亮，看到草上好像掛滿藍綠色的小燈泡，看到圍繞大夫人家高高的鐵圍籬好像沒有盡頭。我不知道自己到底能不能離開這個地方，不知道一切會不會變得更好。

我躺回床上，還是沒睡。我醒著想事情，想我的人生，想娣亞女士、大夫人和她住院的妹妹，想大爹地完全不在乎他的妻子，想有錢人有那麼多錢卻還是有那麼多問題。我一直想到夜色退去換上清晨的光。

第一道光一出現，我就起床梳洗穿上制服，去廚房找寇飛。

「早安，阿度妮，」他說，拿起雞蛋往一個玻璃碗的邊緣敲下去。「今天覺得好一點了嗎？」

「大夫人回來了嗎？」我問。

寇飛搖搖頭，打了個哈欠。「她還在醫院陪她妹妹。我正在給那個貪吃鬼做早餐。」他開始用叉子打蛋。「我忙他要的杯子蛋糕忙到半夜，結果他凌晨四點又傳簡訊給我要我幫他做炒蛋。妳找大夫人做什麼？該做的事妳都知道。去拿掃帚——」

「我要出去一下，」我說，一邊走出廚房。「大夫人要是回家要找我，你就跟她說……隨便你要跟她說什麼都可以。」

「阿度妮，」娣亞女士說。「天才剛亮。來，進來吧。」

她看起來很不好。她用一條黑絲巾把頭髮全部包起來。她的眼睛又紅又腫，她的臉看起來像被火烤過而不是被掃帚抽過。一條條棕黑色的鞭痕看起來好痛，但讓我忍不住發抖的是她的眼睛，裡頭那紅通通的憤怒。

「妳在哭嗎？」我伸手想摸她的臉，但她往後閃開，手抓住睡袍腰帶打一個牢牢的結。

「昨天，昨天謝謝妳了，」她說。「我很抱歉要妳跟我一起去。妳一定覺得很可怕……」她用兩隻手指壓住眼睛，久久沒放開。

「我很抱歉我沒救妳，」我說，「我想要，但我的腿，我的腿不能動。」

她拉拉我的左臉頰，臉上帶著悲傷的微笑。「那種情況下妳根本無能為力。這不是妳的錯，知道嗎？」

「知道了，」我說。「醫生媽媽說她不知道那些女人會鞭打妳。我覺得她的心眞的沒有那麼壞。」

娣亞女士慢慢的點點頭。「無所謂了，」她說，轉身往院子裡走。我跟著她一直走到廚房後門外。她看來沒打算進去，於是我就站在那裡，腳下的清晨草地好像一塊碎冰做成的地毯。

「妳沒穿鞋，」娣亞女士說。「會冷。」

「妳的臉，」我說。「很痛嗎？」

「一陣子就好了，」她說。

「用椰子油按摩臉，每天都要。傷痕很快就會消失，然後妳的皮膚就又會跟寶寶的一樣了。」

她突然把我拉過去、擁抱我，突然到我嚇了一跳。「謝謝妳，」她說。「妳眞的好勇敢。」

「醫生怎麼說？」我低聲問。「看到妳的臉的時候，他怎麼說？」

娣亞女士兩隻手放在臉頰上、上下搓揉，好像想搓掉回憶留下的污點。「他和他媽媽大吵一架。他說她傷害了我，她說她只是想幫忙，他說這個忙她幫不上、要她離開我們家。她走了之後，他告訴我洗浴是沒有用的，因爲他——」娣亞女士吸一口氣，胸口漲高。然後她開始說得好快，字跟字都撞在一起、我幾乎聽不懂。

「因爲他沒辦法讓我懷孕，」她說。「他母親並不知道。他沒有跟任何人說。肯恩不孕，他不能——這是他前任女友莫拉菈離開他的原因，也是他開始幫助其他不孕夫妻的原因，我想，因爲他了解他們正在經歷的一切。他說因爲我們曾經稍微討論過不生孩子的事，他就不覺得有必要告訴我他……狗屎。狗屎！」她狠狠踢門，門飛開撞到牆壁發出碰的一聲。「狗屎！」她又說，然後就哭了出來。我這才確定她一直說屎並不是想上廁所。

「他跟妳結婚之前都沒跟妳說過？」我問，她漸漸不哭了，又跟剛剛一樣用手指壓住眼睛。

「我完全不知道，」她說，她的聲音聽起來好像她把喉嚨放進攪拌機裡和沙子一起攪碎了。「如果我知道，那我們決定要孩子的時候就可以直接考慮別的選擇。他一開始沒跟我說是因爲覺得沒必要，等到我們開始討論想要孩子了，他又害怕我會因此離開他。老實說我根本不知道該怎麼想。」

「接著，好像我這一天還不夠難過似的，我半夜接到電話。我媽的感染又回來了。我得離開幾天，明天一大早走。」她嘆氣。「這也許是件好事。讓我有時間好好消化這整件事。」

「明天一定會比今天更好，」我輕輕微笑說。「不是嗎？」

她發出一記乾咳似的笑聲。「我很想報警逮補那些女人，」她說。「那種野蠻的惡行必須停止。根本狗屁不通。」

「非常狗屁不通，」我說，雖然我不知道狗也會放屁。

娣亞女士又笑了，手伸進口袋裡拿出一張衛生紙。她用力擤鼻涕、好像想把鼻子都擤下來，然後把用過的衛生紙揉成一團丟進我後面的白色垃圾桶裡。

「等我回來馬上去一趟海洋油業的辦公室，看看錄取名單公布了沒有。」

我感覺娣亞女士說的話從她嘴巴裡面飛出來，集合在我頭頂變成一團雲，然後掉下來包圍住我，把我帶去一個遙遠得像夢境的地方。「要是我被錄取了呢？」我輕聲說。「我要怎麼跟大夫人說？」

她的眼光落在我頭後面的某個地方。「我來跟她說。我跟她說妳拿到一筆獎學金所以妳要離開了。」

「但要是……」我不敢說出口，但我強迫自己：「要是我沒被錄取呢？」

「阿度妮？」

「是的，娣亞女士？」

「我昨天嚐到了妳的日常，」她說，拉起我的手。

「我的日常？」我問。「嚐起來怎麼樣？」

「我讀了妳的申請文，阿度妮，」她說。「妳經歷過好多事，該死的太多事，然而妳的臉上永遠帶著微笑，妳這不思議女孩，妳臉上永遠帶著微笑。我在那教堂受到的鞭打其實只是妳承受的萬分之——」她放下我的手，深深吸一口氣穩住自己，然後才再次牽起我的手。「我承受的只是妳這幾個月來不得不忍受的萬分之一。我嚐到了妳的日常，阿度妮，而我必須說，妳是全世界最勇敢的女孩。發生在我身上這件狗屁不通的事，比起妳經歷過的根本不算什麼。什麼也不是。」

我的喉嚨變成一顆石頭，裡頭裝滿水、裝滿某種我說不出是什麼的東西。

「先不管我該死的婚姻問題，我大概一星期後就會回來，我一回來就去問清楚妳有沒有被錄取。如果錄取了，我就直接幫妳註冊。然後我們一起去逛街，把妳需要的東西通通買回來。等妳開始上學後，我一有機會就去看妳。我會盡全力陪伴妳支持妳。我知道要讓妳的夫人同意並不容易，但我會用盡我可以動用的資源跟她拼了。有必要我會報警逮補她。這是妳的機會，妳這麼努力爭取的機會。沒有任何人任何事情可以奪走它。我在此回答妳剛剛的問題：如果，」她緊緊握住我的手，「如果，最不該的如果，妳沒有被錄取，那我會另外幫妳找出路。妳不能繼續待在佛羅倫絲那了。絕對不能。給我時間，我一定想得出辦法。不過我們就先等等，看獎學金申請結果如何，好嗎？」

我點點頭，想要說謝謝，但眼淚不停從我的眼睛流下來，我想用手去接，她卻緊緊握住我的手，於是眼淚只能沿著我的臉頰往下滑、流到我脖子上、流進我的洋裝裡。

49

事實：

奈及利亞當局雖於二〇〇三年成立旨在打擊人口販運及相關犯罪的國家反人口販運局，但根據聯合國兒童基金會二〇〇六年公布資料顯示，奈及利亞境內仍約有一千五百萬十四歲以下的童工，其中大部分是女孩。

我回到大夫人家的時候，寇飛正在後院打盹。

他躺在長凳上，白色廚師帽蓋在眼睛上幫他擋掉清晨的陽光。他兩手交叉放在胸口，看起來好像等著被送進停屍間的死人。

「寇飛？」我說，拍兩下手。「你在睡覺嗎？」

「沒，我在游泳，」他說。「在海裡。」

他把帽子甩到凳子上，坐了起來。「阿布一直在找你，很著急的樣子。說他有要事找妳。怎麼回事？還有妳剛跑去哪裡了？」

「跟阿布說晚點到我房間找我，」我說。「我剛剛去找娣亞女士。我很擔心她。但現在應該沒問題了，我覺得。」

「妳擔心她什麼？」

我聳肩，搖搖頭。我想告訴寇飛，但我不能把娣亞女士內心這麼深的事情跟他說。

「萬一大夫人回家了呢？」他說。「看看院子這一片亂！那女人要是害妳還沒找到出路之前就被大夫人趕走了，帕里，我發誓，我能幫妳的就只有遞衛生紙給妳擦眼淚。」

「她妹妹怎麼樣？」我問。「很嚴重嗎？」

「她妹妹進開刀房了，」寇飛說。「妳回來之前幾分鐘大夫人才剛打電話來，要我燉魚湯拿給她那個廢物老公送去醫院。我想她幾天之內都不會回來了。妳怎麼一副這麼開心的樣子？」

我笑了，雖然沒什麼事情惹我笑。那一刻我覺得腳底刺刺的好想跳舞，於是我跳起來，開始唱一首從娣亞女士家走出來後就一直在我腦海裡的歌：

Eni lojo ayo mi　　這是我的歡欣之日
Lojo ayo mi　　歡欣之日

寇飛面帶微笑看著我一直轉圈圈蹦蹦跳跳、揮舞手裡的掃帚。

「是寇刺先生還妳薪水了嗎？」我停下的時候他問我。「還是，等等，讓我猜猜……獎學金的事有著落了？錄取名單這一兩星期會公布，對不對？所以妳才這麼開心？」

「獎學金還沒有消息，」我點點掃帚開始清掃地上的落葉。「自從寇刺先生送我來這天之後我就沒再見過他了。他和大夫人在做奴隸買賣，買賣像我這樣的人。唯一的不同是我沒有戴腳鍊。我是沒有腳鍊的奴隸。」

「妳爲申請獎學金做的這些準備讓妳學到很多事，」寇飛戴好他的廚師帽。「來，開示一下。告訴我妳學到關於奴隸買賣的哪些事。」

「奴隸廢止法案簽署於一八三三年，」我邊繞著他掃地邊說。「但根本沒人遵守。奈及利亞以前的國王會把人民當作奴隸賣掉。到今天，人們已經不再把奴隸戴上腳鍊送到外國，但奴隸買賣還是繼續進行中。人們還是繼續違反法案。我想阻止這種事情，我想要人們不要再傷害其他人，我想阻止頭腦裡的奴隸買賣，不只是身體上的。」

「帢里，我發誓，如果妳眞的做到了，」寇飛歪嘴微笑，「那我眞的敬佩妳。誰知道呢，也許將來有人會談起妳，妳知道的，就是妳已經成爲歷史的一部分。」

我停止掃地，站得直挺挺的，直接看進他的眼睛。

「不是歷史（his-story），」我說。「我的會叫做她史（her-story）。阿度妮的故事。」

50

半夜。

外頭的雨打在屋頂上好像槍響，空氣聞起來帶著泥土味和我獨立希望的氣息。我躺在床上跟媽說話，告訴她娣亞女士、告訴她醫生瞞著事情沒跟她說、告訴她獎學金申請結果很快就要出來了。就在這時候我的房裡響起敲門聲。

叩、叩、叩。

三下。是阿布。

我從床上爬起來、跑到門前，把擋在那裡的櫃子推開一點點，然後開鎖。「阿布，」我說。「抱歉昨天晚上你找我的時候我剛好沒空。」

「沒事，」阿布說，頭很快對我點一下打招呼。但他沒打算進我房間，我也沒邀請他。他站在外面，左右看看黑漆漆的走廊，然後才把手伸進口袋裡拿出一張摺起來的紙。他的長袍被雨水淋溼了貼在他胸口。「我把大夫人留在醫院裡，偷跑回來把東西交給妳。阿度妮，我給妳的這個東西，妳不可以說是我給妳的。東西不是從我這來的。阿拉為證，如果有人問妳而妳說是我，我會告訴他們妳在說謊！」

「是什麼東西？」

「芮貝卡失蹤一星期後，我在車子裡找到的。就大爹地開的那臺賓士三五〇，」他說。「這東西在我這放太久了，那個重量壓在我身上讓我幾乎說不出我的禱詞。看在阿拉分上，阿度妮，我求求妳，收下這個東西！收下它！」

他把紙塞到我手裡，好像那是某種他急著脫手的邪惡詛咒，然後合攏我的手指蓋住它。

「阿度妮，妳好好聽著，因爲今天之後我永遠不會再提這件事。芮貝卡失縱的第二天，大爹地要我洗他那臺賓士三五〇。我洗了外面，但車子裡面……」他深吸一口氣。「裡面的前座椅子是溼的。好像有人倒水在上面那種溼。所以我停下來，跑去問大爹地是誰弄溼座位。他說他不知道。我問大夫人，她說可能是葛蘿莉，她的店員，可能是她不小心倒水在上面。我問葛蘿莉，她說她才沒有倒水在上面。一直到芮貝卡失蹤一星期後我發現這封信讀過後，才終於知道座位爲什麼是溼的。那之後我就一直收著這封信，背負這個重擔。」

「你爲什麼要跟我說溼座位的事？」我問，完全想不通。

「這封信，」阿布搖搖頭，好像回憶引起他的痛苦、好像我剛剛沒有問他問題。「信被塞在安全帶的插扣裡面。塞得很深。我會發現是因爲我想扣上安全帶擦一下，可是怎麼扣都扣不進去。妳等下打開信，好好讀，然後妳就會聽懂我剛剛說的這些事。我要回去醫院大夫人那了。再見。晚安。」

我什麼都來不及說，阿布就點頭轉身消失在黑暗中。

我手發抖，攤開紙。一封沒有寫完的短信。信是用黑色原子筆寫的，字跡小小的很整齊，每個字母都一樣高一樣寬，字母跟字母中間的距離也都一樣大。只不過寫到信的最後，字跡愈來愈亂，好像寫的人急了起來。信紙上髒髒的是什麼東西？

我把信拿到有光的地方。信紙的邊邊被撕扯過，像瘋子的一口亂牙或是寇飛那把麵包刀的刀鋒，靠近邊邊的地方有一兩個血指印。我仔細看，看那個紅棕色、那個乾血印、看指印周圍，我的心因爲恐懼而愈跳愈快。寫信的人正在流血。

我的房間好像自己旋轉起來，我努力鎮定下來開始讀信：

我的名字叫做芮貝卡。我是契夫和佛羅倫絲・阿迪歐提家的女傭（我們叫他們大夫人和大爹地）。我懷了大爹地的孩子。一開始是大爹地強迫我和他睡，後來他說只要我一直陪他睡他一定會娶我。有時大夫人在家，大爹地會在她晚上喝的果汁裡放安眠藥讓她睡著，這樣他才可以跑來我房間找我。

我發現我懷孕的時候，大爹地很高興。他說他會娶我，讓我和大夫人當他的兩個妻子一起住在主屋裡。聽到他這樣說我好開心。

今天早上他說要帶我去醫院看醫生，但我想寫下這封信，因為吃下大爹地買給我的食物後，我的肚子就開始痛，而且我有點擔心大夫人會生氣。

生氣什麼？芮貝卡？妳爲什麼沒把信寫完？發生了什麼事讓妳停下來、還把信藏在安全帶的插扣裡？

我把信摺了又摺，直到沒辦法再摺，直到它變成一個很小很硬好像子彈一樣的長方形才停下來。我全身都在發抖。大爹地就是寇飛和綺珊說的男朋友。但她爲什麼脫下腰珠？爲什麼信上有血？他殺了她嗎？還是把她藏在哪裡？

我把信揑在手心裡爬上床，感覺心裡的苦澀結成像顆石頭的一團。我就這樣躺了快要一小時，想著芮貝卡，對發生在她身上的事感到好害怕、害怕到我甚至沒聽到房門的門把被轉動的聲音。

聲音再一次響起時，我從床上坐起來。一開始我以爲是雨，也許是雨打斷外頭的小樹枝掉到地上，但等門後面的櫃子也發出聲音還開始移動時，我馬上跳下床。

「阿布？」我說，站起來。他走了之後我沒有鎖門，只是稍微把櫃子推回去擋住門。會不會是阿布還沒去醫院找大夫人就跑回來，因爲他還有芮貝卡的事想告訴我？「阿布？」

我沒聽到阿布的回答，但門還是繼續被推開、櫃子被推得刮地板一直往後退。

「是誰？」我用氣音問，站在床邊動都不敢動。「是誰在那裡？是誰？」

大爹地。我知道是他。我從我站的地方就聞得到他的酒味，可以感覺到他的邪惡進到了房間裡。

我想走到門後面反推回去，但我知道我的力氣遠遠比不上他，於是我只是彎腰蹲下去，躲到床底下閉上眼睛。

他進到房間裡，而我躺著不動，讓自己變成一根木頭、一具屍體。我聽著他的腳步聲愈來愈靠近，聽到他衣服的沙沙聲。我的手碰到一團布、抓起來緊緊捏在手裡，好像這樣就可以得救。

「阿度妮？」他聲音壓得低低的，因爲喝醉而拉長了尾音。他站在我的床邊，腳離我好近，就在我嘴巴旁邊。他的大拇指好醜，像歪掉的箭，指甲又長又黑、往地板彎。我想到要用牙齒把他的指甲咬下來、咬到他腳趾流血。

「我知道妳在這裡，」他用氣音說。

床發出嘎嘎聲，床墊往下壓幾乎在我臉上，裡頭的彈簧頂住我的頭、肩膀和胸口，好像要在我的骨肉上面鑽出一個洞。他的身體壓在床上，床緊緊壓住我的胸口往下再往下，我終於忍不住哀叫。閉著嘴的輕聲哀叫，但是他聽到了。

「啊哈！」他的臉看著我。他的臉上全是眼睛，邪惡的眼睛。

「啊哈！」他又說一次，一邊抓著我的腳、把我和床底下的灰塵一起拖出來。他倒在我身上，他全身汗臭像累積了三年。

反抗。

是娣亞女士還是媽在說話？

阿度妮，反抗。尖叫。

我尖叫到聲音都破掉了，叫到我聽不到自己的聲音、叫到我的聲音進入雨聲變成雷響。他想用手遮住我的嘴巴，但是我用膝蓋撞他的肚子，他的肚子發出噗的一聲，他悶聲呻吟，一巴掌甩得我頭暈眼花。

「給我乖乖聽話，」他咕噥，「乖乖聽話！」

他的兩隻手釘住我、把我困在他身體下面，但我狠狠咬他臉頰一口，嚐到鹹鹹的血味和他皮膚上的酒氣。我把血吐回他臉上。

我聽到他長褲拉鍊打開的聲音和他把我壓在地板上的悶哼。他嘴巴吐出來的氣飄著爛牙味，還有一股甜味。寇飛加在杯子蛋糕裡的香草。

反抗。

我的手不能動。我的腳被壓住了。我能怎麼反抗？我的頭不停左轉右轉、右轉左轉，不停說不要不要不要，但他溼熱的手掌蓋住我的嘴巴，擱住我的不要塞回我鼻子裡。

媽媽，我在心裡哭。媽，救我。

一道閃光突然從外頭射進來，和上次一樣的閃光、和莫魯夫那天一樣的閃光。只不過這一次和閃光一起的還有雷聲，轟隆隆的雷聲，然後我就知道媽來了。媽在我為反抗。反抗，阿度妮，反抗。

我使盡全部力氣、張嘴咬他的手，牙齒深深陷進他的肉裡。他大叫，我從他身體下面鑽出來，拿起床上媽的聖經用力往他的頭砸下去。他口袋裡的手機飛出去掉在地板上、同時也亮起一個電話號碼響了起來；手機在地上不停響、不停抖動，像把打開的扇子那樣繞圈圈。

大爹地像一隻動物怒吼。「臭婊子，」他說，撲上來。

就在那時候，門被用力撞開，地板都在震動：大夫人站在門中間，在我的房間裡。大爹地拉上拉鍊，推開大夫人衝出去。

大夫人看起來好像呆掉了，像鬼魂一樣走過來，從地板上撿起大爹地的手機按下去。大夫人瞪著手機，只是瞪著手機，我不知道她在手機裡面看到了什麼，但一定是很糟糕很可怕的事，我覺得是比剛剛發生在我身上還更可怕的事，因爲大夫人突然砰的跪在我房間的地板上，手抱住頭，開始哭嚎：「契夫，哈！卡洛琳！親親寶貝？不！」

她看起來是這麼的可憐，我一下子忘記自己、忘記芮貝卡、忘記大爹地。

我只想要幫助大夫人，想求她不要哭了，但她只是看著手機，一直按一直按，她的嘴巴張開開的，開得比我看過的都寬，比全奈及利亞最寬的貝努埃河還要寬。

那之後的一切發生得太快了，好像我一眨眼就過去了。

我記得大夫人坐在我房間地板上一直哭一直哭，但就在我伸手想碰碰她的時候，她抬頭瞪著我、好像這輩子第一次看到我，然後她推開我往外頭一路跑回主屋裡。

房間裡只剩下我，但我還聞得到他的味道。

他的汗。他的爛牙。他喝的酒。我也聞到恐懼。我手上的毛都站了起來，好像要對恐懼表示尊敬，說歡迎大人、歡迎夫人。

外面的雨停了，雷聲也停了，四處都靜了下來。但我的房間卻有聲音被困在裡面，遠方深深的井底有個女人要生寶寶了，那微弱又模糊的呻吟充滿我的房間，我的兩隻眼睛看不到、但我心裡感覺得到。於是我站起來，跑向主屋。

我走進客廳看到的第一樣東西是大夫人的假髮。掛在牆上其中一個鏡子上，看起來好像一隻死掉的大田鼠皮。地上到處都是墊子，電視旁邊、立扇旁邊、沙發腳下。大夫人的金色高跟鞋這邊一隻那邊一隻，她的羽毛包打開了，口紅、眼影、筆、錢，全都散了一地。

大夫人坐在沙發上。我走進去時她沒有睜開眼睛，甚至好像連聽都沒聽到我。她閉著眼睛、眼淚不停從她腫起的臉上往下流，我感覺我心裡面那一團苦澀開始融化。她嘴巴旁邊有血，她用發抖的手壓著下巴的一塊地方。她還在嗚咽，但已經不像剛剛那麼大聲了。現在聽起來像是她嘴巴吐氣出來的嗚嗚聲。

「大爹地在哪裡？」我全身被雨水和憤怒浸透了。我手裡的信紙像一片溼掉的葉子。「他在哪裡？」

她很慢的睜開眼睛，好像眼皮實在太重了；但她就是不看我。她看起來也喝醉了，喝悲傷和痛苦的酒喝到醉了。

「我這裡有一封信，夫人，」我說。「是芮貝卡寫的。」

「芮貝卡走了，」她說，一個字一個字拉得長長的。「走——」

「我知道，夫人，」我說。「但她寫了一些事情。在這封信裡。」

我拿出信。紙上的原子筆墨水因爲溼掉而變色，有些字模糊掉了。「要我讀給您聽嗎？」我問。

她搖搖頭，打開手，我把信交給她。她瞪著那張紙、瞪著上頭的字，但我不覺得她眞的讀了。她的眼睛腫得太厲害，被痛苦遮擋住了。她把信紙放在胸口，好像想用它包起她破碎的心，包好封起來。

「契夫殺死我了，」過了好久她終於說話。她不是對我說，是對她自己和空氣說。「我可以了解其他那些女孩，我可以忍，我甚至幫他收拾爛攤子。但這回，他做得太過分了。契夫・阿迪歐提，你太過分了！」

我轉身走向廚房。寇飛不在。我拿碗裝了溫水，又拿了一塊布。回到客廳裡，我用布沾溫水、扭乾，然後開始慢慢的幫大夫人擦掉嘴巴上的血、眼睛的淚水、手上的顫抖。一開始她還掙扎，但我緊緊抓住她的兩隻手，直到她終於放鬆、閉上眼睛，直到她終於接受就算最強大的人也會有脆弱的時候。

我為她唱了小時候媽媽教我的一首歌；我剛來拉哥斯時唱的同一首歌。我看看大夫人，她的眼睛還閉著，但已經開始發出輕輕的鼾聲，於是我撿起掉在地上的信紙，走回房間。

52

事實：

奈及利亞登記有案的企業中約有百分之三十爲女性所有。這些企業的穩定成長對維繫奈及利亞經濟至爲重要，卻因爲性別歧視而在申請資金時多所受限而致發展受阻。

「帢里，昨晚房子裡發生什麼事了？」

寇飛站在我房間門外，眨眼眨得好像被人用木板敲了頭。「到底怎麼回事？」

我整晚睡不著。

我的腦袋好像被丟到洗衣機裡翻啊轉啊的，寇飛一早來敲門，才總算把我從翻轉的腦袋裡解救出來。

「我今天早上看到客廳亂成一團，」寇飛說。「大爹地不在家，大夫人看起來像被卡車撞過。到底發生什麼事？」

「你去哪了？」我問，一手扶在門上、另一手抓住睡衣領口。寇飛從來不會對我有過不好的舉動，但經過昨晚，我已經不能放鬆的跟任何男人說話而不害怕他隨時會撲過來。

「大爹地放我假，」他說。「昨天晚上他要我休假一晚。大夫人反正在醫院陪她妹妹，我就利用這機會跑去迦納高級專員公署見見老朋友。老實說，他要放我假我是有點懷疑他的動機，但我實在累壞了，幫大夫人的——發生什麼事了嗎？」

「沒事，」我說。

「帢里，跟我說。大爹地跑來了嗎？」他的臉色變了，一手壓在胸口。「他堅持要我走的時候我就應該要知道了。阿度妮，跟我說。妳怎麼光站在那裡瞪眼睛？他對妳做了什麼事？」

「沒事，」我說。「你想要什麼？」

「他強暴妳了嗎？」寇飛問，聲音拉高了。「那個王八蛋強暴妳了嗎？」

「強暴」兩個字聽起來好像刀割、像戳刺，一個我這輩子從來沒聽過的字眼，但我知道我不需要《柯林斯》來告訴我它的意思。

「他沒有強暴我，」我輕聲說。想起昨晚還是會讓我發抖，我的心還是會砰砰撞擊胸口。

「大夫人正好開門阻止了他。」

寇飛朝地上吐口水。「畜生。上帝會懲罰他。」

「芮貝卡有上過學嗎？」我問。「她的英文說得怎麼樣？她頭腦靈光嗎？」

「芮貝卡？她英文說得很好，不過以她的年紀來說是有點太天眞了，」寇飛說。「她的前任雇主——在大夫人之前那個——讓她受教育。送她去上私立小學和中學，連家族度假都帶著她一起去。那女人過世之後，芮貝卡才來到這裡。妳爲什麼問？」

「沒事，」我說。如果芮貝卡夠聰明，就該知道大爹地不可能娶她、把她和大夫人放在同一間屋子裡。她該知道這男人在騙她。現在我明白了，英文說得好並不代表一個人夠聰明或腦袋夠靈光。英文只是一種語言，就像約路巴語或是伊博語或是豪薩語一樣。沒什麼特別，會說它也不會讓人更有理智。「你那裡有她寫過的信或字條嗎？」我問。我想要確保大爹地不能賴說信是別人寫的。我想要確保大爹地爲芮貝卡受罰，因爲巴米德里不會爲卡蒂嘉受到懲罰。

寇飛搖搖頭。「阿布可能有；她寫的採買單都是交給他。我可以去問他，不過他也是從昨晚就不在家。他今天早上應該會回來。」

我退回房裡打算關上房門，但寇飛用手擋住門。「大夫人找妳，」他說。「她要妳直接上樓進她房間。她爲什麼找妳去她房間？她從來不讓人進去她房間，更別說妳。我錯過了什麼事嗎？」

「謝謝你，」我說，然後把門關上。

「進來，」大夫人說。她整張臉就是一個發疼的傷口。我站在那裡好一下子沒有動，雖然門大開著。她穿著一件紅色長袍，看起來像繞著她身體的紅色絲綢翅膀。她的手放在門把上，爲我開著門。

「進來，」她又說一次，轉身往房間裡走。「把門關上，坐在那張椅子上。」

我走進去。房間正中央有一張圓形的床，上面蓋著條羽毛床罩和十五個枕頭，我不知道床上哪裡還有位子讓她睡覺。我這邊的牆上掛了一排她孩子小時候的照片，在遊樂場玩、笑得很開心；我還看到一張大夫人年輕時的照片。照片裡的她好苗條、皮膚光滑，我幾乎想要摸摸照片，跟年輕的她說我爲她感到難過，因爲將來有一天她的臉會因爲大爹地而腫成這樣。

我聞到一股奇怪的味道，像廁所用的漂白水加上臭腳味，然後我看到我左邊的梳妝臺上有好幾大罐乳霜和一個尼龍化妝包，裝滿各種粉膏、眼影、眉筆、口紅。我看到乳霜罐子上的名字：**強力皮膚美白乳、褪膚膏（最新強效配方）、亮白漂膚劑。**

大夫人爲什麼想要用這些味道很嗆的乳霜漂白她的皮膚？牆上照片裡的她很漂亮，是她原來的皮膚。這就是她臉上的皮膚常常會變色的原因嗎？還有她的腿，腳踝和膝蓋是棕色、但其他地方是某種不健康的淺黃色甚至綠色，也是因爲這些乳霜嗎？

我坐在那張面對床的紫色長椅上，拉好裙子蓋住大腿。「寇飛說您找我。我來了。」

她看著她的指甲，好像在檢查有沒有腫起。「我必須問妳，阿度妮。昨天，契夫他，他有沒有——」

我搖搖頭。「他沒有強暴我。」

她突然抬頭，瞇起眼睛。「妳知道強暴是什麼意思？」

「是的夫人，」我說。

「娣亞・達達，肯恩的太太，昨天打電話給我。她說想過來和我討論妳的未來。什麼狗屁未來？她以爲她是誰？她付過妳多少薪水？還是她把妳當做她口口聲聲要拯救的環境？」她吸口氣。「我這麼問她，她竟然就把電話掛了。我發誓，我氣到眼睛發紅，頭都快炸了。我把我妹妹丟在醫院，要司機馬上載我回來。我打算找到妳狠狠揍妳一頓，把妳打醒不要再做夢，然後把妳丟到街上，因爲妳阿度妮，妳來到這裡，帶給我的除了麻煩沒有其他。娣亞・達達不是我的朋友。她連四十歲都不到，竟然敢掛我電話？我打算先對付妳，然後再去對付她，結果我在妳房間裡找到什麼？我的老公。」她停止說話，但嘴唇繼續發抖。

「契夫上教堂。他是教會美德男性小組的成員。怎麼可能一個人去了教會這麼久、這麼多年，卻還找不到上帝？」大夫人問，好像糊塗了、怎麼都想不通。

「因爲上帝不在教堂裡，」我說，頭垂得低低的，聲音也小小的。

我想告訴她，上帝不是一棟用石頭和沙子蓋成的水泥房子。上帝不是可以讓人關進去鎖在房子裡的。我想要她明白，唯一可以知道一個人是不是找到上帝並且讓上帝進入他心裡的方法，是去看看這個人是怎麼對待其他人的，看看他對人是不是像耶穌說的——以愛、耐心、仁慈、寬恕——但我的心跳得好快好用力、讓我好想尿尿，所以我只是從我的制服上撿起一小段紅色線頭，用手指搓啊搓的搓成小小一團，一個線做的句點。

她一手壓在膝蓋上，身體往前傾。「阿度妮，我一直在想娣亞那通電話。妳知道娣亞・達達想跟我討論什麼嗎？」

「不，夫人，」我小小聲說。「我不知道。」

大夫人慢慢點點頭。「如果她想帶妳離開這裡，妳會跟她走嗎？」

我點點頭。

「因爲契夫對妳做的事？」

我不知道要跟她說什麼，我的腦子有好多事想說，但我害怕她會生氣，所以我只說了一小部分。「因爲您有時候對我和寇飛不是那麼好。您打我，讓我哭著想媽媽。也因爲大爹地。」

我咬住嘴唇，不讓自己說下去，但在我腦袋裡我的嘴巴繼續說了下去：因爲如果芮貝卡是妳的女兒凱菈，妳會日日夜夜不休息直到找到她爲止。因爲妳把我當作奴隸，也讓大爹地把妳自己當作奴隸。

她往後靠，閉上眼睛。她再次開口的時候聲音好低好低，好像我不在她面前、好像她是在對她自己說話：「契夫怎麼可以對我做出這種事？對我們做出這種事？沒了他在我身邊，我要怎麼繼續下去？人們問起的時候我要跟他們怎麼說？」

他從來也沒在妳身邊過。除了他對準妳的臉打過去的時候。

「妳這話是什麼意思？」大夫人眼睛突然睜開，聲音嚴厲。

我剛剛的話是說在頭腦裡，還是說了出來？我開始搖頭、想要編謊話，但她說：「阿度妮！妳—這—話—是—什—麼—意—思？在我揍扁妳之前最好快給我解釋清楚。」

我把裙角纏在手指上一直繞一直繞到血都流不進手指了。「我是說大爹地，夫人。他是壞人。他的心很壞。」

我抬頭，嘴巴裡的水龍頭好像被打開了。那些話，苦澀眞實又銳利的話，開始從我嘴巴流出來。「他常常打您，讓您心裡充滿好多憤怒和傷心，所以您看到我和寇飛的時候，就把那些憤怒和傷心全部發洩在我們、尤其是我的身上。您的丈夫，他讓您傷心和……」我發狂了。

「對不起，夫人，」我說，看到她的眼珠幾乎翻到頭頂。「您問我的話是什麼意思，我就告訴您是什麼意思。我說完了。」我吐出一口氣，感覺好像氣球洩光了氣，變得扁扁的再也浮不起來。所以我站著，像個傻子慢慢看看房間四周，因爲我完全不想看她的臉。

「我能爲您按摩腳嗎？」我問。「還是走之前爲您抓抓頭？昨天我唱了一首歌讓您睡著了。要不要我再唱？那是我媽媽——」

「走開，」她說，對我朝著門揮揮手，她的眼睛溼溼的，有怒氣。「離開我的視線範圍！」

53

那晚，鐵門外傳來聲響，發瘋一樣的喇叭聲，好像開車的人手放在喇叭上面、不停的拍拍拍拍拍。我躺在床上聽了三分鐘，決定下床開門看看。

「那個蠢蛋已經這樣搞了快半小時了，」寇飛說，他站在走廊裡揉眼睛一邊打哈欠。

「哪個蠢蛋？」我問，從房間裡走出來關上門。我站在他旁邊，一起看向黑漆漆的外面，夜晚像一堵厚厚的黑牆，蟋蟀叫和喇叭聲輪流塡滿空氣、合唱一首瘋狂的歌曲：叭叭—唧唧—叭叭—唧唧。

「大爹地，」寇飛說。「像個瘋子一樣按喇叭的就是他。大夫人下令阿布和我都不准幫他開門。這實在蠻怪的。」

「爲什麼怪？」我問。

「因爲她從來不曾要我們不讓他進門。就算她知道他其實是跑去找女朋友了也不例外。」

「你看過他的女朋友嗎？」

「他有過好幾個，」寇飛說。「我見過其中一個——一個他在超市勾搭上的女孩。瘦巴巴的小東西，看起來像只有十二歲。感覺一陣風就可以把她折成兩半。但這是那蠢蛋的問題。」寇飛轉頭，看著我。「喏，大夫人把妳叫去她房間說了什麼？」

「沒什麼，」我說，喇叭聲再次響起。「大夫人爲什麼不准我們開門？」

寇飛聳聳肩。「我剛說了，她從來不曾這麼要求過。她只會要我記得給大爹地送上吃的，不管他多晚到家。妳就沒看到她跟我們下這道命令時的樣子，阿度妮。眼睛紅通通的，眼神倒是我之前從來沒見過的。鋼鐵一樣，非常堅定。」

「你問過阿布了嗎？跟他要採買清單？」

「啊，是的，」他手伸進長褲口袋，拿出一張紙。「在這。她寫的最後一張採買清單，就在她……妳知道的。」

我接過紙打開來。那些字，列出仙子香皂、白米、保鮮膜、衛生紙、漂白水的採買清單，和信上的字一模一樣。

我的心嘆了口氣。「寇飛，你看過她和大爹地在一起嗎？」

「幾次吧，」寇飛皺眉，他額頭的肉擠成三道厚厚的橫線。「我看過幾次他走出芮貝卡的房間。他們看起來很親近，不尋常的親近，尤其是大夫人不在家的時候。我問過她，要她提防他，但她總是笑說我是在嫉妒她。我嫉妒一個傻子做什麼？我清楚得很，他對我們雇用過的每個女傭都很有興趣。這也是我在妳來的第一天就警告要妳提防他的原因。我會警告每個新來的女傭。」

我突然感覺一股涼意，手上的毛都站了起來。「大夫人有去過芮貝卡村子的老家找她嗎？」

寇飛搖搖頭。「我聽說寇刺先生在她失蹤一兩星期後去找過她。至於大夫人，就我所知哪都沒去。」

喇叭聲又來了，主屋那邊傳來大夫人像五道雷響的吼叫聲：「滾回你地獄的老家去吧，契夫！沒有人會幫你開門的！」

誰知道那男人對她做了什麼。我的眼睛突然湧出淚水，我很快擦掉。「我要回房間了。」

「我也是，」寇飛說，又打一個哈欠。「看來那蠢蛋要在車子裡跟蚊子共度一夜了。這王八蛋給這麼多人惹來這麼多麻煩，這算剛好而已。」

大夫人把自己關在房間裡兩天。她沒去店裡，也沒去教堂或任何地方。她就待在房間裡睡覺。寇飛一早會送餐去給她，山芋和炒蛋、麵包和水煮蛋、或是吐司和茶，但她總是咬一口就不吃了，寇飛會把剩下的食物讓我吃掉。我每晚去爲她按摩腳時她也不說話，只是坐在那裡，眼睛裡都是忍住沒流下來的淚水。我想拿信給她再看一次，但我感覺她的心太沉重了，沉沉的壓住她，讓她根本聽不到我想說的話。

大爹地不見人影。我們沒看到他，也不問起，但我們低聲交換猜測，我和寇飛、寇飛和阿布、我和我自己。我們猜測大爹地在哪裡，猜他會不會回來；但猜測只是猜測，沒有人眞的知道，沒有人眞的看到。

大爹地離開後的第三天晚上，大夫人要我去她房間。

這一次換成她自己坐在紫色椅子上，拿著手機貼在耳朵上。她揮手要我等，於是我退到角落裡，雙手放在背後。她看起來好多了，眼睛下面的紅腫變成和她坐的那張椅子一樣的紫色。

「契夫那邊的人明天要來，」她對電話說。「不，妳不必過來。妳只管專心把身體養好就好。我知道他們想求我讓他回來。他其中一個沒用的姊妹昨晚給我傳簡訊，說契夫一直跟他們要錢。他甚至沒錢給那輛賓士加油。之前都是我給車子加的油。」她發出傷心的笑聲，搖搖頭。「凱咪啊，我眞是個傻瓜。天大的傻瓜。」

是的夫人，我用我的眼睛說。天大的傻瓜。

「我拚了命拉客戶的時候他那些家人在哪裡？我拚了命養孩子付帳單的時候他們在哪裡？妳是我妹妹，」她用手指擦擦左眼。「妳最清楚我爲這個男人忍受了多少事、爲經營事業撐起這個家吃了多少苦。我從來沒跟妳提過，凱咪，有好些年，我會把我賺的錢帶回家交給契夫，他把我的錢收進口袋裡，轉身繼續打我、繼續在外頭交女朋友。但我還是爲他提供吃穿、爲他打點一切。我甚至爲他掩飾醜事。我睜一隻眼閉一隻眼假裝沒看到他那些胡鬧，但他竟做出這種事……勾搭上WRWA的卡洛琳・班克勒！活生生在我眼前！不，妳不必叫我冷靜下來。不，事情不是我想像出來的。我還希望我是。」

「我跟妳說過我都找到他用來打電話給她的手機了。那蠢蛋把她的號碼存在『親親寶貝』底下。親親寶貝？契夫叫人親親寶貝？他從來沒叫過我寶貝！……凱咪，妳爲什麼一直問我這些莫名其妙的問題？妳說『妳確定嗎？』是什麼意思？我當然很確定！我當面跟她對質過了！她說一切都是鬼迷心竅。鬼迷心竅？這是什麼鬼話？我當這女人是朋友。我的朋友。」她用手遮嘴，擋住哭聲。我的心動搖了，我想起卡洛琳・班克勒，那隻飄著苦橙味的綠眼貓，那個因爲綺珊幫她保守祕密而對綺姍很好的女人。我想起大爹地在傭人屋後面講手機那個晚上。

這些事情應該都是大夫人那天在我房間地上撿到的手機裡讀到的，所以她才會把大爹地鎖在門外、所以她才會痛苦羞愧到快要死掉。而我，我站在這裡以爲她是因爲大爹地企圖強暴我才會這麼傷心憤怒。

大夫人靜下來聽另一個女人說話，一邊點頭嘆氣。我聽不到內容。「我不知道這時候什麼禱告對我有效，凱咪，」她終於說道。「去休息吧，妳需要的。」

她把手機丟在床上，轉頭看我。她的眼睛在我的心上挖了一個洞，把她的憂傷和我一起埋進去。

「按摩我的腳，」她說，兩條腿伸得直直的。「我的腳踝腫起來了。」我點點頭，蹲下去扶起她的腳放在我的大腿上。我用我的手指按摩她的腳踝和腳趾，動作慢慢的，好像要把她背在身上這麼久的痛苦都按掉、把她從自己的痛苦監獄中釋放出來。

我們就這樣安靜了好一下子，她放開痛苦，交由我從她的腳、她的身體裡趕出去。

「我要報警逮補他，」她突然開口，好像剛剛才有了這個念頭。「沒錯，就這麼辦。我要他爲芮貝卡失蹤的事負責，除非他把那女孩的下落交代清楚，否則就等著在監獄裡發臭發爛吧。」她頭往後躺，閉上眼睛。「阿度妮？」

「夫人？」

「那天……大爹地企圖對妳……那天晚上，我好像記得妳提到芮貝卡寫了一封信？」

「是的夫人，」我說，心中浮起希望。我一直在等她問起，等她終於要爲芮貝卡做一些事。

「我想看，」她說。「好好讀清楚。明天一早帶過來給我。我現在想睡了。我的眼睛刺痛。唱歌給我聽。」

「是的夫人。」

然後我就開始歌唱，想像是媽媽坐在那張紫色椅子上、想像我唱盡我所有聲音幫助大夫人好起來。我想像可以用我的歌聲讓芮貝卡不要失蹤、讓娣亞女士的丈夫順利讓娣亞女士懷上寶寶，我想像我可以讓自己不再爲了大夫人的憂傷而憂傷。

唱完之後，我抬頭，看到大夫人閉上了眼睛。她的嘴巴微微張開、輕輕吹著氣，但她的下巴卻每一兩秒就抽動一下，好像想要留住她靈魂裡面剩下的一點點平靜、咬牙想要攔住它。

但平靜非常頑固，最後還是逃出來，在我們四周碎了一地。

54

事實：

根據二〇〇三年一項廣及六十五國的研究指出，世界上最快樂最樂觀的人民就住在奈及利亞。

我五點就醒來了，躺在床上聽孔雀尖聲鳴叫像附近鄰居家裡養的嬰兒，聽風吹得椰子樹葉掃過我房間窗外的遮陽板，聽遠遠傳來寇飛在廚房裡動鍋動鏟的聲響。

我感覺身體僵硬，好像需要上油才動得起來、需要做點家事才能擺脫僵硬。我站起來，從枕頭底下抽出芮貝卡的信、摺成整齊的方塊塞進胸罩裡。換上制服後，我套上鞋子，花了點時間把磨損得很厲害的皮鞋帶塞進鞋扣裡、以免拉斷鞋就不能穿了。

外頭的空氣涼涼的，草地上覆蓋一層薄薄的溼霧。天空中沒有雲，藍灰色遠遠延伸沒有盡頭。我快步走，看到寇飛在廚房裡拿著把大刀切麵包。

「早安，」我對他大叫，然後拿起靠在後院水龍頭後面的掃帚開始掃地。我的動作很慢，好像掃帚是一把梳子、而地面是我親愛的好朋友長長的頭髮。

「阿度妮，」寇飛喊，「我一直在等妳出來。來，來，先把掃帚放下。」

我把掃帚放在地上，擦擦手走進廚房。我站在瓦斯爐前面，離他不遠。「怎麼了嗎？」

「我剛跟我大使館的朋友通過電話，」他說。「他說獎學金的錄取名單昨天出來了。我早上的事一忙完就過去查看妳有沒有被錄取。」

「謝謝你，寇飛，」我說。「娣亞女士也會去幫我看。大夫人去店裡了嗎？」我問寇飛。

「今天應該不會去了，」寇飛說，聲音依然壓得很低。「門廳那邊有客人。大爹地的兩個姊妹。那蠢蛋本人也在，剛到幾分鐘。大夫人說不要讓他們進去客廳，所以他們全都待在門廳那。」

大爹地今天會對我做不好的事嗎？有這麼多人都在，會嗎？

「阿度妮，」大夫人走進廚房；她穿著一件黑色的咘咘袍，守喪者的黑色。她的眼睛像傷心的年輕寡婦，周圍的紫色只剩淺淺痕跡。「妳在這裡做什麼？快去找點東西吃。」

我手壓胸口。「我？找東西吃？」

「妳……信有帶來嗎？」她問。

「有的夫人，」我說。「您現在要嗎？」

「我要的時候會叫妳，」她說。「寇飛，讓阿度妮先待在屋後，弄點東西給她吃。我還在等警察來。契夫和他家人只能待在門廳。他們想要的話你就給他們上點吃的，但除了樓下的廁所之外，請你不要讓他們進去屋裡其他房間。」

大夫人離開後，寇飛搖搖頭。「警察來做什麼？妳跟我說大爹地沒有強暴妳。妳爲什麼說謊？她說的信又是怎麼回事？」

「大爹地沒有強暴我，」我說。

然後我告訴他芮貝卡那封信的事。

我待在後院掃地，直到寇飛喊我。

「我要帶著信嗎？」我走進廚房時邊問。他站在通往門廳的那道門邊，耳朵壓在門玻璃上。他鼻子沾了麵粉，光滑的皮膚上一個大大的白色圓點。

「先別說話，」他低聲說，一隻手指壓在嘴唇上說噓。「過來聽他們在說什麼。」

我走向他，我的心跳比腳步還大聲。我站在他旁邊，眼睛貼到門玻璃上。我看到人影：大夫人，像夕陽下一座黑色的山；大爹地，頭上的賈拉帽像隻睡著的小駝鳥；兩個女人，一高一矮，她們的蓋麗頭巾像兩隻巨大的手。

「警察呢？」我問寇飛，聲音壓得很低。

「就那個，」寇飛用手指向站在最左邊的人影。大夫人的聲音最大聲，而且聽起來很生氣：「坎森警官，就像我在電話裡跟你說過的，我希望你把這個男人，我的丈夫，帶去問話。

我有理由相信他和我前任女傭的失蹤有關。我認爲他可能做了對她不利的事。把他帶去警局拘留！」

「妳的指控有任何證據嗎，佛羅倫絲夫人？」坎森警官問。

信！我在頭腦裡大叫，鼻子緊緊壓在玻璃上，感覺玻璃隨時都會裂開。跟警察說芮貝卡那封信的事！

「不要這樣，佛羅倫絲，」大爹地說。「別無理取鬧了。妳以爲我對芮貝卡做了什麼事？爲什麼是芮貝卡？她失蹤了又怎麼樣？八成就是跑了！」他轉身面對警察。「坎森警官，你聽我說，我對我的列祖列宗發誓，那女孩的失蹤和我一點關係也沒有。我有我的缺點，但把一個女孩變不見？我爲什麼要這麼做？」

「閉上你的嘴！」大夫人聲音好尖銳，嚇得所有人都跳起來，包括我和寇飛。寇飛的頭甚至撞到玻璃門，但門廳裡的人還來不及轉頭看我們，大夫人就繼續說：「你要不要跟坎森警官說說你搞上我的好朋友卡洛琳・班克勒的事？」

沉默像一場突然來到的暴風雨，像沒有聲音的霹雷。

好一陣子，大夫人的呼吸是屋裡唯一的聲音。然後那兩個姊妹跌坐在沙發上，手捧著頭。

「上帝啊！這是魔鬼作祟！」

「魔鬼作祟個屁，」寇飛低聲說。「魔鬼作祟個我的左邊睪丸。」

「佛羅倫絲夫人，」坎森警官換條腿站，「我了解妳對妳先生很不滿，而且理由充足。但妳把奈及利亞警方找來得有憑據。妳憑什麼認定妳先生涉入芮貝卡的失蹤？女傭換雇主是很常見的事，不是嗎？就我們所知，並沒有人報警說她失蹤了。何況，」他清清喉嚨，「如果妳懷疑她失蹤之前和妳先生有不正常關係，夫人，那照常理來說，你們兩位都得來警局接受偵訊。」

「我？」大夫人說，兩隻手飛向胸口。「你上司派你過來之前沒跟你說過我是誰嗎？我要你把我先生帶回去拘留，你竟然說要偵訊我。你一定是瘋了！」

「佛羅倫絲，求求妳，」大爹地說，所有人轉頭看向他。他膝蓋一彎、跪在大夫人面前。「求求妳把坎森警官送走，妳和我才能好好談談卡洛琳的事，以丈夫和妻子的身分好好談。那是一個天大的錯誤，一個可怕的錯誤。我會跟妳解釋一切。」

大夫人搖搖頭，拉起她的咘咘袍衣角擦臉。

「求求妳，」大爹地的姐妹說，「我們把芮貝卡失蹤的事放一邊，先讓契夫回家再說。看看他，都跪下了！他受的苦說真的也夠了。連個住的地方都沒有。求求妳，佛羅倫絲，讓他回家吧。明天我們所有人都過來，開家庭會議討論另一件事。」

大夫人吐出長長一口氣。她看來就要輸掉這場生死之戰了，我想要跳起來用力敲門、要她讓他們看芮貝卡的信。跟他們說我的事。但寇飛發現我激動的情緒和憤怒的靈魂，他壓住我的手好像在說，慢下來，阿度妮。慢慢來。

「你可以走了，警官，」大夫人用低沉的聲音說。「我想……我需要你的時候會再跟你聯絡。抱歉造成你的不便。」然後她轉身面對大爹地：「契夫，我永遠不要再在我的房子裡見到你。阿布會打包你的東西放在鐵門外面。不要忘記把我的車鑰匙交給他。」

坎森警官的咳嗽聲打破眾人第二次震驚到說不出話來的沉默。「我想我，呃，就先走了，」他說，很快的行了舉手禮。「我們隨時樂意為民服務。希望你們能解決這個顯然只是家務事的問題。若有進一步調查的需要隨時通知我們。」

我不能讓警察沒看到信就走了、不能不讓他知道芮貝卡發生了什麼事，我不能不知道她的下落、究竟是生是死。不，不，不！

「不，」我在我的腦袋裡說，但我想我不小心按到遙控、放出了我的聲音，因為我的聲音顯然不只在我頭腦裡，它跑了出來、塞滿整個廚房，門廳裡所有人影全都轉頭看廚房門、看我和寇飛站的地方。我雙手握拳敲打門上的玻璃，而寇飛用手摀住我的嘴巴、死命把我從門後面拖走。

在外頭的早晨陽光下，我坐在花園的一顆大石頭上。我的眼睛不斷湧出淚水，堵住我的喉嚨讓我不停咳嗽。我沒能為卡蒂嘉而戰，現在我甚至沒能為芮貝卡而戰。我被擊垮了，明知道這封信能給我很大的力量，但如果大夫人不把信交給警察，我就什麼力量都沒有了。我不知道我像這樣在這裡哭了多久。

「帕里，妳還在哭？」寇飛說，走到花園來找我。「我敢用我庫馬西的新房子打賭，大爹地一定會回來。他免不了得苦苦哀求，但她遲早會接受他，因為她需要他的程度勝過他需要她。說來可悲，在世界的這個角落裡，一個女人再怎麼有成就，只要身邊沒個丈夫就什麼也不是。總而言之，起來吧，屋裡在找妳。」

「找我能做什麼？」我問，用一雙哭到又腫又痛的眼睛看著他。

「大夫人找妳，」他說。「她在客廳裡。」

「她找我做什麼？」我問，但寇飛聳聳肩。「她心情很惡劣。妳自己保重。」

我擦擦臉走進廚房，順手拿出手機看一眼，發現娣亞女士的簡訊已經在那裡等我快要一小時了……

阿度妮!!妳被錄取了!!

妳拿到獎學金了！

我**一天都不想**再等了！

佛羅倫絲要吵我就陪她吵！

我現在就過去接妳!!

快打包吧！

XX

我站在那裡，在廚房中間，背對著邊吹口哨邊把碗盤放進洗碗機裡的寇飛。他忙起他的事，完全忘了阿度妮和她的煩惱。

我又讀了一次簡訊：我的聲音困在胸口，像盒子裡的耳語聲；我的眼睛大睜，然後又闔起，那些字句在深深的黑暗中閃閃發光，像一條火般的希望的絲帶。

55

我走進門廳，大夫人坐在水族箱旁邊的沙發椅上，眼睛看地板。

娣亞女士看到我跳了起來，我深深吸口氣、用她身上的椰子油和百合花香氣安慰自己。

她看起來好多了。她的頭髮一大坨盤在頭頂，用條紅色頭帶固定住。她臉上一條一條的傷痕也不見了，皮膚恢復光滑。

「我沒事了，」她說。

「阿度妮，聽好，」娣亞女士說。「妳的夫人和我討論了妳的未來。她知道獎學金的事了，也同意妳今天可以跟我走，但她堅持放妳走之前要先跟妳說幾句話。」

大夫人站起來，用手指示意。「跟我來。」

「佛羅倫絲……」娣亞女士聲音壓低低的，像是警告。

「我只是有幾句話跟她說，」大夫人說，「單獨說。」

「那我先出去。」娣亞女士說，對我點點頭，然後走出門廳、輕輕帶上門。

大夫人對我伸出手。「信呢？」

我搖搖頭。

「現在就把信交出來，不然我絕對會讓妳很難離開。我不管娣亞威脅什麼，妳要搞清楚，如果我有心刁難，到頭來受苦的還是妳。」

我的心很沉重，手伸進胸罩裡拿出信交給她。

她一把抓過去，睜大眼睛開始讀；她讀得很快，臉上沒有透露任何情緒，連看到乾掉的血跡時也一樣。接著，慢慢的，她把信撕成碎片。

我嚇呆了，看著小小的黑色墨水紙雨從她手中撒出來、落在地板上。一個問題——其實是兩個問題——擊中我的腦袋，讓我幾乎停止呼吸。

要是害芮貝卡失蹤還流血的人其實是大夫人而不是大爹地呢？如果這樣，這就是芮貝卡寫信的原因嗎？因爲她擔心大夫人會對她做不好的事情？大夫人爲什麼沒讓警察逮補大爹地？我回想我告訴她芮貝卡的信那晚，她似乎並不意外。傷心、疲倦，但並不意外。她甚至沒讀信！唯一讓她差點氣瘋的是卡洛琳·班克勒的事。

我看著她的臉想要找答案，但我只看到罩在她臉上那張由傷心、悲哀和痛苦織成的毯子。

「夫人，信上有血，」我說。「在妳剛剛撕破的那張信紙上。」

「我知道，」大夫人低聲說。「我看到了。」

「妳爲什麼讓警察走掉？」我問。「妳爲什麼要把信撕掉？妳明知道大爹地可能殺了她或傷了她，或是害她——」我的聲音拉高了，大夫人舉起手、恐懼爬滿她的臉。「不必那麼大聲，阿度妮。」

「芮貝卡到底怎麼了？」我問。「如果妳不告訴我，我就要一直大叫、叫到所有人都知道發生了什麼事。是妳殺了芮貝卡。」

她發出意外而苦澀的笑聲。「我？殺人？妳眞的覺得我有那麼邪惡？」她嘆氣。「阿度妮，我不欠妳任何解釋，但我可以告訴妳：芮貝卡沒死。也沒有受傷。我知道她懷了契夫的孩子。我一直都知道。她離開這房子那天是我開車載她走的。」

「那血呢？」我問。「信上的血？爲什麼會有血？」

「妳在哪找到這封信？」

「在我床底下，」我說謊，因爲我不想把阿布扯進來；但也因爲這樣，我知道我不能提起汽車椅子溼掉的事。不過我已經猜得到椅子原來是沾到血，後來讓人用水洗掉了。「她爲什麼會流血？」

「我接下來要說的事就妳知我知，」大夫人說，眼睛盯著我。在她的眼睛裡，我看到一百張張大的嘴巴、全都在尖叫警告我。「芮貝卡離開那天，我因爲不舒服留在家裡。我丈夫並不知道我沒去店裡。我們那時正在冷戰——不過我們本來就很少說話。寇飛出門了，所以我需要芮貝卡幫我弄點吃的；我一直喊她喊不到人，只好跑去她房間找她。我找到她的時候，她看起來極度痛苦，抱著肚子大聲呻吟、企圖扯下她的腰珠。她狀況很不好，承受著劇痛。她說她喝了飲料，我丈夫給她的飲料。她應該是正在寫妳在床底下找到的那封信寫到一半，在她肚子開始痛之前。我急著把她扶出去時有看到信在床上。」

「我看到她的腰珠，」我說，「在窗戶那邊。」

她脫下腰珠是因為她的肚子劇痛。

大夫人聳肩。「大概是她離開之前放在那裡的。我最後不得不親自把她抬上車，因爲家裡沒其他人在。我派阿布去送一個布行的急件，契夫則不知跑到哪去了。我猜他在她的飲料裡摻了打胎藥，然後溜之大吉，留她在房間裡流掉孩子。他的孩子。」

她停了一下，身子有些晃、立刻又穩住。「我開車載她去醫院。芮貝卡在路上開始流血。她告訴我她已經懷孕四個月——我不知道自己怎麼會沒注意到她一直大起來的肚子——但孩子顯然保不住了。她說孩子是我丈夫的。還說那王八蛋保證會娶她。」

「醫生很快就把出血控制住，我於是幫她辦出院，拿走她的手機刪除她和契夫的所有對話，然後把她載到最近的停車場。我給她錢，要她離開拉哥斯、永遠不要再回來。她並沒有回去她的村子，有的話寇刺先生應該會發現並且告訴我。但她確實遠離我的生活了。至於我，愚蠢的我，只是要寇刺先生幫我找個年紀更小的女孩來做我的下一任女傭。我不知道原來我嫁了一個禽獸。一個畜牲。年紀對他來說不是問題。沒有任何事情，完全沒有任何事情阻擋得了他，」她嘆氣。「去拿妳的東西吧，阿度妮。」

我看著散了一地的紙片，沒有動。「我要怎麼知道妳沒有說謊，夫人？」我問，但我覺得她說的是實話。芮貝卡把信帶到車上藏起來，或許是不小心、或許是因爲希望有人會看到。

「這段對話結束了，」大夫人說。「去收拾妳的東西，離開我的房子。」接著，她抬高她的聲音說道：「達達太太，妳可以進來了。阿度妮和我結束了。」

娣亞女士回到屋裡，看到散在地上的紙片說：「搞什麼？」

「阿度妮和我都結束了，」大夫人又說一次。「她可以去拿她的東西了。」

我一路跑回房間，進去之後先脫掉鞋子、放在床底下排整齊，接著脫掉制服摺好放在床上。我穿上我自己的洋裝，套上從伊卡提穿來的涼鞋。

我慢慢打量房間：看床、看角落的櫃子、看地上的芮貝卡的鞋子、看床上的制服。

我開始把屬於我的東西裝進我的塑膠袋裡：媽的聖經、我從伊卡提帶來的九百奈拉、我的鉛筆和筆記本、我的《優化英文》和文法書。我拿起芮貝卡的腰珠，盯著看了一段時間，然後用發抖的手也放進了我的袋子裡。如果她是阿岡村的人，也許將來有一天我會遇到她、把珠子還給她。

我的腦子把我拉回伊卡提，我的心感覺到強烈的悲傷。我回到五六歲的時候，在村子溪邊和艾妮妲玩，潑水在臉上、笑得無憂無慮，完全不知道生命後來會把我們帶到什麼地方。我的腦子開始滾動，像一個被帶到山頂的輪胎：我想起媽，想起她的笑聲像十個沒打出來的噴嚏；我想起卡蒂嘉、我的朋友，想起我們一起躺在她房間蓆子上聊到深夜的晚上；我想起芮貝卡、為她禱告，無論她在哪裡，希望她都能找到平靜。

然後我終於想起卡育斯——我已經把他鎖在我心底好久了、深怕自己會因爲思念他的痛苦而發狂——我的膝蓋發軟，跪倒在地上。

我倒在地上開始哭泣：爲了媽，她一輩子不管健康還是生病之後都在爲我籌學費，頂著伊卡提的大太陽炸一百顆麵糰賣，好幾次因爲一顆都沒賣出去而含著眼淚回家。我也爲爸哭，因爲他以爲生養女孩是浪費力氣的事，以爲女孩是某種沒有聲音、沒有夢想、沒有頭腦的東西。

我爲大夫人哭，她的大房子像一個悲傷的籠子關住她的靈魂。我爲依亞哭，因爲媽對她的仁慈讓她也仁慈對我。我爲卡蒂嘉哭，她的愛人拋下她，讓她終究爲愛而生也爲愛而死。我也爲我自己而哭，爲了失去的美好與快樂、爲了過去的痛苦也爲了未來的希望。

我的哭泣是低聲的嗚咽，對我的心是鞭打也是療癒。不知過了多久，外頭傳來有人叫我名字的聲音，這聲音突然止住了我的嗚咽、像有人從源頭截斷急流的溪水。

我擦擦臉，站起來，從櫃子裡拿出一個鐵絲衣架。我跪在床上，又拉又扭把衣架扳直成一條鐵絲，一支不需要墨水的筆。慢慢的，我開始用鐵絲一頭在牆上刻字。我刮了又刮，一邊吹掉脫落的白漆，把一個個字母深深刻進牆裡，用力得脖子和手指都痛了。

完成後我爬下床，撿起裝著我的東西的塑膠袋。我站在門口，看著牆壁上剛剛刻上去的字。C看起來像半個正方形、A幾乎是個三角形，但兩個名字清清楚楚：

阿度妮&芮貝卡

我走出房間關上門，關上了裡頭所有悲傷苦澀快樂的回憶，明白就算所有人都忘了芮貝卡、忘了我，這個我們曾經分享的房間牆壁也會提醒他們我們曾經在這裡。提醒他們我們也是人。有價值的人，重要的人。

56

「我被錄取了，寇飛！」我大叫，一邊走進廚房。「我要去上學了！」

寇飛放下手裡的麵團，大步走向我，給我一個簡短有力的擁抱。「啊，阿度妮。我剛剛才聽到醫生的太太跟大夫人說！妳被錄取了！恭喜妳！」他抽抽鼻子，用圍裙擦擦眼角。「我知道那間學校，我會去看妳。不過妳每次回來找娣亞女士的時候，記得也給我打個電話。我已經把我的號碼輸進妳手機裡了。」

我睜大眼睛。「你知道我有手機？」

「蛤里，妳拿到的第一天我就知道了。我甚至知道密碼。我把我的號碼記在『蛤里』下面。有空就打電話給我好嗎，我的朋友？」

我又哭又笑，快樂的那種。「謝謝你，寇飛，我的朋友，」我說。「謝謝你逼著我提出申請。謝謝你為我做的一切。」

寇飛揮揮手。「我只不過跟妳說這個消息、鼓勵妳而已。我也會為我的女兒做一樣的事。下苦功的人是妳自己。妳和那個女人，那個醫生的太太。」他壓低聲音。「喏，她怎麼處理那封信？」

「她把信撕碎了，」我低聲說。

寇飛的眼睛裡都是悲傷。「如果知道她遇上了這麼可怕的事，我會多做點什麼幫她。」

「我們已經不能再爲她做什麼了，」我說，「大夫人把所有事情都告訴我了。」

我把一切告訴寇飛，他的眼睛從悲傷到驚訝，最後只剩平靜。「無論她現在在哪裡，我們只能希望她一切平安。妳已經爲她盡全力了。」他拍拍我的臉頰。「放手享受妳的新生活吧。等我房子蓋好，妳就可以來找我。」

「我的薪水怎麼辦？我該找大夫人要嗎？」

「別想了，蛤里，」他說。「我一直跟妳說，要用智慧決定行動。自由的機會難得，妳最好逮到就快跑！」

我離開寇飛跑回主屋，但去找大夫人和娣亞女士之前，我經過用餐室、走進了藏書室。

「謝謝你們，」我對架上所有的書說。「謝謝你，」我對《奈及利亞事實錄》說道，摸摸它閃亮的封面地圖和綠白綠的奈及利亞國旗、書頁裡那寫著許許多多事實的字句。

「謝謝你。」我對《柯林斯》和我所有書朋友說，謝謝它們幫助我在大夫人房子的監獄裡找到我的自由。

我就這樣站著，沒說話也沒有動，只是看著那些書架，好像那是媽媽的墳墓，而我的感謝就像撒在棺材上的沙子，只不過這一次悲傷裡面夾雜著快樂和感謝。

我一直站到我知道了，站到我感覺身體裡湧出一股暖流、讓我知道是該走的時候了。我走出藏書室的時候沒有關門。我讓門開著，讓這些書的靈魂可以一直跟著我。

「怎麼去了這麼久！」娣亞女士對走進門廳的我說。她的腳像在跳舞、眼睛裡有火焰。「都收拾好可以走了嗎？」

大夫人坐在水族箱旁邊的椅子上，頭垂得低低的，不停翻轉手裡的手機。

「可以走了，」我說。

「達達太太，」大夫人抬起頭來。我從來不曾看過她臉上同時混雜這麼多悲傷、困惑和憤怒。「阿度妮是個，是個非常聰明的女孩。她……她在我這裡做得很好。祝她好運了。阿度妮，」她從沙發椅上站起來、走到我面前站定，眼睛像燒到最後的火堆，無力的火光。「我建議妳專注在自己的事情上，面對未來，」她說得很慢，幾乎像耳語。「面對自己的人生。妳—聽—懂—了—嗎？」

我聽懂她五個字的問句裡隱藏的無聲警告：妳不可以對任何人透露那封信的內容。不可以對任何人提起我告訴妳的事。妳聽懂了嗎？

「我懂，」我說。「再見夫人。」

大夫人點點頭，沒有回應我。她轉身離開門廳，喀噠一聲關上通往屋裡的門。我和娣亞女士好一下子只是盯著門看，好像以爲她還會回來。但她沒有。樓梯那邊傳來她的腳步聲，一步一步愈來愈小聲，她用力甩上房間門，震動整棟房子。

「老天！」娣亞女士低聲說。「有夠嚇人！我們快走吧！」

我們離開門廳、關上大門，開始往鐵門走。

「她為什麼要求跟妳私下說話？」娣亞女士問。我們剛剛經過第一對花盆。「妳們講了好一會兒。跟地上那些碎紙有關係嗎？那原本是一封信嗎？」

我開始想要說什麼謊可以結束這個話題、可以從此不要想起那段對話。但我知道我不可以讓大夫人把我關進恐懼的盒子裡，在她把我從她房子的監牢裡釋放出來後、又把我關進心靈的牢籠裡。

「是的，」我說。「那封信是芮貝卡寫的。」我回頭看看大夫人的房子，那巨大、強大和悲傷。「等晚上我再全部跟妳說清楚。」

能跟她這麼說的感覺真好。告訴她我們終於可以面對面、嘴對嘴說話，而不只是傳冷冰冰的簡訊，表達不了悲傷、憤怒或任何感覺。

能把大夫人的恐懼盒子還給她的感覺真好。把鑰匙一起放在盒子上留在她家、她的房子裡。盒子屬於那裡。

「妳和醫生還好嗎？」我問娣亞女士。我踏得更大步、腰挺得更直了一點。「好一點了嗎？」

「發生了這麼多事，」她嘆息道。「但我想我們會撐過去的。」

「真的嗎？」我問，停下腳步用手遮擋早晨的陽光，看著她的臉。

「我真的這麼覺得，」她點點頭。「我們決定開始研究『領養』的可能性。妳知道那是什麼意思嗎？」

我搖搖頭，正要說我可以去查《柯林斯》，然後才想起那本書已經是過去的事了。我已經把那段日子留在過去，眼前是全新的未來。

「我會再跟妳解釋，」娣亞女士說，一邊拉起我的手，緊緊握住。「因爲明天會比今天更好，對不對？」

一開始，我沒有給她任何回應。

因爲我的頭腦想像不到什麼樣的日子可以比今天更好。那沒有盡頭的藍灰色天空，那飄散在空氣中的新希望和新力量的氣味。但我知道那更好的一天會來到，我將會見到爸和卡育斯和崽仔，我將會毫無恐懼的回到伊卡提、或者他們也可以來找我。

那一天終於會來到，我的聲音將大聲響徹整個奈及利亞和全世界，我將會幫助其他女孩擁有她們自己的大聲音；因爲我知道，在我完成自己的教育之後，我會找到方法送她們去上學。

那一天終於會來到，我將成爲一個老師，送錢回去給爸買車蓋新家、甚至在伊卡提蓋學校紀念媽和卡蒂嘉。是的，誰知道明天還能帶來什麼！於是我點點頭，因爲確實，未來充滿所有可能、一次又一次爲我們呈現更美好的事物，即便有時看起來並非如此，但我們總是擁有希望。

我們在清晨的寂靜中開始走這段到娣亞女士家的五分鐘路程。我們穿過那道我曾經得用廚房厚厚的黃色抹布每天擦四次的巨大黑色鐵門，沿著兩旁許多人家養了尖叫孔雀——有錢人養的雞——的威靈頓路走，終於走進娣亞女士家的院子，白屋屋頂上那些鏡子對著我不停閃啊閃的，好像在說：歡迎妳，阿度妮，歡迎來到妳全新的自由。

致謝辭

在此感謝：

上帝，爲每一口空氣、爲每一個字、爲這份以及將來的每一份美好禮物。

Felicity Blunt，謝謝妳爲這本書貢獻的所有努力。妳屢屢令我驚奇、出乎我的意料，叫妳第一名！Emma Herdman 與 Lindsey Rose，我在大西洋兩岸最棒的兩位編輯，謝謝妳們以深深的善意、謙和和體貼與我共事，也謝謝妳們在我編輯過程中給予我的高明建議並待我以無比耐心。感謝 Curtis Brown UK、ICM Partners、Sceptre and Dutton 的團隊成員，包括將本書成功推至美國的 Jenn Joel、Rosie Pierce、Melissa Pimentel、Claire Nozieres、Louise Court、Helen Flood、Amanda Walker、Jamie Knapp、Leila Siddiqui，以及所有一直以來持續爲本書努力的優秀同仁。

Caroline Ambrose，謝謝妳創立了巴斯小說獎（Bath Novel Award），謝謝妳協助實現命運並付出這麼多努力給予像我這樣的寫作者一個機會。二〇一八年贏得巴斯小說獎改變了我的人生。Julia Bell，謝謝妳在辦公室與課堂上與我的多席談話，也謝謝妳爲最佳工作坊小組（The Best Workshop Group Ever）的無私奉獻。The Birkbeck MA #SuperGroup，謝謝你們在課堂討論以及之後的許多週四夜晚給我的關鍵回饋與鼓勵。Russell Celyn Jones 教授，謝謝你閱讀最早的三千字草稿，更謝謝你打開我的眼界、讓我看到一圓終生夢想的可能性。

我親愛的家人。泰鳩・索莫林教授，謝謝妳支持擁護我所有方面的發展與前進。Isaac Daré 工程師，你總是喊我「公爵夫人」、只因我是你眼中的公主，謝謝你總是在百忙之中抽空閱讀我寫下的所有文章並給予評論。Segs，你是如此獨特美好、一切的一切。「Yemi」，謝謝你從第一天起就始終相信，還有我的女兒們，妳們是我的心跳，妳們在許多方面啟發這本小說並提供資訊。Modupe Daré 女士、Busola Awofuwa 女士、Sis Toyin、Aunty Joke、Olusco 和女孩們，謝謝妳們提供的溫暖食物與話語，也謝謝妳們的愛與鼓勵和一切。Glitzallure 布行的 Wura，謝謝妳臨危受命、爲我提供布料知識。我愛你們勝過話語所能表達。

阿度妮，謝謝妳和我分享妳的世界。妳在我寫作旅程中最困頓的時期來到我腦中。那個早晨，我第一次在耳中聽到妳用妳那破碎而急切的英文對我低語，低語在之後三年漸漸變成持續而清晰的話聲：妳的聲音改變了一切，爲我，也爲妳和所有和妳一樣的女孩。最後我要謝謝你們，親愛的讀者，謝謝你們與我同行，這趟旅程並希望未來還有更多。

謝謝你們。

本書提及的所有奈及利亞事實皆可在網上尋得。

《大聲女孩》讀書會討論提要

一，阿度妮以玫瑰花來比喻她的母親（「黃色紅色紫色、閃亮的葉片」）象徵著什麼？她同時也記得她母親身上帶著玫瑰花叢般的香氣。她爲什麼以這種特定的花朵來比喻她的母親？我們的五感在我們的記憶中扮演什麼樣的角色？

二，阿度妮百般不願嫁給莫魯夫，但她的朋友艾妮姐卻眞心爲她高興、深信她的生活將會因這樁婚事獲得改善。阿度妮和艾妮姐的觀點爲什麼有此落差？以針對婚姻的文化觀念爲題，試比較你所在國家與奈及利亞的異同。

三，試比較卡蒂嘉與阿度妮的母親。她們兩人的生命歷程有何相似或相異之處？

四，巴米德里爲什麼一去不回？你認爲他最後一次離去前在卡蒂嘉耳邊說了什麼？

五，相較於和崽仔的關係，阿度妮爲什麼與卡育斯如此親近？姊弟間爲什麼會有這麼深的羈絆？

六，在奈及利亞的民間傳說與本書中，「洗浴」爲什麼是如此重要的象徵？卡蒂嘉以爲可以拯救自己和孩子的洗浴，以及娣亞女士的婆婆深信可以助孕的洗浴：試討論兩者的異同。

七，阿度妮從小便夢想離開伊卡提前往拉哥斯這個「閃亮的大城市」，雖然她終於來到拉哥斯時的境況並非如她所想像。你認爲她對這個城市的看法因此改變了嗎？她的拉哥斯經驗和大夫人與娣亞女士有何不同？試比較這三名女子對拉哥斯的觀感，以及拉哥斯提供她們的機會所造成的經驗之異同。

八，阿度妮與娣亞女士：她倆性格迥異、年齡有差距、相識之前的人生境遇大不同，卻能即刻建立情誼且隨時間深化。你認爲她倆彼此吸引的要素是什麼？小說故事結束後，她們的友誼還會繼續發展嗎？雖然她倆的世界看似互不相容，她們還會繼續當朋友嗎？

九，洗浴儀式一結束，娣亞女士轉頭看阿度妮那一眼有何含義？爲什麼那一眼對阿度妮會有如此強烈的影響？

十，娣亞女士的洗浴儀式後，阿度妮「想問、想尖叫，爲什麼奈及利亞女人不論什麼事都得比男人多受那麼多苦？」是哪個特定的時刻讓她發出這個問題？書中描述的這些事件揭露了哪些關於女人的文化觀念？

十一，阿度妮記得母親的話「阿度妮，妳得爲別人做好事。就算妳不好、就算妳身邊的世界都不好，妳也還是要做。」這番話對阿度妮所做的選擇與她的未來夢想有何影響？

十二，大夫人第一次聽到阿度妮唱歌時打了她一巴掌說「這裡不是妳的村子。我們這裡的人舉止正常。」後來大夫人趕走大爹地之後，阿度妮安慰大夫人，大夫人要阿度妮唱歌給她聽。試討論那一刻的含義。大夫人對阿度妮唱歌的態度爲何有此轉變？

十三，阿度妮起初以能懂能讀英文爲傲，但她後來說「英文只是一種語言，就像約路巴語或是伊博語或是豪薩語一樣。沒什麼特別，會說它也不會讓人更有理智。」她這句話是什麼意思？

十四，你對書的結局有什麼想法？這對阿度妮來說算是快樂結局嗎？雖然她得以圓夢回到學校求學，但其中還是有不少苦甜參半的時刻——她必須接受自己拋下家人、以及莫魯夫可能會停止接濟她的家人的事實；此外芮貝卡的謎團也只解開了一部分。這些尚未解決的事情對即將步入成年的阿度妮會有什麼影響？

十五，和阿度妮一起走過這段旅程後，「大聲的聲音」對你來說意味著什麼？一個人要如何才能擁有「大聲的聲音」？你對阿度妮的未來有什麼樣的想像？

作者阿比・達蕊（Abi Daré）訪談錄

您傳承給您的孩子們什麼樣的家訓？

我希望我的女兒們堅韌、善良、心地柔軟卻果敢。我希望她擁有同理心，把愛傳遞給她們遇到的每一個人。我母親是我有幸認識最慷慨寬厚的人之一，我希望我的孩子們能像她一樣。我也從我母親那裡學到紀律的重要。對自己追求的目標必須全心投入、付出一切努力，對自己眞心相信的事堅持不輟。在面對拒絕的時候不要陷入自憐，必須下定決心重新站起來完成目標。

您對年輕作家有什麼建議？

我認爲花時間鑽研寫作與敍事技巧是非常重要的事。關鍵是找時間寫，持續不斷地寫。不要放棄你的寫作夢。相信自己寫的是值得讀的、你的故事是值得被聽到的。找到好的評論小組和能夠提供有用建議的夥伴是你寫作的無價之寶；尋求出版機會時不要被拒絕打倒，這是每個作家都會經歷的事。繼續努力！

奈及利亞家庭幫傭的日子大約是什麼狀況？

雖然我家裡曾經請過好幾位女傭，但我是某年在鄰居家待了一個夏天時才有了難得的機會、和一位名叫蜜莉安的年輕女孩熟起來。她是我鄰居家的女傭。她一早四五點就起床開始做家事：掃地、清理屋子、刷洗、洗碗、爲雇主一家準備早午晚三餐。事情週而復始，一整天都做不完。她幾乎沒有休息的時候，但她臉上總是掛著開朗的微笑，笑開來的時候眼睛閃閃發亮。我們成爲朋友，我們的友誼讓我對她的生活有了較深入的了解。這個家事與勞役生活背後的女孩。

您爲這本書做了哪些研究？

我在拉哥斯住了將近二十年，家裡一直都有一起住的幫傭，所以很多研究都是來自我當時的觀察與吸收。我同時也做了不少關於年輕女孩在像我們家這樣的家庭幫傭的合法性研究。我和幾位家裡有幫傭的親近朋友談，試著理解他們女傭的行爲表現與生活，並以之比較我成長期間對自家女傭的觀察。書裡的其他部分都是以此爲基礎發展出來的。阿度妮的語言則是幾個來源的混合結果：奈及利亞俚語，我當時正在牙牙學語的兩歲女兒把約路巴語直譯成英文的說話模式，以及我邊寫邊創造出來的文字。我同時也自閱讀許多以非標準英文寫成的好書獲取不少靈感。

您希望讀者從阿度妮的故事學到哪些東西？

我成長在奈及利亞的中產階級社區，那裡許多家庭都雇有幫傭。大部分都是年輕女孩，其中許多人不曾受過教育，也不幸沒有受到善待。童年的我有一些說不出口的疑問：爲什麼有些女孩不被允許上桌用餐或是看電視或是上學？爲什麼她們年紀還那麼小就得打掃煮飯、服侍雇主一家？我這些未解的疑問跟隨我離開奈及利亞。它們埋藏在我腦海的角落裡，而我繼續我的人生，在英國安頓下來、結婚生女。我記得女兒八歲的時候，我有一回客氣地要求她幫忙做點家事。她牢騷抱怨、用一堆藉口搪塞我。我應該是有些不滿，因爲我記得我問她一個問題，而這後來成了本書的決定性時刻：「在奈及利亞，像妳這樣年紀的女孩說不定已經在像我們家的家庭裡幫傭了，妳知道嗎？」女兒大吃一驚，認眞想知道爲什麼八歲女孩會已經在幫傭了，我童年時期那些疑問終於再次浮現。當晚我開始著手研究。我發現年輕女孩依然早早受雇爲家庭幫傭、也依然遭受虐待。我找到一篇報紙文章：一名十三歲少女慘遭女雇主以滾水嚴重燙傷。最讓我震驚的不只是傷害的程度，還有新聞照片裡女孩的臉被塗黑遮掉了。他們或許是想保護女孩的身分，但看起來卻更像是刻意要斷絕女孩與世界的連結。好像在說：她什麼也不是。一個無名氏。不過又一個統計數字與例行報導。我良心難安。我開始想，報導裡的女傭是誰？她有家人嗎？她的生活有什麼目標？她有什麼夢想與希望？《大聲女孩》孕育自我對答案的渴求。我熱切地想要撥開層層面紗。我當時正就讀創意寫作碩士班，必須繳交一份三千字的文章給我的指導老師。就在截止日的前一天左右，阿度妮的聲音浮現在我腦中，我寫下了最早的三千字。文章繳交之後某日，我記得自己走進他的研究室、只等接受批評，而他說：「阿比，很棒的三千字。妳覺得妳可以繼續寫下去嗎？」而我說：「恐怕不行。」喏，我做到了。

大聲女孩

THE GIRL WITH THE LOUDING VOICE

作　　者　阿比・達蕊（Abi Daré）
譯　　者　王娟娟
特約編輯　蔡欣育
版　　權　吳亭儀
行銷業務　周丹蘋、林秀津、周佑潔、賴正祐、黃崇華
總 編 輯　劉憶韶
總 經 理　彭之琬
事 業 群 總 經 理　黃淑貞
發 行 人　何飛鵬
法律顧問　元禾法律事務所 王子文律師
出　　版　商周出版 台北市 104 民生東路二段 141 號 9 樓
電話：（02）25007008 傳眞：（02）25007759
Email：bwp.service@cite.com.tw
發　　行　英屬蓋曼群島商家庭傳媒股份有限公司城邦分公司
台北市中山區民生東路二段 141 號 2 樓
書虫客服服務專線：02-25007718 02-25007719
24 小時傳眞專線：02-25001990 02-25001991
服務時間：週一至週五 9:30-12:00 13:30-17:00
劃撥帳號：19863813 戶名：書虫股份有限公司
讀者服務信箱 Email：service@readingclub.com.tw
香港發行所　城邦（香港）出版集團有限公司
香港灣仔駱克道 193 號東超商業中心 1 樓
Email：hkcite@biznetvigator.com
電話：（852）25086231　傳眞：（852）25789337
馬新發行所　城邦（馬新）出版集團 Cite（M）Sdn Bhd
41, Jalan Radin Anum, Bandar Baru Sri Petaling, 57000
Kuala Lumpur, Malaysia.
Tel：（603）90578822 Fax：（603）90576622
Email：cite@cite.com.my

封面設計　廖韡
內頁排版　劉孟宗
印　　刷　卡樂彩色製版有限公司
總 經 銷　聯合發行股份有限公司
新北市 231 新店區寶橋路 235 巷 6 弄 6 號 2 樓

2022 年 6 月 2 日初版
定價 450 元

讀者回函卡

ISBN 978-626-318-221-9

國家圖書館出版品預行編目 (CIP) 資料

大聲女孩 / 阿比・達蕊 (Abi Daré) 著；王娟娟譯．初版．臺北市：商周出版：英屬蓋曼群島商家庭傳媒股份有限公司城邦分公司發行，2022.06
400 面；14.8×21 公分
譯自：The girl with the louding voice
ISBN 978-626-318-221-9(平裝)

873.57　　111003559